リサ・マリー・ライス/著
上中 京/訳

真夜中の愛撫
Midnight Caress

JN116012

扶桑社ロマンス
1666

真夜中の愛撫

登場人物

ライリー・ロビンソン ――――― 国家偵察局《NSO》勤務の画像解析専門家、元国家安全保障局《NSA》職員

ピアース・ジョーダン――――― 元SEAL隊員、民間警備・軍事会社アルファ《A》・セキュリティ《S》・インタナショナル《I》社のエージェント

ジェイコブ・ブラック――――― 世界最大規模の民間警備・軍事会社ブラック社のオーナー経営者

エイドリアン・ソマーズ――― 米国有数の民間警備・軍事会社のオーナー経営者、ブラックのライバル

エマ、ホープ、フェリシティ――― ASI社のITおよびサイバーセキュリティ部門担当。NSA時代からの親友三人組

ヘンリー・ユー ――――――― NSOでライリーの直属上司。アメリカ生まれの中国系三世

モリス・サータン ―――――― ヘンリーの上司、NSO幹部

1

バージニア州、シャントリー
米国連邦政府、国家偵察局本庁

「ふむ。何と言うか、これは――」ヘンリー・ユーが口を開いた。ライリー・ロビンソンの差し出したスマートホンを見ての、最初の反応だった。普段のヘンリーは穏やかで、ライリーをはじめとする部下にも常に丁寧な言葉遣いで接してくれる。しかしスマホの動画を見たあと、普段の上品さはすっかり消えてしまった。続く言葉は、彼の激しい動揺を象徴するものだった。「くその上にゲロでも吐いたような代物だな」彼のこんな態度を目にするのは、ライリーにとって初めてだった。彼は普段のマナーなど完全に忘れ、心に浮かんだ言葉をそのまま口にしている。

ここは、米国政府機関のひとつ、国家偵察局が本部を置く建物で、ライリーは画像解析官として、スパイ衛星が送ってくる映像などを常に監視し、データ分析し、その

6

意味を解析する仕事をしている。解析結果に注視すべきことがあれば、組織の上層部に報告する。その報告は、軍部やCIA、最終的には国権のトップ、つまり大統領にまで上がる。彼女の担当は中国で、主に世界各地に展開する中国軍の動きを追っている。所属するのは情報運用部の分析課で、その課長がヘンリー・ユー、つまりヘンリーは彼女の上司となる。

　二人がいるのは、ライリー自身のオフィスだ。彼女が自分専用の部屋を獲得したのはごく最近のことで、スペースとしては掃除用具入れと変わらないが、それでも自分専用のオフィスができたときは、やった、という達成感があった。自分より下位の職員は、無断でここに立ち入ることができないのだから。もちろんヘンリーは上司なので、有無を言わさずに入室もできるが、今日は彼女から来てほしいと頼んだ。理由は彼女のスマホにある映像を見せるため。オフィスに備え付けのコンピューターなどで映像を見た場合、ネットワークにその記録が残る。個人のスマホを使うほうが安心だ。

　スマホの画面は、コンゴの赤道近くを撮影した驚くほど鮮明な動画を映し出した。そこに黒い戦闘用ユニフォームを着た男性たちの姿が確認できる。炎を模した金色のロゴを袖《そで》に付けているので、男性たちの正体はすぐにわかった。このロゴが民間軍事会社ソマーズ・グループのものであることは、明らかだから。ソマーズ社は、仕事の達成率のすばらしさ、そして情け容赦ない暴力的なやり方で有名だ。

映像を見直す。武装した兵士——つまりソマーズ・グループが雇用した特殊戦闘員が、ジャングルの空き地に現われるところから動画は始まる。空き地には民間人のキャンプがあった。科学者や医師からなるグループが研究の拠点としている小さなテントだ。ジャングルの中で、木々を取り払って空き地にした場所で、周囲には切り倒された木の幹がそのままになっていた。

最初に兵士がひとり、そのあと次々と茂《しげ》みの中から空き地へと出て来る。銃口を研究者たちに向けているので、このキャンプを攻撃する意図は明確、つまり敵対的な行動だ。兵士の数は全部で十人、それぞれがばらばらと間隔《かんかく》を空けて、テントの周囲に立つ。

映像には音声はない。当然だ。上空四百キロの高度から撮影された映像なのだから。

兵士たちに取り囲まれたところで、研究者たちはそろそろと両手を上げた。兵士のひとりが、何かを命令する。その兵士の口が大きく開き、首筋の腱《けん》が浮き上がるところまで見える。白衣を着た研究者のひとりが、首を横に振る。だめだ。研究者が兵士の命令を拒否する。間髪《かんはつ》をいれず、兵士が研究者の頭を吹き飛ばした。実際に兵士の構えた銃が発射した弾までは確認できなかったが、骨や脳髄《のうずい》が後方に飛んでいくところは見えた。研究者はその場に崩れ落ち、頭のあった部分を追うように赤く染まった霧が移動していく。

兵士たちは、地面に大きな黒のダッフルバッグを置いた。命令は、使われていた科学機材などをそのバッグに入れろ、ということだったようだ。研究者たちは命令に従い始めたが、できるだけ時間を引き延ばそうとしているのか、ゆっくりと動く。短パンに白衣をはおった研究者は、非常に丁寧に機材を扱うことで時間を稼《かせ》ぐつもりらしく、ビーカーの中身を、そろそろと大きなビニール袋に移し替えている。しかし、その様子にじりじりした兵士がひとり、研究者に近づき、銃底でがつんと頭を殴《なぐ》りつけた。研究者は地面に突っ伏して倒れ、頭の周囲に血だまりが広がった。

兵士の様子が、何だかおかしい——見ているうちにヘンリーも気づいたようだ。ひどい興奮状態で、全身が小刻みに震えている。全員が躁《そう》状態というか、じっとしていられなくて、足を左右に踏み替えている。ふと兵士のひとりが空を見上げた。その表情を初めて見たとき、ライリーはぞっとして後ずさりしてしまった。狂気にとらわれた目。顎《あご》に力が入り、唇《くちびる》を左右に引いて歯茎まで見せている。

偵察衛星が録画した襲撃映像は終わろうとしている。地球の自転により、衛星から監視できる区域が移動していくからだ。襲撃現場を映す最後の場面では、兵士の半分が科学機材でいっぱいになった重そうなダッフルバッグを肩に茂みへと消えて行った。しかしあと半分の兵士が、立ちつくす研究者に向けて、銃を乱射するところも画面の隅にとらえられていた。空き地には死体が転がり、煙が立っていた。衛星は次の区域を録画していく。ジャングルの深い緑が、暗くどこまでも続くところ。

ライリーは呼吸を整えた。「これが、うちのアーカイブに残された映像です。でも、ニュースで流れているものとは違うんです。その違ったほうが、今後もニュースでは繰り返し放送されると思います。あなたはニュース映像のほうをまだ見ていないかもしれないけれど、どういうものかは聞いていますよね？」

ヘンリーがうなずき、ライリーはさっきとは異なる動画を映し出した。まったく同じ場所、同じ状況を記録した映像が始まると、ヘンリーは違いを確認しようと、画面に見入る。しかし、兵士が登場すると確認するまでもないことがわかる。兵士はソマーズ・グループの特殊戦闘員ではない。明らかにアジア系の人たち、そして正規の軍服を着ている。画像解析官として、中国軍の監視を担当してきたライリーにはすぐにわかる。人民解放軍だ。これは人民解放軍〇七式陸軍制服と呼ばれ、礼服としても使用されるもので、しわひとつなく、これを着たままジャングルの鬱蒼《うっそう》とした茂みを行進してきたとはとても思えない。キャンプのあった空き地のごく近くに、ヘリで飛来したのでもなければ、あり得ない。雨季が始まったばかりのコンゴなのだ。ジャングルではぬかるみに足を取られながら、枝をかき分けて進むしかないのに。襟章から判断すると、上尉と呼ばれる階級の者が二人、他は歩兵だ。全員がソマーズ社の戦闘員と同じ、狂気にとらわれた躁状態にある表情を浮かべている。規律を何よりも重んじ、冷徹で感情など一切表に出さない人民解放軍兵士が。偵察局に採用されてからのライリーは、ひたすら中国軍基地の画像解析をしてきて、兵士たちの顔を静止画でも動画でも、飽きるほど目にしてきた。こんな表情の人民解放軍兵士はいちども見たことがない。彼らが、こんなに統率の取れていない、好き勝手な動きをすることもなかった。絶対に、いちどたりとも。

「コラージュ画像だな」ヘンリーがつぶやいた。「巧妙に作られたディープフェイクだ」

「どうしましょう?」つい声をひそめてしまう。ふと拾い上げたものが、強力な手りゅう弾で、そこに横から伸びてきた誰かの手が、ピンを引き抜こうとしている——そんな感覚だった。非常に深刻な事態が、今にも勃発《ぼっぱつ》する。

ヘンリーはただ肩をすくめた。彼は善良で、部下の裁量にまかせてくれるよき上司だ。ただし、決断力には欠ける。

「あの——このままでは戦争に突入するかもしれないんですよ。嘘《うそ》を信じたせいで」

そこで彼も表情を引き締《し》めた。「そうだな」

ちょっとした事件として報道された映像が、今や大きな波となり、洪水のように人々の頭の中を侵食していく。すべてのニュース番組は、四分の三あまりの時間をこの〝事件〟を扱うことに割いている。事態は加速度的に深刻さを増している。

「この件、誰かに報告しなければならないと思います」

「そうだな」

ああ、もう。ヘンリーは、そうだな、という言葉を繰り返しながらこの場に突っ立っているつもりなのだろうか？

「どこに伝えればいいでしょう？　国防総省《ペンタゴン》？　ホワイトハウス？　それとも、まず議会に報告しますか？」

ヘンリーが首を横に振る。何だか、自分を奮い立たせようとしているようにも見える。「だめだ。議会はやめよう」

確かに。ソマーズ・グループと近い関係の議員が大勢いる。

「私たちの言い分にしっかり耳を傾けてくれる人じゃないとだめですよね。誰も彼もがぴりぴりして、ちょっとしたことにも大げさな反応を示すようになっています。軍は戦争準備態勢《デフコン》を平常時の5から4にすでに上げ、間もなく3にするだろう、という噂《うわさ》が、まことしやかにささやかれています」デフコン3というのは、同時多発テロのときの態勢で、一般には〝大きく振りかぶる《ラウンド・ハウス》〟として知られる。つまり大規模な攻撃を受ける可能性があるのでしっかり備えておこう、という意味である。デフコン2となると、完全に迎撃態勢を整える、もしくは攻撃されることが確実なので先制攻撃することもある、という状態になる。現在軍籍にある者は、命令後六時間以内に出征できるようにしておかねばならない。

　そして最終的にはデフコン１がある。撃鉄を起こしておく《コックト・ピストル》と呼ばれ、核戦争に突入するかもしれない。

「まずは、モリス・サータンに報告しよう。彼は情報運用部長で、私の直属の上司にあたるわけだから。その後、個人的な知り合いの国土安全保障省の人間にも連絡してみる。ものごとを客観的に見ることのできる男なんだ。この男と話す機会が持てればいいんだが」

「では、これを」ライリーは彼の手にＵＳＢメモリを置いた。「今見せた動画はここに収めてあります。暗号化してあるので――」彼女は何桁《けた》もの数字をメモ帳に書き、紙を破って彼に渡した。「暗号化を解くコードです。正直なところ、この紙ごとのみ込んで、と言いたいぐらいなんです。でもそんなことをすれば動画が見られないままになるので。できるだけ小さく折りたたんで、肌身離さず持っていてください。身体検査されても、見つからない場所に」

「うむ」ヘンリーは細長い紙片を受け取ると小さく丸め、背広のポケットに入れた。彼の手が震えている。「モリスのところに行く途中で、何かいい案を考えつけるだろう。報告が終わって、国土安全保障省の友人にも伝えたら、すぐに君に知らせる。それでいいか？」

ライリーはうなずいた。「私は早退させてもらおうと思います。でも、携帯電話にご連絡いただければ、必ず応答します。とにかく今は落ち着かなくて、ここでじっとしていられないんです」

ヘンリーは、わかった、というような表情で何かを言いかけたが、口を閉じた。それでも彼の心中はライリーに伝わった。この状況で言えることなどほとんどないのだ。主張が真実だと認められない場合、ライリーの局内での立場は非常に危ういものになる。政治力のあるソマーズ・グループを敵に回すのだから、キャリアはこれで終わるだろう。さらに、ヘンリーも一生を棒に振るだけではなく、逮捕される可能性すらある。主張が認められたとしても、核戦争の危機が消えるわけではない。嘘の動画が原因で、人類は滅亡するかもしれないのだ。

ああ、私の解析が間違っていればいいのだけれど――そう願わずにはいられない。ここでの職を失うことなど、大した問題ではないから。彼女の画像解析能力は傑出《けっしゅつ》しており、その気になればすぐに仕事ぐらい見つかる。そうだ、友人たちの勤務する会社に、雇ってもらえばいいのでは？

フェリシティ、ホープ、エマという親友三人が、ＡＳＩというポートランド州オレゴンにある自分たちの会社に誘ってくれている。非常に働きやすい会社のようだ。しかも給料はいいし、とても親切な男性たちに囲まれた職場環境、妙なヒエラルキーは存在せず、社内政治に気を遣うこともない。

それに引き換え、ここはどうだろう？　仕事自体は面白い。しかし官僚主義に凝り固まった組織であり、自分は巨大な歯車の一枚の歯にすぎないと痛感する。

友人たちが働く会社はまるで異なるようだ。そもそも、ボスがすばらしい人たちだという。オーナー経営者として二人いるボスのどちらにも、何でも気軽に相談できるらしい。一方、仕事のやり方に関しては個人の裁量にまかせ、部下の能力を信じてうるさい口出しをしてこないとか。

今の職場で、ライリーが頼れる人はひとりもいない。ヘンリーの上司、つまりモリス・サータン部長には、実はいちども会ったことがない。彼は二週間前に着任したばかりだが、一般職員とはかかわりを持とうとはしない。とにかく、現時点で何をすべきか、誰と話をすればいいのか、見当もつかない。直属の上司であるヘンリー・ユーは、顛末《てんまつ》を上層部に報告することに慎重な姿勢だった。つまり、ヘンリーとしても上層部を信用していないわけだ。サータン部長に伝える、と言ったときも、仕方ないから話だけは通しておこう、という感じだった。

ライリーがもっとも信頼しているのは、ポートランドにいる親友三人だ。職場の誰よりも信用できる。だからこっそりと、救助要請信号を送ることにした。

ＨＥＲルームに。これはライリー、ホープ、エマ、フェリシティの四人だけしか閲覧できない、掲示板形式のチャットルームで、それぞれが、不穏なことを予期したとき、この掲示板に警報を送る。これは助けを求める状況だから、すぐに警報を送るべきだと考えた彼女は、スマホを手に取るために体の向きを変えた。そしてそのちょっとした偶然が、彼女の命を救った。

彼女の小さな専用オフィスは、通路からガラス板で仕切られている。ガラスの壁にはブラインドが付けてあるが、現在は局内の状況が気になっていたので、スラット板の角度を調整して、外からオフィス内は見えないが、彼女の席からは外が見えるようにしておいた。

フロアの端に、男性が三名現われるところが、彼女の視界に入ったのだ。背が高く、無駄のない動きで、軍服を着用している。ただ、陸軍なのか海軍なのか、所属は制服からではわからない。筋肉質な体、険しい表情、そして武装している。軍務に就《つ》く兵士そのものだ。

偵察局の警備員でないのは明らかだ。こんな男たちを目にしたことはこれまでない。男のひとりがフロアで働く事務の女性に何かを質問した。女性は顔を上げ、まっすぐライリーの部屋を指差した。

男は全身を彼女の部屋のほうに向け、その瞬間ライリーは恐怖に凍りついた。男の制服の袖に、炎のマークが金の糸で縁取られたマークがあったのだ。ソマーズ・グループのロゴマーク。

ソマーズ・グループの特殊戦闘員が来た。ここに。

目的はこの私、ライリー・ロビンソン画像解析官だ。

心臓が胸で大きな音を立てるのを、彼女は意識した。動悸《どうき》に合わせて服の胸元が上下している。不完全なデータから状況を推理し、意味のある情報として報告するのが彼女の仕事なのだが、今回は、データはそろっていて、推理するまでもない。彼女はソマーズ・グループによる犯罪行為を暴く映像を発見した。するとソマーズ・グループのロゴをつけた、いかにも戦闘員という感じの男たちが職場に現われた。彼女の口を封じるために。

三名の兵士は、完璧に歩調を合わせて、行進するように廊下をこちらに向かって来る。行動を起こすために残された時間は、三十秒ほど。

通路側にガラスの仕切りのある彼女のオフィスだが、屋外に面した窓もある。ただそこは、窓枠が溶接してあって開かなくなっている。偵察局の職員は、みんな引きこもりのオタクだから、新鮮な空気など必要ない、とでも思われているのかもしれない。まあ確かに、彼らはあまり新鮮な空気に触れると病気になりかねない。

さらにここは四階で、窓のガラスのほうはどうにか壊すことができても、そのまま飛び降りたら死ぬかもしれない。壁を伝い下りるにも、表面がつるつるで指を引っかけるところさえない、実のところ、防弾ガラスだから、割るのはそもそも無理だった。

残された逃げ場は……隣のオフィスだ。隣は赤外線解析官のシルビー・カーターが使っているスペースだが、元々二部屋続きのひとつのオフィスを便宜《べんぎ》上、二人で使うようにしてあるため、内部ドアがあり、通路に出ずに二つの部屋を行き来できる。シルビーはお母さんが倒れて、看病のために現在カリフォルニアの実家に帰っている。シルビーとライリーは仲がいいので、内部ドアには鍵をかけずにいた。

ライリーは考えるより先に行動に移した。内部ドアからシルビーのオフィスに入り、今開けたドアを閉めて鍵をかけた。シルビーのオフィスを見回すと、反対側の壁にバスルームがあった。隠れ場所としてはあそこしかない。

選択の余地などなく、バスルームに駆け込んだところで、隣の自分のオフィスから物音が聞こえた。ロビンソン解析官のオフィスが空っぽなのを知った男たちの怒気に満ちた声が、シルビーのオフィスにまで響く。そこでシルビーのオフィスに通じる内部ドアに気づいた誰かが、取っ手を引っ張った。ガチャガチャと揺する音がしたが、鍵がかかっているのがわかったらしく音は間もなくやんだ。

「監視カメラの映像を調べろ」誰かが命令している。

まずい。オフィス内が監視されることはないが、通路を含めて、この建物内のいたるところに防犯用のカメラが設置されている。どこへ行っても、自分の動きは彼らに知られてしまう。どうやって建物の外に逃げ出せばいいのだろう。

彼女のオフィスにやって来た男たちは、すでに部屋から出て行ったようだ。彼女はバスルームのドアを少し開け、外の様子を確認した。この部屋のブラインドも、同じように外からは覗《のぞ》けないが中からは見えるようにスラット板を角度調節してあった。男たちは独裁国家の軍事パレードで見られるような完璧に歩調を合わせた足取りで、シルビーのオフィスの前を通り過ぎる。三人そろって。つまりライリーのオフィスには誰も残っていないのだ。ライリーがいると思われる次の目的地に向けて、男たちは行進していく。どこに行ったと思われているのだろう？　普段のライリーは、ほとんど自分のオフィスにこもりっきりだ。部屋を出るのは、コーヒーを取りにフロアの一角にある給湯室に行くとき、あるいは、同僚に仕事に関する質問をしに行くときぐらいだ。

それでも男たちは、ライリーの姿を求めて建物内をくまなく捜し回っている。おそらく、あきらめることはないだろう。

絶体絶命だ。彼らに見つからずに建物の外に逃げなければならないのに、どこに行けばいいのかわからない。あの男たちが捜さない場所など、この建物内にあるのだろうか？　彼らの目をかいくぐって逃げる必要があるが、自分ひとりの力では無理だ。幸い携帯電話を持ってきた。彼女は床に座り込んで机の影に身を隠し、個人で契約しているWi‐Fiの電波を捜した。独立したサービスで、偵察局のサーバーの干渉を受けない特殊なものだ。この建物内では、一般的な携帯電話の電波もブロックしてあり、敷地を出て通りを越えなければ電話もつながらない。これで機密保持も万全だと上層部は自信を持っているようだが、ライリーはばかばかしいと思っていた。

一般的とまでは言えなくても、そこそこ簡単に契約できるWi‐Fiサービスで、個人的にインターネットにつなぐことができるのだから。これで、ダークウェブ上に作ったHERルームにアクセスできる。この掲示板はホープ、エマ、ライリーの三人が国家安全保障局《NSA》の同僚だったときに、危険を知らせ合うために作った。三人の頭文字がH、E、Rなのだ。その後コンサルタントとして一緒に仕事をするようになったフェリシティも参加した。地獄《じごく》の使者みたいな上司がいて、パワハラやセクハラが絶えず、この上司が近づいて来る際の危険信号をここに送って、互いに警戒し合うようにしたのだ。全員がNSAを去ったあとも、四人のあいだで、このシステムを残しておいた。何か不穏な事態を察知した、あるいは助けてほしい、もしくは危険が迫っているから救助を求める、といった場合、この掲示板に信号を送る。

ホープがこれを使って助けを求めた。エマも使った。今度はライリーの番だ。今の彼女には、友だちの助けが必要だ。

ダークウェブ上にある、四人だけしかアクセスできないサイトにログインする。心強いことには、残りの三人が働く会社は民間警備・軍事会社で、屈強の男たちがたくさんいる。

自分が、屈強の男を頼る日が来るだなんて夢にも思わなかったが、今こそ、そのときだ。

HERルームに警報を出すと、けたたましい警告音が鳴るので、彼女はイヤホンをきちんと装着し、音が外に漏《も》れないようにしてから、警報を送った。やかましいこと、この上ない。

イヤホンから聞こえる警告音を意識しながら、彼女はそろそろと立ち上がり、通路側のドアを少し開いて、フロアの様子をうかがった。パーティションで区切ったフロアには、十五個のブースが設けてあり、それぞれのブースにスタッフがデスクを構える。偵察局は極秘事項を扱うことも多いため、パーティションは高くしつらえてあり、中に人がいるかどうかさえわからない。背の高い人がきちんと背を伸ばして椅子に座って、やっとその頭のてっぺんが見えるぐらい。おまけに、スタッフはキーボードに額をくっつけるようにして仕事に没頭している。誰もこちらを見ていない。ライリーのことなど、気にかけるスタッフはいないのだ。

しかし、野太い男の声が遠くで聞こえる。彼らは、左側の総務部のある棟へ向かったようだ。このフロアに野太い声のスタッフはいないから、すぐにわかる。正直なところ、フロア全体の男性ホルモンを足したところで、ハチドリのオス一羽が持つ男性ホルモンにも足りないはずだ。

ライリーはそっとシルビーのオフィスから抜け出し、できるだけ落ち着いた態度をよそおった。気をつけないと、必死の思いが顔にも行動にも出てしまう。さりげなく左側を向くと、男たちが総務部の棟をあとにするところが窓越しに見えた。太い声が、こちらの棟の端にある対外交渉部に移動してくる。そこから彼女の分析課はすぐだ。

走ってはだめ、そう言い聞かせながら、彼女はできるだけ歩幅を大きくして、交渉部とは反対側の隣にある契約部のほうへと進んだ。今週、契約部はCIAで偵察局の業務説明会を行なっていると聞いた気がする。CIAと大口の契約を結ぶ話があるのなら、スタッフ総出で行ったはず。空っぽのオフィスになら、身をひそめられる場所があるかもしれない。

どうなっているんですか、とヘンリーをせっついてみたくなったが、今この瞬間、ヘンリーは非常にデリケートな話し合いの最中かもしれない、と思い直した。政府の要職にある人に対し、我が国はニセ情報に踊らされて戦争を起こそうとしているのです、と説明しているときは、部下からの電話を受けるわけにはいかないはずだ。これはディープフェイクなんです、と信じてもらわなければならないのだ。

契約部のある一角に進み、廊下へ踏み出すと、背後の音がすっと消え、静寂に包まれる。間違いない。今この一角には、人はいない。スタッフは全員CIA本部のあるラングレーにいる。一週間かけて、業務内容を説明するわけだから、本部近くのホテルにでも泊まっているのだろう。つまり、現在ここには誰もいない。

ふっと息を吐いて、廊下の壁にもたれた。ここならダークウェブにログインできる。そう思ったとき、がやがやと人が通路に出る気配がした。ソマーズ・グループの戦闘員が現われたときも、みんな無関心だったのに、何の騒ぎだろう。音は分析課の区画で聞こえるように思うのだが、ここから顔を出して、何が起きているのか確認するわけにもいかない。あちらには敵の戦闘員もいるのだ。そこで彼女は監視映像で確認することにした。

通路など、誰もが立ち入ることのできる公共部分の監視カメラは、独立したネットワークで運用されている。このあたりのオフィスのどれかの中に入るには、鍵をピッキングしなければならず、物理的な作業に時間がかかる。しかし、公共エリアを監視するネットワークをハッキングするのは、そう難しくない。

自分のオフィス周辺のカメラを指定して、そのあたりの様子を覗いてみる。そこを選んだのは、騒ぎが起きているのはそのあたりだと感じたからだ。

思ったとおりだった。通路の真ん中に男性が立ち、彼を取り囲むようにして、情報分析課のスタッフほぼ全員が集まっている。男性は新しく採用されたばかりの、社交スキルがゼロの典型的なオタクだが、スマホの画面をみんなに見せている。監視カメラは、その画面が何を映し出しているのかまでとらえられなかったが、モニターを見るみんなが、一様にショックに凍りつく。女性の何人かは、口元を押さえている。

そのあと、ひとり、またひとりと、自分の携帯電話を取り出した。映像の中で全員が自分のスマートホンの画面を覗き込む中、ライリーもポケットで振動を感じた。彼女のスマホはバイブレーション・モードにしてあったのだ。画面に映し出されるニュース速報を見て、彼女は息をのんだ。

そこにヘンリーがいたのだ。地面に横たわった状態で。頭の半分が吹き飛ばされているようだが、さっとカメラが引いて、頭部がどうなっているのか、詳しくはわからなくなった。映し出された全身はぴくりとも動かず、ヘンリーがすでにこと切れているのは疑いようもない。

彼女はすぐに、最近フォローし始めた政治ブログにログインした。ブロガーは政治に対する辛辣《しんらつ》な意見を率直に伝えるだけでなく、いろいろな情報源を持っているらしく、ワシントンＤＣで起きる政治がらみの事件は、このブログが真っ先に伝える。

思ったとおり、このブログでは、すでにヘンリーの死が伝えられていた。しかし、彼の死体の映像の上部にかぶさるように流れる赤い帯の中の大きな文字のほうが、ライリーにはショックだった。

『中国籍の男によるスパイ行為』

そんなばかな。彼女は呼吸すら忘れていた。ヘンリーは中国籍ではない。中国系三世で、アメリカ生まれ。つまり生まれてからずっとアメリカ国籍だ。彼の祖父母が、文化大革命の最中、必死の思いで米国へと逃げて来た。毛沢東への恨みつらみもあっただろうが、それは彼の祖父母の代の話だし、そもそも、もう六十年も昔のことだ。今さら、彼がスパイなんて……いや、もちろん国家偵察局は、言うなれば組織全体でスパイ行為をしているわけだが――そこで、はっと気づいた。ああ、そういうことか。ヘンリーがしたとされるスパイ行為とは、中国に対するものでなく、中国のためのものだ。米国の情報を中国に渡していた、という意味。ヘンリーという人物を知っていれば、ばかげた言いがかりだと断言できる。だが、彼のことを知らない、一般の人たちは……。

彼女はブログを閉じ、また監視カメラの映像に切り替えた。まずい。

ソマーズ・グループの戦闘員が分析課に戻って来た。また彼女のオフィス内に入って行く。ライリーが自分のオフィスに戻ったかもしれない、と考えたのだろう。

ヘンリーの命を奪うやつらなら、当然、ライリーのことも躊躇《ちゅうちょ》なく殺すだろう。そう、彼女を殺す目的で、彼らはここに来たのだ。そもそも、あの動画がディープフェイクであることを突き止めたのは、彼女だ。

彼女は立ち上がり、通路の突き当たりまで小走りで進みながら、ＨＥＲルームにログインした。通路の端にたどり着く前に警報のシンボルであるゴブリンの王が現われ、続いてエマ・ホランドの顔が見えたときには、うれしくて泣きそうになった。

「エマ、助けてほしい」ささやくようなかすれ声で叫ぶ。

エマならきっと助けてくれる。エマとホープとフェリシティ、この三人なら頼りにできる。必要な情報なら何だって探し出してくれるはず。本来ならライリー自身、ひとりでも対応できそうだが、現在はインターネットの接続も頼りないＷｉ‐Ｆｉサービス、時間もなければ、何より、自分のパソコンがない。出口までどうやってたどり着けばいいか調べようがないのだ。親友三人は国の反対側にいるが、国内有数、いや、今や世界的にも名高い警備会社に勤めている。きっと助けてくれるはず。

そう思ったとき、エマが画面を切り替え、ＨＥＲルームではない別の通信を映し出した。そこに見知らぬ人の顔が現われた。男性だ。カメラに近づけられたその顔は、非常にハンサムだった。漆黒の髪、紺《こん》色の瞳《ひとみ》、細面の鋭い顔つき。

「ライリー、俺はエマの友人のピアースだ。事情を教えてくれ。困ったことになっているのか？」エマたちの会社のエージェントは、ソマーズ・グループみたいな乱暴なことは、けっしてしないと聞いた。「俺は今、ＤＣにいるから、力になれると思う」

ああ、よかった。安心して泣きそうになる。ホープ、エマ、フェリシティの三人は、できるかぎりのことをしてくれるだろうが、物理的な距離はどうしようもない。太平洋側からこの東海岸にいる人間を助ける手段は限られているし、そもそも特殊部隊上がりの戦闘員を相手に、力で対抗できるはずがない。ホープから以前聞いた話では、同僚男性たちは全員、自分たち女性陣にはとても親切だが、悪者を相手にすると非常に恐ろしい存在になるとのことだった。

ソマーズ・グループの戦闘員は、悪者そのものだ。

ピアースに助けてもらうには、まず状況を説明しなければならない。恐怖で心臓をどきどきさせながら、状況をかいつまんで説明するのは非常に難しいが、それでも要点を理解してもらおう。

「ニュース見てる？　中国関連の話？」

「ああ」

「あれ――あの襲撃は中国がやったんじゃないの。証拠もあるわ。その証拠のために、私は追われている。拉致されそうになったけど、どうにか逃げてきた。このあとどうすればいいかわからないの。お願い、助けて」ピアースという男性が、すぐにこちらに向かうと言っているのを確認したあと、彼女はスマホを掲げて映像を見せた。「この映像はもう見たわよね？　でもオリジナルはこっちなの」映像を止め、炎を模した金色のロゴがはっきり見えるようにする。「研究者を襲ったのは、ソマーズ・グループよ」ホープとエマが息をのむのが聞こえる。「職場に、ソマーズ・グループの戦闘員が現われたの。内容を報告に行った私の上司が、さっき殺された」頬《ほほ》を濡《ぬ》らす涙を、ぐいっと拭って、しっかりと伝える。「次は私が殺される。でも見張られているから、偵察局の建物から出られないの」

「よし」説明を聞いていたピアースが、彼女の現在地を確認し、ホープとエマと手短に相談してから、ライリーに直接話しかけてきた。「俺は今、そこから車で二十分ほどのところにいる。あと二十分、見つからないように身をひそめていられるか？　ホープとエマが、そっちの監視カメラを切ってくれるはずだ」

カメラがないのなら——「ええ、やってみる」

「半地下になっている食料庫、わかる？」ホープが問いかけてくる。「とにかくそこまで行っててちょうだい。そこならうまく潜んでいられそう。これからこの掲示板上にアプリを送るから、ダウンロードして。スマホを衛星電話として使える」

つまり、偵察局のネットワークに干渉されず、何よりソマーズ・グループに知られることなく、ライリーはピアースという男性と直接コミュニケーションが取れるようになるわけだ。

「ええ、ありがとう」すぐにダウンロードすると、ピアースから電話がかかってきた。三者間の直接通話はできないが、これでピアースとのコミュニケーションは格段に楽になった。

「今、その建物の見取り図を調べて……よし、待ち合わせ場所を見つけた、西側の棟の玄関に出てきてくれ」

「それは無理」何とも不運な話だった。「西側の棟は、今工事中なの。こちらからの通路は封鎖してあるわ」

「なるほど」エマの声と、せわしなくキーボードを叩《たた》く音が背後に聞こえる。「じゃあ、カフェテリアの厨房《ちゆうぼう》を抜けるといいわ。半地下の食料庫に隠れて、ピアースの到着を待ち、そこから厨房を通って横の勝手口を出るのはどう？　そうね、これは名案だわ。ピアースの車は勝手口に面した通りを入るから」

ピアースの太い声が聞こえた。「到着五分前に知らせるから、そのタイミングで厨房へ移動しろ。二分前には、通りに出ていてくれ。ライリー、頑張れ。見つからないようにな。ソマーズ・グループの戦闘員は荒っぽいやつばかりだが、ばかはいない。じっと隠れていてくれ」

ふと、当然でしょ、と言いそうになり、彼女は口をつぐんだ。親切にしてくれているこの男性に、皮肉な言葉を返すのは失礼だ。ＡＳＩ社の人たちは、彼女が建物外に脱出するための最適ルートを見つけ出した。彼女を助けようと、できるかぎりのことをしてくれている。彼女ひとりではどうにもならなかった。恐怖のあまり理性的に考えられなくなっているせいで、おかしな反応をしてしまいそうだ。気をつけないと。

「ええ、頑張るわ。じゃあ、出口のところで」彼女はここで呼吸を整え、声が震えていないか確認した。「お願い、急いで」

「ああ、了解だ。大至急そちらに向かう」

2

ピアース・ジョーダンは、部屋を飛び出し、階段を駆け下り、通りに出た。彼がワシントンDCにやって来たのは、ASI社が国防総省と新たに結ぶ契約の交渉のためだった。交渉に際しては、ブラック社からの好意で、彼らのDCオフィスの一室を使わせてもらっていた。最近、ASI社とブラック社は共同で仕事にあたることが多いからだ。協力関係がこれほど密になったのは、ASI社の天才女性たち――通称IT部門の女王様たちが、ブラック社のオーナー経営者であるジェイコブ・ブラック氏の命を救ったからだ。しかも二度も。またブラック社が担当する重要な警備任務の失敗をも防いだので、ブラック氏は、ASI社の人間を神様のように崇《あが》めるようになった。そんなわけで、ブラック社のDC支社のオフィスは、社長からの直々《じきじき》の命令を受け、ピアースが必要とするもの――器具であれ人であれ、何でも用意してくれた。あれもこれもと提供されるので、到着してからこれまでは、親切を断るのがひと苦労だった。しかし今は違う。ブラック社からの最大限の支援が必要だ。彼らが要請に応えてくれるのが心強い。ピアースが状況を簡単に説明すると、ほんの二分ほどで、車がオフィスの入口に横づけされた。車を運転してきたエージェントはすぐ、ピアースにハンドルを譲る。一見普通で、さほど高価な車だとは思えない。くすんだ色で、人目を引く特徴もない。しかし、これはフル装備の装甲車で、パンクしてもそのまま走行できる、ランフラット・タイヤを履いている。ゼロ発進加速タイムもスポーツカーなみで、停止状態から十秒以内に時速百マイルに達することができる。ドアの横に立つブラック社のエージェントは、ピアースにさらに説明する。

「うちの社のほうでも、準備を整えておく。車の交換は、ギャレット・トンネルの中だ。隠れ家の位置は、そこで乗り替わる車のナビに入っている。到着してエンジンを止めると、ナビ情報はすべて更新され、消える」軽く会釈して感謝の意を示すピアースに、エージェントは車の屋根を軽く叩いて応じた。「頑張れよ」

ドアが閉まると、銀行の大金庫のような重々しい音がした。彼はすぐに車を出し、偵察局本庁までの道を急いだ。ブラック社DC支部のある建物は首都の西部にあり、隣のバージニア州シャンティリーまで、通常なら車で三十分ほどだが、それより早く到着するつもりだ。車中ではイヤホンを付け、ライリーからのさらに詳しい説明を、ポートランドにいるホープやエマと一緒に聞いた。スピード違反でつかまらないように気を配りながら、できるだけ速く車を走らせるため、かなり神経を使った。違反切符代もブラック社が支払ってくれるのは間違いないが、大きく時間を無駄にすることになる。
ライリーが心配でたまらない。彼女がソマーズ・グループに狙われて——殺されようとしているなんて。

彼女を殺しに来たのが、ソマーズ・グループの戦闘員だと知ったとき、全身から血の気が引いた。これまでに危険な目に遭《あ》ったことは何度もあるが、自分は何と言ってもSEALだ。実戦においても、激しい訓練でも、心拍数は一定のレベルでコントロールできる。敵と対峙《たいじ》するときに、一分間の心拍数が八十を超えることはない。冷静さを失ったことはない。今までは。

理由は簡単だ。自分が、あるいは一緒に訓練してきた仲間が狙われているのではないから。狙われているのは、頭脳明晰《めいせき》な若い女性だ。頭の回転の速さだけで勝敗が決するのなら、ソマーズ・グループの戦闘員が彼女に太刀打ちできるはずはない。だが彼女が、武器を持った男を物理的にやっつけることはできないし、このまま彼女ひとりで逃げおおせられる可能性は低い。そう思うと、心の底から、恐怖がわいてくる。

ソマーズ・グループの戦闘員がどういうやつらかは知っている。残忍で冷酷非情な傭兵《ようへい》、つまり女性に暴力をふるったり、銃弾を撃ち込んだりすることに何のためらいもないやつらだ。

ピアースは、ライリーと直接会ったことはないのだが、彼女がフェリシティ、ホープ、エマと一緒に映った写真を見たことがある。何度も。この女性たちが互いに抱く親愛の情が伝わってくる写真が、何枚もＩＴ部門の部屋に飾ってあるからだ。

四人は全員美人だが、ライリーの美貌は、際立っていた。プラチナ・ブロンドの髪、淡い水色の瞳、ほっそりとして気品がある。写真の彼女からまばゆい光が放たれている感じ。しかも、非常に頭がいいようだ。国家偵察局で専門職に就くのは、すばらしい頭脳がないと無理だ。そして日々、スパイだの極秘情報取得だのといった仕事をこなしているのにもかかわらず、目元がとてもやさしい。ふつうは諜報《ちようほう》機関にいると、誰もがシニカルで、険のある人間になってしまう。なぜなら、諜報活動というのは、危険なものだから。

今、彼女が陥っているような危険な目に遭う。

慈悲のかけらもないと評判の、傭兵部隊さながらの戦闘員に追われるのは、間違いなく危険なことだ。

ピアースはアクセルを踏み続けたまま、タイヤを軋《きし》らせてコーナーを曲がった。もし警察に目を付けられたら、そのまま逃げ切ろう。もう時間がない。到着しても手遅れだった、目の前のとても美しい死体を見下ろす自分――そんな場面を想像してしまう。恐怖が彼の全身を駆け抜けた。

衛星電話でつながったライリーの背景音として、ホープとエマが出口までの行き方を教えているのが聞こえる。そこにピアースが口をはさむのは得策ではない。自分ができる最善のことをしよう。つまり、一秒でも早く彼女のもとへ駆けつける、そのためには全速力でこの車を走らせる。

ホープとエマは、ライリーに進むべき通路を案内し、その順路の監視カメラをこっそり目立たないように無効化しては、また戻す、という作業を繰り返している。ソマーズ・グループの戦闘員の目を欺くには、慎重にならざるを得ない。フェリシティはすでに産休に入っているが、自宅にいる彼女にも事態の進展は知らされているようだ。ライリー本人も、こういった作業は得意なのだろうが、自分のパソコンを自宅に置いたままだと言っていたので、現在はたいしたことはできないはず。偵察局職員は、個人所有のパソコンは、使用はもちろんのこと、本庁建物への持ち込みさえ許されない。ライリーの話では、スパイ衛星がとらえた問題の映像をメモリスティックにコピーしたということだったが、おそらくそれにはスマホを使ったのだろう。このコピーを彼女は上司に渡し、その結果、上司は殺されてしまったのだ。

とにかく、スマホだけでは、特殊なアプリを使った衛星回線で通話しながら、HERルームの掲示板経由でポートランドのホープやエマからの案内を受け、偵察局の監視カメラのネットワークをハッキングする、といった芸当は無理だ。

彼女の親友の女性たちは、アメリカ大陸の反対側からでもそれができる。当然だ。実際、あの三人に何かを頼んで、できない、と返事されたことなどない。ひとりとして。だからこそ、彼女らはＩＴ部門に君臨する女王様であり、女王様は常に、どうにかして方法を見つけ、依頼されたことを可能にする。すでに、ソマーズ・グループの三名の戦闘員にそれぞれ別のタグをつけ、その所在地と動きをリアルタイムで追っている。ピアース到着とぴったりのタイミングで、約束の勝手口からライリーが現われるためには、敵の位置取りは絶対に必要な情報だ。

彼はちらっとナビの画面を見て、つぶやく。「あと八分」

逆に言えば、ライリーはあと三分後に半地下から厨房に移動し、それからさらに三分以内に、勝手口から姿を現わさなければならない。

「敵が散らばった」ホープの声が響く。まずい。三人が同一行動を取っているより、ライリーが見つかる可能性が三倍大きくなったということだから。見つからずに移動できるエリアがうんと狭くなったわけだ。

くそ。彼はスピードをさらに上げ、歩行者がいないところでは赤信号も無視した。運転しながら、危険の予測や回避、安全確保ができる技術をディフェンシブ・ドライビングというのだが、彼はそのインストラクター資格も持っているぐらいだ。その中でも戦闘時に特化したさらに高度な技能をコンバット・ドライビングと呼び、こちらの腕前も完璧だし、ブラック社が提供してくれたこの車両も信頼できる。だから、自分の腕と車の性能の限界に挑戦する。ライリーを殺そうとするやつらが、どんどん彼女に近づいているのだ。

そんなことはさせない。俺がいるかぎり。そう心で叫び、ピアースはアクセルをさらに強く踏んだ。「あと五分だ」

「厨房付近の監視映像はループ再生にしておいた」ホープが、建物内の状況を説明してくれる。「ライリー、今よ！」ホープはライリーに移動を促している。「ライリーが勝手口から外に……ああ、いいわね、彼女、ドアの外にゴミ箱を並べた」機転の利く女性だ。ソマーズ・グループの戦闘員は、荒っぽいやり方をためらったりはしないだろうが、それでも必要以上に注目を集めたいとは思わないはずだ。ゴミ箱が並べてあれば、乱暴にドアを開くと大きな音がするだろうし、道を空けるには少しばかり時間がかかる。うまい時間稼ぎだ。

ただ、やつらは自分たちの姿が監視映像に記録されることぐらい承知しているはずで、そういった証拠を残したとしても、ライリーを拉致、もしくは建物内で殺害する気なのだ。大きなリスクもいとわないほど、ライリーを黙らせたいわけだ。

「建物前の通りに入った」ピアースは怒鳴るように言った。ここからはもうすぐだ。直線道路を矢のような速さで進む。隣の車線を走る車が、停止しているように見える。

「もうすぐ――」彼は身を乗り出した。「よし、彼女が見えた。ライリー、通りを渡って、道の反対側に来てくれ」

彼女が首をかしげ、道路を横断しようとする。そのとき、猛スピードで近づく車に気がつき、運転席のピアースを見た。

ずいぶん脚が速いんだな、走り出した彼女を見て、ピアースは思った。これなら、建物のちょうど前あたりに車が差しかかったときに、彼女はぴったり道路を渡りきる。よし、うまくいくぞ。

そう思ったとき、ホープの声がイヤホンに響いた。

「ピアース！　やつら、三人とも厨房の前まで来たわ。ライリーの居場所に気づいたのよ」

まずい！　道路の中央に分離帯が設けてあるので、Uターンはできない。つまり車を建物に横づけできないのだ。かなり広い道路で、ライリーはまだ分離帯に達していない。今すぐ、やつらが勝手口から出て来たとしても、彼女には追い付かないだろうが、身を隠す場所などまったくないので、撃たれたらどうすることもできない。

「やつら、厨房を通り過ぎて、勝手口のドアの前にいる」ホープが叫ぶ。ライリーはやっと分離帯を越えたところ。助手席に乗るためには、車の反対側に回り込まねばならないが、そんな余裕はなさそうだ。ピアースはブレーキを勢いよく踏みながらハンドルを猛然と切り、車を180度回転させた。

勝手口のドアが開き、男が三人通りに飛び出して来る。二人の男はライリーを追って走り出し、三人目は右手に持ったグロック19に、左手を添え、ぶれないように、両足を少し広めに開いて立つ。確実に標的に――つまりライリーに当てようとしているのだ。

車を回転させると同時に助手席側のドアを開く。計算どおり、ライリーの走って来た地点でぴたりと車は停止した。タイヤがスモークを上げている。彼女が車に飛び込んで来ると同時に、ピアースは彼女の頭越しに、自分のグロック22で彼女に銃口を向けている三人目の男を撃った。男の体が後ろに回転し、血が飛び散るのが見える。ピアースは、さらに二発撃った。ライリーを追ってきた男二人の、それぞれの足元のコンクリートに当たり、小さなコンクリート片が跳ぶのが見える。

ライリーの全身が車の中に納まったのを確認すると同時に助手席側のドアを閉めたが、そのとき、ポン、ポン、という音が装甲車仕様のドアの外側で聞こえた。あと二秒遅ければ、この銃弾は車両ではなくライリーの体に撃ち込まれていたはずだ。

もういちど車を180度回転させ、アクセルを踏む。後部ミラーで道路の真ん中に男二人が立っているのが確認できた。銃口はすでに下を向いている。彼らの持つ銃ではこの車両のパネルを貫通させることはできない。

ふと見ると、ライリーが助手席で体を小さく丸めていた。

「ライリー」

「はい？」運転席に向けられた彼女の顔は蒼白だった。

「シートベルトを締めてくれないか？」

「え？」ぽかんとして、目を見開く。

「シートベルトを締めるんだ」少し強い口調で言う。「今すぐ」

彼女はあたふたとベルトを手にした。かちっと金具がバックルに収まる音が聞こえると、ピアースはアクセルをいっぱいに踏み込んだ。

3

コソボ紛争の期間中、ミズーリ州ホワイトマンの空軍基地から飛び立ったジェット戦闘機は、コソボまで飛行して爆弾を投下し、いちども着陸することなく、そのまま基地へと帰還した。パイロットは三十時間以上も操縦桿《そうじゅうかん》を握り続けることになったが、完璧に飛行し、完璧に爆撃し、飛び立ってから一日半経った頃に、何の問題もなく基地に着陸した。全員が、薬漬けの状態だったたから。使われたドラッグは、中枢神経興奮剤、主にアンフェタミンだった。

エイドリアン・ソマーズは、そのことを思い出した。当時の彼は、海軍に入隊したばかりで、人が長時間、疲れも見せずに戦い続けられる事実に驚愕《きょうがく》した。薬品の効果を思い知ったのもそのときだった。

あるとき、ちょっとした研修任務で、ホワイトマン空軍基地に滞在することがあった。コソボの爆撃から戻って来たジェット戦闘機の着陸を、目の前で見た。ソフトでスムーズな、考え得る最高の着陸だった。

するとだれかが、あのパイロットは、三十五時間操縦桿を握り続けてきたんだぜ、と教えてくれた。驚いた彼は、パイロットが姿を現わすのを待った。疲労困憊《こんぱい》でよれよれの男を、誰かがコックピットから引っ張り出さねばならないのだろうと思っていた。ところがパイロットは、軽やかにコックピットから飛び降り、きらきらした瞳でさっそうと歩き始めた。もちろん長時間ヘルメットをかぶっていたせいで、髪はべっとりと汗で濡れていたが、全体としては元気潑剌《はつらつ》、という感じだった。担当メカニックの背中を軽く叩き、パイロット仲間とそのままビールを飲みに行ってしまった。

ソマーズは思わず、ジェット戦闘機を長時間操縦し続けたのに、あんなに元気でいられるなんてすごいな、と近くにいた空軍関係者に言った。

するとその男はソマーズにウィンクして説明した。「アンフェタミンだよ。効果てきめんだ」

そのときソマーズは能力向上薬に強い興味を持ち、そのことが彼の頭から離れなくなった。いわゆる、スポーツ選手などがパフォーマンスの向上のために使う、そしてオリンピックなどのスポーツ大会でドーピング検査の対象となる禁止薬物だ。

その後まもなくして、彼は軍を去った。金持ちになりたいのなら、軍なんかにいても仕方がないからだ。軍では、ひたすらおべっかを使って上の人間に気に入られなければ出世できない。そこまでしたところで、大将クラスのポジションでもせいぜい年収十万ドル前後。

　ほんのはした金だ。

　除隊後、できるだけ早いタイミングで軍事会社を立ち上げた。任務を請け負う戦闘員のあてはあった。自分の部下として理想的な男たち。海軍でＳＥＡＬｓに志願しながら、地獄の一週間《ヘルウィーク》で脱落したやつらだ。そもそも基礎水中爆破訓練《ＢＵＤ／Ｓ》として知られる選抜訓練に入るまでの段階で、志願した兵士――自他ともに認める屈強の男たちばかり――のほぼ七割が脱落する。つまり、ヘルウィークまで残れるのは、非常に優秀なやつだけなのだ。ＢＵＤ／Ｓの第一段階の最後の一週間、つまりヘルウィークで、そのうちのさらに七割がＢＵＤ／Ｓを去る。最初の志願者の一割程度しか残らない。そこからは脱落する者はほとんどいない。結局、ヘルウィークを乗り切るのは、くだらない精神論みたいなものにとりつかれたやつだけなのだ。そういうやつらは、その後長い年月を海軍で過ごす。そんなやつらに、ソマーズはいっさい用などない。もしそいつらを引き抜こうとすれば、かなりの金額を支払わねばならない。

　だから、もう少しでＳＥＡＬになれた、というやつがうってつけだ。能力に関しては、問題はない。強くてすばやくて頭もいい。年齢は三十歳以下。自分の会社の戦闘員として、理想の男たちだ。採用にあたって、それまでの給料の倍額を支払うと約束すると、やつらからは感謝までされた。そして全員が、少しばかり法に触れるような仕事も、特段気にすることなくこなしてくれた。

ソマーズ・グループのビジネスは、主として米国外での仕事で成り立っている。仕事の完遂が最優先とされ、くだらないルールや義務だの責任だのというものなど、誰も気にしない国々だ。

また戦闘員が任務に際して最大限のパフォーマンスを出せるために、必要なものは何でも、ふんだんに与えるようにしていた。アンフェタミン、メチルフェニデート、クレアチン、アナボリック・ステロイド、場合によってはコカインでも。こういった薬物の摂取で、戦闘員のパフォーマンスは倍ほども高まった。

面白いように、彼の懐に金が転がり込んできた。

あるとき、〝悪徳薬剤師〟と呼ばれる者の存在を耳にした。大きな製薬会社の研究開発者だったそうだが、何らかの事情でクビになり、自分で新種の能力向上薬を開発したのだという。その薬は、心臓に負担をかけず、依存性もない。これまでだと与えた薬のせいか、戦闘員の何人かが任務の途中に突然の心臓発作で亡くなっていた。まあ、そういった場合でも、警察などがうるさくせっついてくるわけではないし、そもそも人が簡単に行方不明になる国での話なので、特に問題はなかった。また突然死した戦闘員の所属部隊の他のメンバーには、臨時に十万ドルのボーナスを支払っておいた。

この悪徳薬剤師の作ったドラッグは、これまでの薬物とは違う。能力を向上させるための原理が異なっているとかで——薬剤師本人から説明されたのだが、ソマーズにはさっぱり理解できなかった。別に構わない。何が何をどう刺激するとか、どうだっていいのだ。ともかく、彼はその薬剤師をグループに雇い入れた。彼が求めるのは生産性の向上であり、そのドラッグは実に効果があった。

薬剤師はその薬を改良し続けた。実験するのが楽しくて仕方ない様子だった。やがて、いじくり回された薬が、ソマーズ・グループの存続を危うくする事態を引き起こした。

グループの部隊のひとつを、コンゴでの任務に派遣した。仕事は、最近、その存在が確認されたリチウム鉱山の採掘権をめぐり、ベルギーの多国籍鉱山会社の動きを牽《けん》制《せい》する、というものだった。この鉱山は米国の企業も狙っているのだが、ベルギーの会社が先に発見したことを証明すれば所有権を主張できる。すると、米国の会社はそこから採掘できるリチウムをあきらめざるを得ない。ソマーズ・グループは、ベルギーの地質学者を足止めしてもらいたい、という依頼を受けた。ソマーズは部隊に、ベルギー人をその鉱山に行かせるな、そのためなら何をしてもいい、と命令した。

スケジュール的には厳しかった。そこで、派遣した戦闘員には、成功報酬としてかなりのボーナスを支払うことを約束した。さらに薬剤師が改良した最新バージョンのドラッグもたっぷり与えた。薬剤師はこのバージョンに〝電光石火〟というニックネームを付けていた。ベルギーの地質学者の現在地の座標軸情報と、急げ、という言葉が添えられ、ソマーズの命令は部隊に伝えられた。

そして、事件が起きた。部隊のメンバーが正気を失ったのだ。座標軸を読み間違い、アメリカ人の微生物学者や医師たちが研究拠点としているキャンプを襲った。文字どおり。部隊は、アメリカ人研究者を皆殺しにした。

場所はコンゴ、しかもジャングルの奥深くで起きたことだ。秘密が漏れる心配はないだろうと、最初は思った。ところが、研究者が惨殺《ざんさつ》されていたちょうどその瞬間、アメリカの偵察衛星がコンゴ上空にあり、事件のすべてを撮影していたと知った。

それを知ってソマーズは、慌てた。どうしようもない、取り返しのつかない事態だ。何せ、映像で証拠が残っているのだ。うやむやにしたり、買収で片づけたりできるものではない。

この仕事の前に、部隊はモロッコの将軍の警護任務をこなしていて、メンバー全員がソマーズ・グループの制服を着用していた。だから、惨殺事件の犯人が誰かは、映像を見ればすぐにわかった。どうにか逃げ道はないかと、彼は懸命にあちこちに探りを入れてみた。だめだった。

もうあきらめかけたとき、ある男と出会った。典型的なワシントンＤＣの社交行事、いわゆる政治がらみで、コネづくりだけのために顔を出した集まりだったが、その男は国家偵察局の上級職員だと自己紹介してきた。彼の話では、偵察衛星が撮影した画像なんて、たやすく偽ものが作れ、一般民衆を騙《だま》すのは簡単だ、とのことだった。

はっきり言って、途方もないギャンブルだった。しかしソマーズは過去にも大きな賭《か》けに出て、結果、誰よりもたくさん勝ったことがあった。賭けは大成功だった。その国家偵察局の上級職員、モリス・サータンという名前の男は、金品を受け取ることに何の抵抗もないやつだとわかった。積極的に、喜んで賄賂《わいろ》を受け取るのだ。高くはついた。しかし、その金で、ソマーズの問題は解決した。ソマーズ・グループの特殊戦闘員がアメリカ人の研究者たちを惨殺している映像は、中国軍が無抵抗のアメリカの一般人を襲っている映像に変わった。

中国はアフリカ全土に積極的に軍事部隊を展開している。その事実ぐらい、誰でも知っている。そして、そのうちの一部隊が道を踏み外し、おかしなことをする——いかにもありそうなことだ。そんな些末事《さまつじ》を気にする者なんていないだろう、ソマーズはそう考えた。

実際は、中国軍兵士が精神に異常をきたし、アメリカ人研究者を襲った、というのは、深刻な事態とみなされた。ジャングル奥深くで起きたことなのに。予想外だった。ただまあ、襲ったのが自分の会社の戦闘員だったことは、バレなかった。もちろん騒動を引き起こした戦闘員たちは、何もしゃべらない。今になってわかったのだが、この〝電光石火〟ドラッグは、修復不能なダメージを脳に与えるのだ。帰還後、戦闘員の半数は植物状態、残りは自分で食事もできず、よだれを垂らしたままの状態の、いわば廃人となった。薬剤師からは、大脳新皮質がどうとか説明されたが、専門用語が多くて、ソマーズには理解できなかった。とにかく、大失敗であったのは間違いない。くそみたいなものを作りやがって、とソマーズは思った。

最終的には、その部隊の全員を始末する羽目になった。死体の埋葬も終わり、やっと片づいたと思ったときに、サータンが連絡してきた。

映像がディープフェイクであったことを、情報運用部でサータンの部下にあたるヘンリー・ユーという男が嗅《か》ぎつけたと言うのだ。ユーは情報運用部で分析課長なので、画像解析をした結果、フェイクであることがわかったのだろう。まったく、要らぬことをするやつだ。サータンは、ユーには調べてみる、とだけ伝え、ソマーズに知らせてきた。ただちにユーを始末してくれ、という要求に、ソマーズは即応態勢にある戦闘員のうち、もっとも能力の高い三名を偵察局に送り込み、ユーを始末した。

ところが、話にはまだ続きがあった。実際にこの映像がディープフェイクだと突き止めたのは、ユーの部下の画像解析官だと言うのだ。ライリー・ロビンソンという若い女性だとの話だった。

まあ、いい。その女も始末しろ、と戦闘員に伝えた。銃弾の一発もあれば、話は終わる。ユーと同じだ。自殺に見せかければいいのだ。実は今年になって、国家偵察局では自殺が相次いでいた。このあたりの水に何か入っているんじゃないか、みたいな都市伝説さえ生まれるほどだった。

一方、銃を交えての戦争が、すぐそこまで迫っていた。そこで国防総省からは、多くの外注仕事が転がり込むことになった。新たな契約が続々と成立していた。要は、肥溜《こえだ》めの中に落ちたと思っていたのに、出たら体じゅうからバラの香りが漂っていた、みたいな状況なのだ。若い女ひとりにかかずらわっている暇《ひま》はない。さっさとかたをつけなければ。

女はIT技術に関する能力を買われて、偵察局に採用された。つまりは女のオタクだ。それなのに、ソマーズ・グループの戦闘員を振り切って、車に駆け込み、そのまま姿をくらますとは。

現在、エイドリアン・ソマーズとソマーズ・グループの命運は、この女オタクが握っている。この女が生きているかぎり、ソマーズが安心して暮らせる可能性はない。女を見つけなければ。そして消さなければ。

絶対に。

自分が生きていることは奇跡だ――ライリーはそう思った。アメリカ大陸の反対側に住んでいる親友たちの助けがなければ、奇跡は起きなかった。どこをどう進めばいいか、ホープとエマがみんな教えてくれた。建物内には自分のパソコンを持ち込めないし、偵察局支給のノートパソコンはあったが、位置情報発信器が内蔵されているので、そんなものを持って歩くわけにはいかない。パソコンなしでは、五感すべてを奪われたのも同然だ。ホープたちの助けがなければ、そんな状態で、逃げ回るしかなかった。使える機器としては携帯電話だけ。それも親友たちの送ってくれたアプリで、衛星電話として使えるようになり、これなら追跡はされない。逃げるあいだも、ホープとエマは、ソマーズ・グループの戦闘員、要は殺し屋たちが、今どこにいるかを逐一教えてくれた。その情報がなければ、殺し屋たちとすれ違っていたかもしれない。特に、殺し屋三人が分散して、見つかる可能性が高くなってからの移動は大変だった。通路が交差する地点で、危うく殺し屋のひとりと鉢合わせするところだった。伏せて、というエマからの指示に、彼女は壁にぴったりと体を貼りつけ、敵をやり過ごした。また、万一の場合を考えて、ホープは、職員とも顔を合わせないで済むように指示をくれた。

＊　＊　＊

そうやって、ようやく厨房にたどり着いたが、激しい動悸《どうき》は抑えようもなかった。厨房を抜けるあいだに、ホープから、ライリーを救うために急行してくれているASI社のエージェントについて簡単に説明を受けた。名前はピアース・ジョーダン、いい人よ、とのことだった。エマの彼氏の親友で、仕事に関しても、能力が高く優秀。まず失敗はしないし、頼りになる人。

それって、いいことなんだろうか、と不安が彼女の胸をよぎる。彼女自身、仕事に関しては能力が高くて優秀で、まず失敗はしない、いわゆる頼りになる人間なのだ。それなのに、いや優秀だったからこそ、こんな事態に陥ってしまった。命の危険を感じて必死で逃げなければならないのだ。

いや、そんな考え方はやめよう。このピアースという男性は、この種の場面で必要な能力において優秀なのだろうから。たとえば、銃の腕が確かで、とりわけ、市街地での銃撃戦に強いとか。テロリストのグループに潜入捜査した経験さえあるらしい。つまり、パワフルに敵と渡り合える力はありながら、必要に応じて氷のように冷静でいられるわけだ。

今必要なのは、まさにそういう人。不安と恐怖で燃え上がりそうになっている自分の心を、落ち着かせてくれる冷静さが欲しいのだ。

自分が爆弾を抱えた存在であることは、ライリー自身、じゅうぶん認識している。

自分の生死が、大勢の人の今後に影響する。彼女が握るのは、犯罪行為の証拠であり、それを行なったのは、規模の大きさでは世界有数の民間軍事会社だ。

任務遂行の手段は問わない、というのがこの会社の方針らしい。ホープの彼氏のルーク・レイノルズによれば、極悪人ぞろいだそうだ。

ピアースという男性の職務遂行能力は高いと聞いたが、ソマーズ・グループの戦闘員も荒っぽいことは得意なはず。そんな男たちが、銃を持って自分を追っている。殺害しろ、という命令を受けて。武装した極悪人、しかも自分の上司を何の迷いもなく殺害した男たちが、今度は自分に狙いを定めているのだ。

仕事に関する能力の高さは自負しているし、機転も利くほうだが、危険から身を守るとか、殺し屋の目を欺くといった能力は、いっさい持ち合わせていない。だから、親友たちが信頼を寄せる男性を頼りにするしかない。ああ、彼はまだだろうか？　あと八分。よし、三分後に厨房に移動する。

七分。六分。五分。

「今よ！」ホープに促されて、厨房へと駆け出し、そのまま勝手口のドアを開くと外へ出た。まだ少し時間があったので、ドアの前に近くにあったゴミ箱を並べた。

そしてすぐに、周囲を見た。ホープたちからの話では、ピアースの車は通りのこちら側にやって来るのではないらしいので、反対側に渡らねばならない。昔から駆けっこは得意で、今でもほぼ毎日走っている。フル・マラソンを何度も完走しているし、マイル走なら五分台で走れる。自分のオフィスから見たとき、殺し屋たちは筋肉隆々で、見るからに力が強そうな感じだったが、ああいう人たちが速く走れないのを彼女は知っていた。筋肉が邪魔になって、走るのに向いていないのだ。

駆けっこ勝負なら、追いつかれずに通りを渡りきれる。

しかし、銃弾は私が走るより速い。

そのとき、道行く人が、危ない、と叫ぶのが聞こえた。何だろう、と思った瞬間、エンジン全開、といった感じで、ＳＵＶが轟音《ごうおん》とともにこちらへと突っ込んでくるのが見えた。運転席の男性と目が合い、彼女は通りの反対側、直線距離でいちばん近い場所を目がけて走り出した。車は、こんな速度が出るのか、という速さで迫ってくる。中央分離帯の近くまで来たところで、ふと振り返ると、男たちがゴミ箱を蹴散らしていた。

ああ、どうしよう。銃を構えている男もいる。通行人もいることだし、殺し屋たちも、彼女を撃ち殺すより、どこかに連れ去りたいところだろうが、追いつくのが無理だとわかればためらわずに撃ってくるはずだ。

ピアースの車は、まもなく彼女が目指す場所に到達するが、助手席側に回り込まなければ車には乗れない。その間に撃たれてしまう。

彼女が絶望した瞬間、車はタイヤを軋らせて、くるりと反対向きになった。道路にはタイヤ痕がつき、煙が上がっているようにさえ見える。そして、ぴたりと彼女の目の前で助手席のドアが開いた。魔法のようなタイミングだった。

「中へ！」運転席の男性が叫ぶ。言われるまでもなく、彼女は車に飛び乗った。男性は片手でドアを閉めながら、もう一方の腕を彼女の頭の上に伸ばし、殺し屋に銃を向けて数発撃った。車が完全に停止することはなかった。

ドアが閉まり、座席で体を丸めていた彼女は、体のすぐ横で、ポン、ポンという音と軽い衝撃を感じ、つい悲鳴を上げてしまった。

車はごくありきたりのＳＵＶみたいに見えるが、装甲仕様なのだ。ああ、助かった。普通の車なら、銃弾はパネルを貫通し……。

「シートベルトを締めてくれないか？」無表情の彼が、冷たい口調で言う。

「え？」聞き間違いかと、きょとんとしてしまう。

「シートベルトを締めるんだ」彼が言葉を繰り返す。「今すぐ」

武装した男たち、いかにも傭兵上がりといった感じの屈強の殺し屋複数に、襲われている。追いつかれることだけを心配すべきなのではないのか？　今さら、交通規則を守ったところで意味はないように思うのだが。

それでも、この男性に命を救ってもらったのは事実だし、今も、これからしばらくのあいだも、この男性に守ってもらう必要がある。おとなしく言われたとおりにしておこう、とあきらめ、ライリーは助手席側のシートベルトをつかんだ。

かちっとバックルが留まる音がすると同時に、何か強い力、いや猛烈な勢いで、彼女の体は座席に押しつけられた。同時に窓の外の風景が飛ぶように動き出して、正確な形すらわからなくなった。

その乗り物は、自動車というよりはロケットだった。道路上で発進したのではなく、ロケット台から発射されたような感じ。

角を曲がるときも、片側のタイヤが完全に浮いた状態だったし、周囲の車はどんどん後ろに遠ざかっていった。悲鳴を上げたいところだが、息が苦しくて声が出なかった。パトカーがサイレンを鳴らして追いかけてくるのではないかと心配だったが、奇跡的に警察による追跡はなかった。もっとも、この車に追いつけそうなパトカーは、まずないだろう。

恐怖で全身が硬直したライリーは、呼吸するのさえやっとだった。ああ、ぶつかる、と思った瞬間、死の淵《ふち》から呼び戻される、といった感覚だった。

何とか頭の向きを少しだけ変え、運転席を見た。この人がピアース・ジョーダン。この速度で車を走らせる人には、基本的に自殺願望があるのだと思う。『テルマ&ルイーズ』のラストシーンで、グランド・キャニオンの絶壁に追い詰められた主人公が、そのまま車のアクセルを踏み続けていくところを思い出してしまう。あるいは、『博士の異常な愛情』で、スリム・ピケンズが演じていたコング少佐。核爆弾にカウボーイみたいにまたがって墜落《ついらく》するシーン。どちらにしても、一種の狂気を感じさせる役どころだった。

しかし、ピアースは違う。親友たちからも、彼の正気を疑う言葉はいっさいなかったし、実際そばにいても、狂気は伝わってこない。まったく普通で——顔立ちは普通どころか、非常にハンサムだが、落ち着いた様子で車を運転している。感情は読み取れないが、強い決意は伝わってくる。そして運転に集中している。

まあ、確かに集中しなければ、衝突して車ごと炎上してしまうだろうから、集中するのは当然だが。彼女は前を向いて、フロントガラス越しに近づいてくる風景を見ることにした。どうせ死ぬのなら、何にぶつかって死ぬのかを知っておきたい。

ずっと恐怖で頭がいっぱいだったので聞き忘れていたが、車はどこに向かっているのだろう？　偵察局本庁はＤＣの郊外とも言える場所にあり、新興住宅地が広がるので、周囲一帯どの場所にもこれといった特徴がない。それに偵察局で働き始めてから、まだ一年も経っていない上に、職場と自宅の往復だけで時間を過ごしてきた。

ここはどこだろう？　見覚えがない。

こんな危険なスピードでどこにたどり着こうとしているのだろう？　ピアースは行

き先を知っているようだ。でなければ、何の迷いもなく交差路を走り抜けたりしないはず。

まあ、いい。目的地がどこにせよ、ライリーの好き嫌いが行き先に反映されることはないのだから。彼女に今できることは、手すりにつかまって、座席にしっかりと体を押しつけておくことぐらい。そうしておけば、事故が起きても生き残る確率は高いはず。

飛行機に乗るときも、彼女はいつもそうする。実は彼女は飛行機が大の苦手で、フライトのあいだ、ずっと座席のあいだの肘置きをしっかりつかんだままにしている。エンジンが止まっても、肘掛けを引っ張り上げて、飛行機が落ちないようにしておく――つもりだ。

「準備しろ」ピアースが意外な言葉を口にした。

「な、何?」言われて運転席のほうに顔を向けると、彼はまるで楽器を奏でるかのようにブレーキとギアシフトを操っているところだった。そして車はスピードを落とした。どうしてゆっくり走るのだろう？　到着したから？　しかし車はトンネルに入るところで、ここが目的地とは思えない。

ふと前方を見ると、故障車だろうか、大きなトラックが路肩に停まっていた。二人の乗る車はさらにじりじりと速度を落として、走行車線から外れ、路肩に入った。速度はきわめて遅く、基本的に人が歩くぐらいのスピードで進む。

ライリーが何だろうと思っていると、ピアースがハンドルから片手を離し、彼女のシートベルトのバックルを外した。驚く彼女に、彼は短く告げた。

「降りるんだ」

は？　降りる？　困惑したものの、ピアースがきわめて真剣な表情を浮かべ、口調もしっかりしているのを彼女は確認した。頭がおかしくなったわけではなさそうだ。車は、そろそろと少しずつ動いているだけなので、足元に気をつけてさえいれば、問題なく飛び降りられる。彼女が道路に足を置いた瞬間、彼も車から降りた。

すると、背後からぬっと出てきた男が、二人が乗り捨てた車にするりと乗り込んだ。男がいることにライリーはまったく気づいていなかった。ピアースはこっちだ、と手招きする。背後に黒のＳＵＶが接近してきていた。その車はティントガラスを使っているわけではないのに、ウィンドウから車内が見えなくなっている。ピアースが運転席に乗り込み、ゆっくりと車を前に出す。車は動いてはいるが、今度もまた人が歩くぐらいの速度なので、彼女も難なく助手席に収まることができた。

要するに、きわめてスムーズに、ほんの数十秒のあいだに車両を交換したわけだ。前を行くさっきまで二人が乗っていた車は、故障車だと思っていたトラックに向かって進む。トラックは車両運搬用のトレーラーで、この数十秒でキャリアブリッジを下ろしてあったので、最初のＳＵＶはそのままトレーラー内に吸い込まれるように収まっていく。その後、覆いがかぶせられ、最初のＳＵＶはどこにも存在していなかったかのように消えた。ピアースは走行車線に戻り、スピードを上げてトレーラーの横を通り過ぎた。

車がトンネルを出る。なるほど。もし最初のＳＵＶが追跡されていたとしても、トンネルに入るところまでは確認できるが、出てからはわからない。車両の入れ替えがあったことに気づいたとしても、状況の理解に時間がかかり、対応は後手に回るだろう。実際、何があったか気づかない可能性のほうが高い。さらに、ライリーがどの車両に乗り換えたのかは、まずわからないはず。

この二台目のＳＵＶも、別段変わったところがあるようには見えないし、制限速度を大きく超えないように走行し続けている。この車に目を留める人はまずいないだろう。トンネルを出たところで振り返ってみた。四台後ろに最初のＳＵＶを内部にしまい込んだトレーラーが走っている。交通カメラを調べても、ライリーを偵察局の前から連れ去った車は、どこへともなく消え去ったとしか思えないはずだ。

今のところ、二人は安全なのだ。

ライリーはほうっと息を吐いて、ピアースのほうを向いた。この人のおかげで、窮地を脱することができたのだ。

「お見事だったわね、本当に。ありがとう」

今では流れに乗って普通に車を運転しているピアースからは、さっきまでの、険しくて近寄りがたい表情は消えていた。

「ああ。支援してくれる仲間がいるからね」彼はちらっと彼女のほうを見て、ほほえんだ。

そのほほえみに、ライリーはどきっとした。

何とまあ。この人、本当にハンサムなんだわ。彼がすてきだという事実には、何となく気づいていた。エマたちから送ってくる写真に、彼が映っていたこともあるし、最初に車に乗ったときには気が動転して、脳の働きとしてはトカゲぐらいのものだったが、それでも彼が整った顔立ちであることは、知覚神経のどこかで察知していた。しかし、命の危険から脱出することが最優先となっていたため、知覚しても、そのことについてことさら考えたりはしなかった。知覚神経上にある、保留事項として残ったままだったのだ。

そして今、いろんなことが認識できるようになった。たとえば、太陽がまぶしいこと、私は殺し屋から狙われていること。そしてピアース・ジョーダンがすごくセクシーであること。

今改めて認識できた理由のひとつは、彼がほほえんだからだった。作り笑いなんかではない、心からの笑みにびっくりした。それまでは、感情なんかないんじゃないか、ロボットみたいと思っていたのだが、安全を確保しつつものすごいスピードで運転し、追手から逃れなければならなかったわけだから、当然かもしれない。

つい見とれてしまうような、鋭角的な顔の作りに、漆黒の髪と紺の瞳――すてき。体もすばらしい。背が高く、肩幅が広く、どんな運動でも得意そうだ。天は二物を与えず、とよく言われるから、これほど見た目にすぐれている人なら、頭は空っぽであるべきだ。とんでもない。彼は非常に頭がいいのだ。さっき建物の中にいたとき、ホープが、ピアースはどういう人物かを説明してくれたのだが、まず、頭がいい、という話が出た。窮地から脱出する、みたいな状況にあるとき、戦略を練るのも抜群にうまいらしく、またその実行力もあるから、彼にまかせておけば安心よ、と言っていた。その言葉を証明するために、彼が軍で何度も表彰されていることも教えてくれた。ただ、それがどういう任務だったかは機密だそうだ。とにかく、その頭脳と実行力で、もう無理だ、と思うような脱出を見事に成功させてくれたのだ。

「トンネル内の監視カメラも切ってあったんでしょうね？」

彼は、当然、と言うようににやりとした。その笑顔がまぶしかった。決死の逃避行だったので、まだ動揺が収まらず、感情的になってしまう。武装した男たちに狩られる鹿みたいなものだったのだから、落ち着くのには時間がかかる。だから、〝やめて、笑顔を見せないで。そんな顔をされると、こっちの頭がおかしくなりそう！〟と叫びたくなる。

もちろん、そんなことはしない。そこまで動揺しているわけではないから。ただ、アドレナリンが体内に放出され、ぴりぴりしているのだ。手がぶるぶる震えるので、彼女は片手をもう一方の手に重ね、震えを止めようとした。

ピアースがこちらを見ている。この紺の瞳は、何も見逃さないようだ。彼は腕を伸ばし、彼女の手を包み込んだ。なぜか、震えが止まった。

自分の手を包み込む彼の手を見下ろす。この人が、私の命を救ってくれた。そして今も、この人のおかげで生きていられる。

「何だか、恥ずかしい」消え入るようにつぶやいた。

「気にするな」ああ、どうしよう。今になってやっと、彼女はピアースの声の豊かさに気づいた。深く温かみのある、落ち着いた声。こんな声で話しかけられたら、頼りきってしまいそう。「生きるか死ぬかの瀬戸際を逃れてきたんだ。手が震えるぐらい当然だ、誰だって同じさ」

誰だって――でも、彼は違う。彼は岩のようにどっしり構えている。

「それから、さっきの話。君の友人たちがトンネル内の監視カメラを切っておいてくれた。いい友だちを持ったな。トンネル内で車両交換するのも、ホープやエマのアイデアなんだ。隠れ家にたどり着くまで、順路のすべての監視カメラをハッキングするのは大変だ。現実問題として、個人所有の防犯カメラのすべてを操作するための、時間的な余裕がない。それで、あのトンネル内で車両を取り替えよう、ということになったんだ。車両やトレーラーなんかは、すべてブラック社が手配してくれた」

自分を助けるために、多くの労力とお金がかけられた。その恩に報いなければ。自分は自分の務めを果たそう。決意がみなぎり、彼女の手の震えは止まった。ただ、彼の言葉で気になったことがある。

「今、『隠れ家』って言った?」しばらく身をひそめる場所まで用意してくれたのだろうか?

ピアースはまた両手でハンドルを握り、まっすぐ前を見ている。しかし、こちらの様子を強く意識しているような気もする。彼女自身は、運転中は会話しないようにしている。A地点からB地点まで移動することより、会話の内容のほうが面白いことがほとんどなので、前を見るのがおろそかになりがちだからだ。

するとまた、彼があの必殺スマイルを見せた。「ああ、ブラック社の所有する隠れ家のひとつだ。あの会社の所有する家は、どこもものすごく豪勢で有名だ」そこで笑みが消える。「ライリー、君を狙っているのは、真剣に危険なやつらなんだ。身をひそめる必要がある」

彼女はうなだれて、また自分の手を見た。「ええ、わかってる」

彼がまた手を伸ばして、彼女の手をぎゅっと握った。その温かさが心地よかった。どちらかと言えば暑い日なのに、体の芯まで凍えている気がしていたが、彼の手から伝わる温もりが彼女の体に広がった。

彼がちらっとこちらを見てから、ハンドルに手を戻す。「もうすぐ着くぞ」

彼女は、はっと顔を上げた。今、車がどこをどう走っているのか、まったく注意を払っていなかった。彼女の仕事では、自分の分析が正しいかどうかを内省的に考え続けることを要求され、そうするためのトレーニングを受けてきている。だから元々、周囲で何が起きているのかには、あまり敏感に反応もしなかった。自分のオフィスに閉じこもり、外の世界をシャットアウトしてしまうところがあった。画像解析官とはそういうもので、プロとしては賞賛こそされ、問題だと感じたこともない。しかしこの状況では、そんな自分を情けないと思ってしまう。今いる場所がわからず、目的地がどこなのかも見当がつかないのだ。

郊外の高級住宅地のようだ。大きな邸宅が並び、高級コンドミニアムらしい低層の建物群もある。生活に余裕がある、けれど、大富豪ではない人たちの住まいだ。首都DC周辺には、こういった住宅街がいくつもある。つまり、そのうちのどこかは、わからない。

「こんなことを聞いて申しわけないんだけど……ここはどこ？　偵察局で働くようになってまだ一年も経っていないし、その間も職場と自宅の往復だけで……ここがどこなのか、さっぱりわからないの。ごめんなさい」

「謝る必要はない。ここはバージニア州アレクサンドリアで――おっと、到着だ」

とある住宅の車路に入り、門の前で車を停める。ピアースが自分のスマホを出してパスワードを打ち込むと、門は音もなく開いた。二つの扉が真ん中から開くのではなく、一枚の金属の扉が横に滑って開く。そして車が通過すると、すぐにまた音もなく閉まった。車は建物の横の通路に入った。通路は上部、入口と向こうの出口に網が張ってあり、車は網に包まれるような形で停まった。

「すごいわね」網の目的が彼女にはわかる。「ドローン対策ね」

「そうだ。ちょっと待ってくれ」

彼はそう言うと、車両の後部から大きな荷物を取り出した。重そうなダッフルバッグだったが、彼は軽々と持ち上げると、助手席のドアのそばまで回ってきた。ドアを開け、降りる彼女を助けようと、手を差し出す。

いいえ、助けてもらわなくても、ひとりで降りられる、と言おうとしたが、膝《ひざ》に力がうまく入らなかった。結局、彼の腕に支えられたおかげで、転ばずに地面に降り立つことができた。彼女がきちんと立てるまで、彼がじっと待ってくれている。

膝に力が入るのを確認してから、ライリーは彼の腕から離れた。

「私としたことが……ごめんなさい」

彼は気さくな感じでほほえむと、彼女の背中に手を当てた。「さっきも言っただろ？　謝ることはないって。君は命を狙われているんだ。動転して普段どおりの行動が取れないのは当然だ」彼の手は、ほんのそっと背中に触れるだけだが、隠れ家となる建物の勝手口へと彼女を案内してくれた。その手の感触がうれしかった。

ここにいつまでいなければならないのかはわからない。先のことなどまったく計画できず、未来の見えない砂漠にいるようなものだ。何ごともきちんと計画を立てて行動する彼女にとっては、白紙の未来は苦痛でしかない。両親が勢いに流されて行動するタイプだったので、それを反面教師とした彼女は、子どもの頃から、何でも計画を立てて行動した。

それなのに、今はこの先どうなるのか、わからない。五分後にどうなっているかを予想するのも難しいのに、五日後、五週間後なんて、本当にわからない。だから、もう予測するのもあきらめよう。

座り心地のよさそうなソファへと、ピアースに促されるままに座ろうとしたのだが、どさっと崩れるように倒れ込んでしまった。体にまるで力が入らないことを思い知らされ、驚いた。自分は弱い人間じゃない。強いはずなのに、最悪の状況に直面し、強さを奪い取られた気がする。ピアースが何か言っている……。「何？」彼の言葉の語尾だけがかろうじて聞き取れた。

「気持ちが落ち着くから、何か飲んだほうがいい、と言ったんだ。何がいい？　普通の紅茶、ハーブティー、お茶ならいろいろそろってるな。コーヒーも異なる種類の豆があるし、強いのがよければ、いいブランデーやウィスキーだって飲める」

うう。ウィスキーをぐっとあおって、何もかも忘れたい。だが、今そういうことをするのはまずい気がする。「お茶にするわ。普通の紅茶――ミルクティーでお砂糖抜き」そう言って視線を上げ、ピアースを見た。もう無表情なロボットではない。頼りになる人、という雰囲気で、少し心配そうだ。私のことを心配してくれているのね、と彼女は気づいた。彼女は人から心配されるのに慣れていない。自分ひとりの力でここまでやってきたんだから、心配なんてしてもらわなくていいのに。動揺したところを見せたから、誤解されてしまったのだ。

彼女は座ったまま、背筋を伸ばし、顎を上げた。膝の上に置いた手に力をこめ、震えを止める。よし、これでこそ、ライリー・ロビンソン、世間が知る本来の私だ。

「さ、どうぞ」紅茶のカップと小さなミルク差しを載せたトレーが、目の前に置かれた。カップに体を近づけ、立ち上がる湯気を深く吸い込む。うーん、いい香り。さらにイングリッシュ・ショートブレッドまで添えてある。完璧だ。ミルクティーとショートブレッドは、英国版の精神安定剤とさえ言える。

ピアース自身は、コーヒーをブラックで飲んでいる。そしてショートブレッド・クッキーをかじりながら言った。「俺は特に英国かぶれってわけではないんだが、このクッキーは人の心を落ち着かせる効能があるよな」

彼がほほえんできたので、ライリーも笑みを返した。「本もののショートブレッドと新鮮なミルクまであるなんて、すごい隠れ家を手配してくれたのね」

コーヒーをまた口にしたあと、彼が言った。「実際、すごいんだぞ。ブラック社が隠れ家として使用するために所有するこの種の施設の中には、マッサージ師を常駐させているところもあるぐらいだ。ここだって冷蔵庫は新鮮な食材でいっぱいだし、立派なワインセラーまである。調理したくないのなら、テイクアウトのレストランのリストがあるから、利用できる。ベッドシーツやタオルは洗濯したてのはずだ。いろんなサイズで普段着やパジャマも用意されている。君の使う部屋には、気に入るのがあるはずだ。ああ、基本的な洗面具も置かれているだろう」

「いろんなところに気が配られているのね」ロケット並みのスピードでの疾走の記憶も薄れて、殺し屋から当面は逃れられたという安心感もあり、彼女も本来の自分を取り戻していた。すると、いろんなことに気づき始めた。オフィスをあとにする際、小さなウエストポーチしか持たなかったことに後悔の念が浮かぶ。そもそも、コンピューターがない。自分のコンピューターがないと、丸裸にされたような頼りなさを覚える。

「ああ、本当に細かい配慮が行き届いているんだ」そう言うと、彼は少し体を近づけてきた。「さて、ライリー。今回のことは、何に起因しているのか、俺は詳しく知らない。ホープやエマから聞いたのは、君が非常に恐ろしい真実を突き止めた、ということだけだ。米国の安全保障上の重大事だと。君さえよければ、ここにジェイコブ・ブラックを呼び、詳しい話を彼にも聞かせたいんだ。事情の説明を何度もするのは嫌だろ？ 彼は中国危機への対応のため国防総省に来ていて、今はここから遠くない場所にいるので、呼べばすぐに来る。その間、君はシャワーでも浴び、すっきりしたらどうかな？」

事情の説明は、これから何度もしなければならないだろう。その覚悟はできている。それでも、ピアースが気を遣ってくれたのがうれしかった。

何だか肩の重荷が取り除かれたように思えた。自分の体にのしかかる重圧に押しつぶされそうな気分だった。ヘンリー・ユーが死んだ今、この国が嘘に引きずられて戦争に突入しようとしている事実を知るのは、自分ひとりだと思うと、気が張りつめていたのだ。

ジェイコブ・ブラック氏が重荷の一部を背負ってくれるのなら、大歓迎だ。

彼は伝説的な人物で、現在でも軍の上層部と密接なつながりを持っている。また議会にも非常に顔が利く。今後どうすべきか、彼ならきっとわかるはず。彼にまかせてしまえるのなら、きっと大丈夫だ。

彼女は安堵の息を漏らした。「ええ、ぜひ！」紅茶のカップをソーサーに置くと、ガチャン、と音がした。割ってしまったかと、びくっとした。まだ完全に気持ちが落ち着いていない証拠だ。「あなたの会社のボスたちには、あなたから説明してくれるのよね？」ピアースやエマたちが働くＡＳＩ社は、ブラック社ほど規模は大きくないものの、国内では有数の軍事・警備会社だし、非常に評判もいい。「より多くの人が真実を知るほうがいいから」

「君の安全にもつながるわけだ」ピアースが立ち上がる。視線を合わそうとすると、彼女は首をうんと後ろにそらさなければならなかった。本当に背の高い人。基本的に、彼女は背の高い男性が好きではない。背の高さを利用して、こちらを威圧してくるからだ。しかし、ピアースはそんなことはしない。背の高さは、ただ彼の身体的特徴というだけのこと――他にも肩幅が広いとか、手が大きいなどの特徴があり、そのうちのひとつにすぎないのだ。言い換えれば、彼の背の高さは、まったく気にならない。

彼がその大きな手を差し伸べる。彼の手につかまって立ち上がったライリーは、助けてもらってよかった、と思った。情けなくはあるものの、実際、ありがたかった。

彼がそっと彼女の両肩に手を載せ、ドアのほうを示す。「君の部屋はあっちだ。部屋には専用のバスルームもあるし、必要なものはすべてそろっているはずだ。着替えや化粧道具なんかも」彼はライリーを自分のほうに向き直らせると、じっと目を見た。少しためらってから口を開く。「もう安心だ。ここなら安全だから」その言葉の持つ重みを考えていたのかもしれない。「そのことはしっかり認識しておいてほしい。安全を肌で感じ取ってほしいんだ」

「ええ、感じてるわ。ここなら安全なんだな、って思える。だって、時速300キロを超えるスピードで暴走する車の中では、とても安心してられないから」

それを聞いてピアースが大笑いした。「いや、そう無理はしてなかったんだ。あの車はごく普通のSUVみたいに見えるけど、実際時速300キロ以上で走れる。ただし、今日は240キロしか出していない。まあ、危険なことは何もなかったよ。俺はディフェンシブ・ドライビングのインストラクター資格も持っているから、安全確保には気を配っていた」

こんなスピードで走る車に乗っていたら死んでしまう、と感じていたが、実際は、車のスピードに関しては危険ではなかったようだ。その事実が今になってわかった。この人にまかせておけば大丈夫なのだ。

彼がまた、彼女の体の向きを変える。「さ、行って」彼の言葉がやさしい。「君が見つけたことに関してはジェイコブが到着してから、一緒に聞こう」

ひとりになって、ほっとひと息吐《つ》く時間が、彼女には必要だった。理由は不明だが、ピアースはそのことを感じ取ったようだ。この数時間、極度の緊張状態で、全身で警戒態勢を取っていた。こういうときには、シャワーを浴びると気持ちが切り替えられる。彼女にとって、強めのシャワーで全身を刺激することと、ロッククライミングが最大のストレス解消法だ。ただここには、登って達成感を味わえるような岩はないので、シャワーを浴びるのがいちばんだろう。

そこでシャワーブースに入り、片手をタイルに預けて、お湯に打たれながら頭を空っぽにした。わからないことが多すぎる。決めなければならないことが多すぎる。考えあわせなければならない事実もいっぱい。そのそれぞれに多くの可能性があり、その可能性が地政学的なリスクを生む。取り返しのつかない事態になる場合も……ああ。今、そのすべてを考えるのは無理。どうせなら、何も考えないようにしよう。熱いお湯が体をくすぐるこの贅沢《ぜいたく》な感触を堪能するだけ。そのうちに、心拍数が普段の一分間に六十ぐらいのところに戻った。

実際、彼女が利用するようにあてがわれた部屋には、すべてがそろっていた。快適そうなキングサイズのベッドは、洗い立てのシーツの匂いがする。クローゼットを開けると、スポーツ用のウエアがいろんな色で用意してあった。ほとんどが彼女の着られるサイズだった。大きなタンスの引き出しには、Tシャツなどのトップス、新品の下着、パジャマがあった。ベッド脇のテーブルには、ミネラルウォーターのボトル、アスピリン、イブプロフェンの他に、紺のマニキュア、さらには保湿乳液が置かれていた。その引き出しを開けると……えっ？　どうしよう。コンドームがある。それも大量に！

顔を真っ赤にして、彼女は急いで引き出しを閉めた。コンドームは、この状況でもっとも不要なものだろう。セックスなんてあり得ないから。

ただ、考えてみると……。命がけでここまで逃げて来た。偵察局では、もう少しで命を落とすところだった。殺し屋に銃で狙われた。彼らは、もう私のことなど仕留めたも同然、と思っていたはずだ。彼らの目的は、明確に私の殺害であり、逃げ延びたのは奇跡でしかない。本来なら数時間前、あの建物の床に冷たく転がっていたはずだった。ヘンリー・ユーと同じように。今頃は死体安置所の台に横たえられていたのだろう。検死が必要な死体と脚の指にタグを付けられて、命の炎は完全に消えていたはずだ。

ところが、実際に今、生きている。実は全身に気力がみなぎるように感じる。ここまで精気あふれる体なら……たぶん……セックスを楽しむこともできるかもしれない。少なくとも、可能性はある。

しかし、これは恐怖の反動、死を免れたことでハイになっているだけかも。

たとえば、最初の車の中ではアドレナリンが出っぱなしだった。あんな速度で走る自動車に乗ったことはこれまでなかったから、すごく怖かった。いつ事故が起きるだろう、街灯や他の車にぶつかったときには体を丸めよう、とずっと身構えていた。しかし、心のどこかでは、達観している部分もあったような気がする。理由は、ピアースの自信にあふれた態度だ。彼は、車を完全に自分の思いどおりに操っている、という感じだった。それでもあの体験はスリル満点だった。体内にアドレナリンが放出された。それを無事に乗りきったことで、彼女の体はますます生命力にみなぎるようになっていた。車から降りたとき、ああ、私は生きている、と実感した。

体内の細胞すべてに精気が満ち、どくどくと脈打つのがわかった。さあっと熱いものが体を駆け抜ける。いや、どちらかと言うと、体の奥から熱いものがわき立ってくる感じ。体内のスイッチがいつの間にか入ったようだ。

まさか……ピアース・ジョーダンに性的な欲望をかき立てられている？　そうだ、それしか考えられない。

男性にのぼせ上がるタイミングとしては、今ほど最悪なときはないだろう。そもそも〝のぼせ上がる〟みたいなことは、これまでなかった。長い時間をかけて、じっくりと男性のことを知る。そしてその男性への好意を自分の中で確認する――そういうプロセスを踏んできた。そもそも、興味を持てるような男性はあまりたくさんいなかった。知的な好奇心を抱くことはあっても、そういう男性の外観には興味が持てず、逆に見た目が好みだと思う男性とは知的な会話を期待できなかった。

ピアース・ジョーダンは、すべての意味で彼女を魅了した。ドラマティックな登場をして、彼女を窮地から救い出した。車の乗り換え、隠れ家――そういうあれこれを手配し、計画を完璧に実行する能力。世の中の仕組みをちゃんと理解している人。それに……うむ、認めよう、彼はセクシーだ。

彼とはまだ、いろんな会話をしたわけではないが、彼の知性はエマたちが保証してくれている。それに、言葉の端々や態度に、頭のよさが出ている。

そして、ものすごく魅力的。ハンサムだが、うぬぼれの強いナルシストタイプではない。

しかし考えたら妙だ。本来は男性の外見だけで性的興奮を覚えることはないのに。自分は、そんな薄っぺらな人間じゃない――とこれまでずっと、思っていた。

なのに今、このハンサムな男性にすっかりのぼせ上がっている。いや、訂正だ。このとてもハンサムな男性にのぼせ上がっているのだ。背が高く、黒髪と陽に焼けた肌が魅力的な人。この外見だけで、女性が群がりそう。ところが、この外見に加えて、仕事に関してはきわめて優秀で、勇敢でもあることがわかった。ライリーの友人たちの依頼で、すぐに駆けつけてくれた。偵察局の前では、銃弾は彼にも浴びせられたのに、ひるむところなどまったく見せなかった。それどころか、彼のほうからも撃ち返したのだ。

ただ、今のライリーは、いろいろ問題を抱えている。直属の上司が殺され、自分も命を狙われている。そんなときに、男性にこういう感情を抱いてしまうのは、状況をさらに複雑にしてしまうのではないだろうか。

やれやれ。彼女は服を着ながら、ため息を漏らした。何もかも、厄介なことだらけ。それでもこれまではたったひとりで困難な局面を乗り越えてきた自信はある。小さい頃からいつもそうだった。彼女は覚悟を決め、リビングルームのドアを開いた。すると男性二人が、まったく申し合わせてでもいたかのように、同時に立ち上がった。

ライリーはびっくりした。どうしてこの人たちは立ち上がるの？　これからどこかに行く予定で、彼女のシャワーが終わるのを待っていたのだろうか？

一瞬ののち、彼女ははっと気づいた。昔ながらのマナーだ。女性が部屋に入ってくると、先にその部屋にいた男性は腰を上げる。正直な話、男性がそんなことをする場面に出くわしたことはなかった。そういうマナーがあると、小説で知っていただけだ。彼女の周辺にいるオタクたちのエチケットは、せいぜい、ズボンの前をちゃんと閉め、靴の紐《ひも》を結んでおくぐらいだ。

〝全体、休め〟とでも声をかけそうだった。なぜなら二人ともびしっと、気をつけ、の姿勢を崩さないからだ。それでも、彼女が部屋の真ん中まで来ると、男性二人も腰を下ろした。

ピアースのくつろいだ様子を見るのは、初めてだった。とにかく生き長らえることが最優先事項だったので、じっくりと彼を見る機会がなく、ただ、大きな人、という事実が心に刻まれただけだった。お互いに決死の逃走、という状態を脱し、改めて彼の見た目のすてきさを思い知る。まず、顔そのものの造りが、完璧なほど整っている。黒いまつ毛がくっきりと縁取る紺色の瞳に、尖《とが》った頬骨、幅の細いまっすぐなわし鼻、小さく割れた顎、ふっくらした唇。ただ今はその唇を一直線に結んでいる。

体もすごくセクシーだ。背が高く、無駄な肉はないのに、肩も胸も分厚く、割れた筋肉の形がTシャツの上からでもよくわかる。セックスシンボルのようでもあり、聖人のようでもある。自制していないと、彼の胸に飛び込んでしまいそう。彼の近くにいると、安心できるからだ。

自制したのは、隣にいる男性の存在のせいだった。ジェイコブ・ブラック氏、誰もが知る人物だ。彼が名声を求めたから有名になったわけではないが、ネットのニュースや新聞紙上で、この顔はよく見る。カメラに向かってポーズを取る写真はひとつもない。常に、どこかの戦場に向かうところか、戦地から帰国したところを撮影されるのだ。うなるほどの金を持つ富豪でもあり、彼がオーナーであり経営もするブラック社は、非常に成功した企業として知られている。

しかし、彼の第一印象に、大富豪であることを感じさせるものはなかった。裕福な人というのは、成功者の匂いをぷんぷん漂わせる。服の素材はすべて、カシミアだったり、麻だったり、絹だったりする。ブラック氏は、ただ黒いTシャツを着ているだけ。それも木綿の普通の素材で、裾《すそ》は黒のジーンズの上にふわっと出したままにしている。コンバット・ブーツも黒。もしかしたら、戦地への任務からまっすぐにここに来てくれたのかもしれない。

彼が今回、きわめて大切な人物である理由は、彼の持つ権力にある。王族などの権威に触れると、人が自然と頭を垂れるのと似たような感じ。彼にも全身からにじみ出る力のオーラがある。ただ、現在の彼は不快感を隠そうともしていない。黒い眉をぎゅっとひそめ、黒い瞳が見えないぐらいに目をすがめ、口の両端をぐっと下げている。

一瞬、ライリーは恐怖を覚えた。いや、ブラック氏を怖いと思ったわけではない。彼が怒りにまかせて乱暴なことをするとは思えないし、万一そんなことになってもピアースが止めてくれるはず。そもそも、フェリシティ、ホープ、エマの三人は彼の命の恩人なのだ。ライリーの親友に恩義を感じているはずの彼が、彼女にひどいことをするわけがない。

落ち着こう。ブラック氏が自分に乱暴なことをするわけがない。しかし、彼は本気で怒り狂っているようだ。何かに、誰かに対して。

その対象が自分でないことを祈るのみ。

近づいたライリーをブラック氏の視線が追う。すがめた目が、さらに細くなった。ピアースが彼の腕に触れる。「ライリー、紹介しよう。こちらがジェイコブ・ブラック、ブラック社のオーナー社長だ。ASI社はブラック社と共同で仕事をすることが多いんだ。さらに個人的にも友人と言える間柄だ。ジェイコブ、こちらがライリー・ロビンソン。国家偵察局で画像解析官として働いて――」

紹介が終わるのを待たずに、ブラック氏が手を突き出した。大きくてまめのできた手だった。「彼女、ASI社の天才女性たちの親友なんだろ?」

「そのとおり」ピアースがうなずく。

その瞬間、ブラック氏の表情がさっと明るくなり、彼の満面に笑みが広がった。さっきまで険しい顔をしていた人物とは思えない。ただ、その笑顔を見て、ライリーは、海賊が海に突き出した板の上を歩けと人質に言う前に、こういう顔をするのかしら、と思った。ただまあ、彼女に好意を向けてくれているのは間違いない。

「君の親友たちは、本当にすごいね。俺の命の恩人なんだ。俺自身も、俺の会社の機器や人材も、好きなように使ってくれ。とにかく、会えてうれしいよ、ミズ・ロビンソン」エマと彼女のフィアンセのラウールが、彼の命だけでなく、彼の会社、さらに米国を経済的崩壊から救ったのは、記憶に新しい。ブラック社が警備を担当していた、政府の要職が一堂に会する極秘会議の会場で、水道管に仕かけられた爆発物が爆破される寸前のところでエマたちが計画を阻止したのだ。

ジェイコブ・ブラック氏、そして彼の会社が全組織を上げて自分を守ってくれるなんて……。そしてそばにはピアースもいる。最高だ。ただ、それでもじゅうぶんだとは断言できない。

「初めまして、ブラックさん」

彼女の手を包み込むように握手をしたブラック氏は軽く一度上下に振って、すぐに手を放した。マッチョな人特有の、全力をこめた握手を恐れていた彼女はほっとした。こんな人にこれ見よがしに手を握られたら、彼女の手はつぶれてしまう。もちろん、ブラック氏はそんなまねはしなかった。ただその場に立ち、笑顔で彼女を見下ろしている。ものすごく背が高いので、天井近くから見下されているように思えてしまう。

こういう場合、どう話しかけるのが正しいのか……。「あの、私のことはライリーとお呼びください」

「では君も、俺のことはジェイコブと」

そう言われて、彼女は一瞬言葉に詰まった。ブラック氏は、米国で、いや、全世界でも最も影響力を持つ人のひとりだ。そんな人を気軽にファーストネームで呼ぶなんて。何だかしっくりこない。

「え、あ……」

「ともかく座ろう」ピアースが会話をつないでくれる。「ライリーがどういう問題に直面しているのか、じっくり聞くことにしよう。俺自身、詳しいことは知らないんだ。会社のＩＴ部門から、緊急連絡があり、俺はライリーを迎えに行った。彼女は命を狙われており、偵察局から脱出しなければならなかった。例の中国危機に関する話というのは聞いたが、彼女の口から事情を説明してもらう時間がなかったんだ」

「来てくれて本当によかった。でなければ、今頃は死体になっていたはずよ」彼女は、リビングのソファー・セットのいちばん端に腰を下ろした。座り心地のいいソファだ。彼女が命の危機に瀕《ひん》していたことを知ったブラック氏は、はっと彼女を見たが、何も言わずに、ソファと向き合うように置かれていた肘掛椅子に座った。

ピアースはまだ立ったままだ。「話を始める前に、何か飲みものでも用意しようか？　コーヒー、紅茶、それとも水のほうがいいか？」

「俺はコーヒー。ブラックで」なるほどブラック氏は常にブラック・コーヒー派というわけだ。

「さっきと同じ。ミルクティーを。それから説明にはパソコンが要る。オフィスから何も持たずに逃げ出したから」

しばらくすると、ピアースが彼女用のミルクティーと、ブラック・コーヒーの入ったマグカップを二つ、ソファ用テーブルに置いた。そのあとどこに消えたかと思ったら、すぐに有名メーカーの最新型ノートパソコンを持って現われた。

彼女の前にパソコンを設置した彼は、彼女の横に並んで座った。当然、という様子に、彼女は少し驚いた。しかし、立ち上がったパソコンを見て、彼女はめまいを起こしそうになった。やれやれ。

彼もあきらめたような吐息を漏らす。「エマから警告はされてたよ。この程度のスペックでは、とても君の要求するタスクは処理できないだろうって」

横目で彼の様子をうかがってから、性能を確かめてみる。ハードもソフトも、まともな作業ができるパソコンではない。だが、彼は自分にできるかぎりのことをして、役に立とうとしてくれている。自分の求めるものが得られない悔しさと、彼への感謝の気持ちのはざまで悩んでしまう。

「うーん……」

ピアースが弁解がましく言う。「これでも最新モデルなんだ。結構、高かった。外観だってかっこいいし、メモリも大きい」

彼女はまた彼を横目で見た。このパソコンはゴミみたいな代物だ。彼女も、親友たちも、いつもIT業界への新規参入を狙う、野心的な新興企業のテスト・モデルの試用を頼まれるのだが、そういったモデルのいちばんレベルの低いものでも、このゴミみたいなパソコンよりははるかにましだ。ただ、今、そんな話をしても仕方ない。

彼女は顔を上げて窓の外を見た。太陽が落ちてきて、暖炉の上の薄型TVモニター上を長い陽光が垂直に横切っている。TVではニュース・チャンネルが音声を消した状態でつけっぱなしになっている。

「えっ、嘘！」ライリーは思わず声を上げた。

ピアースとジェイコブ・ブラックが、TVモニターのほうを向く。画面には時代遅れのマッシュルーム・カットの女性ニュース・キャスターが映し出され、その背景に航空母艦が見える。そして、画面の下にはテロップが流れる。〝海軍太平洋艦隊の航空母艦二隻が台湾海峡を航行中〟

「ボリュームを上げて」

ピアースがリモコンのボタンを押すと、音声が聞こえた。

〝中国外務省からの正式な声明は確認されていませんが、信頼できる情報筋によれば、中国人民解放軍において海軍が警戒態勢に入ったとのことです。これは軍への警報としてはレベルの低いもので、米国のデフコン4に相当します。人民解放軍上層部は、北京で会合に入り、この二十四時間、まったくの休憩も取らずに対策を話し合っているとのことです。コンゴ共和国においてアメリカ人研究者が襲撃された事件に端を発する、今回の危機は……〟

そして誰もが知る画像が映し出される。ジャングルの空き地に白衣を着た男性たちがいて、茂みから現われた中国軍兵士に銃口を向けられるところ。

ライリーはまたミュートボタンを押した。

「では」話し始める。「さっきの動画はもう見たわよね？」ピアースもジェイコブもうなずく。「でもあれはすべてフェイク映像なの。全部でたらめ。あなたたちが目にした映像は部分的にコラージュされ、全体の内容が真実とはまったく異なって見えるように作り上げてあるの」そしてピアースのパソコンを自分のそばに引き寄せた。

「説明するわ」

4

ライリーが追われている背景に中国危機があり、それにはソマーズ・グループが関与している、というおおまかな状況はピアースも理解していた。しかしジェイコブ・ブラックは、そんな話を聞くことになるとはまったく予想していなかったはずだ。彼自身、元SEALで、その有能ぶりは今でも伝説として語り継がれているぐらいだから、驚きを顔に出すようなまねはしない。だが、彼がライリーの話に強い興味を抱いたことをピアースは感じ取った。

ライリーは怒りをぶつけるかのように、パソコンのキーボードを叩いている。おもちゃみたいなパソコン——きっとそう思っているのだろう。ただ、口には出さない。ひたすら集中して作業を続けている。その作業が何なのかはわからないが、その姿にジェイコブの注意が向けられている。米国が戦争に突入するかもしれない原因となる映像がフェイクだという彼女の発言は、かなりの衝撃を彼に与えたに違いない。

戦争に突入するのであれば、軍事的な戦術や戦略を練る必要があり、そのための会議が現在ワシントンDC界隈《かいわい》で盛んに行なわれているはずだ。ジェイコブがその種の戦略会議の重要なメンバーとなっているのは間違いない。ライリーのさっきの言葉は、そういった議論のあり方を根底から覆すものだ。

この間を利用して、ピアースは彼女の様子を、じっくり眺めることができた。本社のIT部門のコルクボードに貼りつけてある写真の彼女に、彼は非常に魅せられた。写真の女性たちは四人とも美しいが、彼が惹《ひ》かれたのは真ん中の女性だけだった。まあ幸運だったと言える。なぜなら他の三人、フェリシティ、ホープ、エマは、それぞれメタル、ルーク、ラウールの大切な女性であり、この三人は自分にとっての兄弟みたいなものだったからだ。三人の女性の誰かに心を奪われていたとしても、その気持ちを行動に移すことはなかっただろう。しかし、彼女らはピアースにとって、ただ美しくすばらしい女性だというだけ——それで終わりだ。彼が魅了されたのは、ライリーだけだった。特に美しく、エレガントで、気品に満ちている彼女は、何枚もある写真の中で、けっして大口を開けて笑わず、けれど、どの写真でもほほえんでいた。そして強く人を惹きつける瞳が、どこか少しさびしそうだった。

今の彼女は、そばに人がいることも忘れ、データベースから何かを抽出している。その没入ぶりは、会社の女性三人にも共通する。実際、彼女らのそんな様子を彼自身が目撃したこともあるし、ラウールたちからも、しょっちゅうだよ、と聞く。コンピュータの画面が示すデータの中に、興味を引くこと、もしくは、気がかりなことを見つけると、彼女らは意味を確かめるため、その世界に没頭するのだ。

ライリーの頭の中は、現在この問題でいっぱいになっている。誰だってそれを止める方法を必死に考えるはず。当然だ。世界の二大超大国間で、戦争が勃発しようとしているのだ。みんな真剣になるだろう。ピアースももちろん真剣に解決策を見出そうとしてはいるが、同時に、完全に作業に集中しているライリーの魅力にも圧倒されていた。さっき、偵察局の建物から、彼の車に全速力で走って来る彼女も魅力的だった。すごく速くて、その姿が優美だった。

「いいわ」

ライリーの言葉に、ピアースは、はっと我に返った。だめだ、ぼんやりするな、ライリーの走る姿をうっとり思い出している場合じゃない。

彼女はパソコンの向きを変え、全員が画面を覗き込めるようにした。そして膝に両手を置いて説明を始める。

「最初に断っておくけど、この映像はダークウェブ上でキャッシュとして残っていた画像をつなぎ合わせたものよ。最初に見つけたとき、ダークウェブに保存した。オリジナル映像は削除されたけど、キャッシュは残っていたから。国家偵察局の職員が偵察衛星の画像を個人的な目的で使用するのは、完全な違法行為よ。もし私を警察に突き出したいのならそうしてもいい。でも、その前に、この映像を見てほしいの」

ピアースは何も言わなかった。ジェイコブも無言だ。警察に突き出すだなんて、本気で言っているのか？　国家の重大事なのに。そんなことをするぐらいなら、自分の喉をかっ捌《さば》く。ジェイコブも同じ気持ちだろう。

彼女は、ほっと息を吐いた。「わかった。さて、これから見せるのは、データ中継衛星スコーピアスがキャッチした映像よ。この衛星は対地同期軌道で運用され、基本的にはあちこちの衛星から発信されたデータの、他の衛星や地上の特定地点への通信を中継する。ただ世界各国から打ち上げられた衛星データを横取りすることもできるので、端的に言えば、地球上のどの地点から発信された情報でも、モニターできることになる。この衛星から送られたデータを偵察局が受け取った。受け取ったとされている映像がこれ」

彼女がキーを押す。ピアースが、映像の全編を見るのはこれが初めてだった。ニュースでは、映像の一部を切り取って流していたからだ。あまりにもおぞましいものだから、当然だろう。人民解放軍兵士が、無抵抗のアメリカ人研究者を、きわめて残忍なやり方で殺害していた。研究者のひとりは棒で叩きのめされ、頭が潰《つぶ》れていた。右側に時刻スタンプがあり、さらに経過時間や、この場所の緯度経度も記されていた。遠く離れた、コンゴ民主共和国のジャングルの空き地で、この殺戮《さつりく》が繰り広げられたのだ。

映像は全部で約十二分あった。その後、地球の自転により、撮影した衛星のカメラは現場から緑のジャングルへと移っていった。しかし最後のほうに、立ちつくす研究者に向けて、兵士が銃を乱射するところも映っていた。無辜《むこ》の研究者グループを、中国軍兵士がせん滅したのは明らかだった。この兵士たちは、研究者に個人的な強い恨みでも持っているのかと思えるほどの、むごたらしさだった。途中で、兵士のひとりが顔を天に向け、何かを叫んでいた。その音声はないが、映像だけで鳥肌が立った。ピアースは兵士であり、大人になってからずっと兵士として暮らしてきた。だから戦闘がどういうものかもわかっている。これは戦闘ではない。ただの殺戮だ。研究成果を公表されたくないのなら、研究者たちに両手を上げろと伝え、ただ機材を破壊すればよかったのに。彼らは、狂気に満ち、絶対に皆殺しにしてやる、という強い意志を持って、この殺戮を行なった。

他国の民間人に対し、政府軍兵士がこういうことをするのは、挑発行為であり、通常は戦争に発展する。

ピアースがちらっと見ると、ジェイコブが暗い眼差しをしていた。ひどい、と思っているはずで、こんな行為が何を意味するのかも理解している。

ライリーがまた話し始めた。「これを見るかぎり、中国の人民解放軍兵士が意図的にアメリカ人研究者を襲い、殺害したと思うわよね？　何の抵抗もしていない一般市民を殺し、研究成果を破壊した。中国はアフリカで活発な動きを見せており、アフリカの鉱物資源やレアアースに非常に興味を持っている、これは誰もが知ることだわ。だから、これは中国軍の米国に対する挑発行為と受け取った」

ピアースとジェイコブがうなずく。

ライリーがまたキーを押す。そしてタッチパッドを使って画面の映像を静止画像にしてから、巻き戻し、画面の一部を拡大する。

「ところが、今の映像はフェイクなの。ここを見て」

促されて、ピアースとジェイコブは画像を注視した。銃を手にした中国軍兵士が映し出されている。じっくり見たあと、首をかしげてジェイコブのほうを向く。彼も、さあ、という感じで肩をすくめる。

「この兵士の手よ」

手を見たピアースも、肩をすくめた。確かに手だ。その手が、191式自動歩槍《ほそう》、つまり人民解放軍で採用されているアサルトライフルを握っている。

「指は何本ある？」

そう言われて、ピアースはちらっとジェイコブを見てから、画面に顔を近づけた。

えっ？　「これは……」

「数が違うでしょ？　どちらの手にも、指は六本ずつある。他にも指の数がおかしい兵士が二名映っているわ。どうしてだかわかる？」

「得体の知れない人体実験でもして、指の数のおかしい遺伝子が組み込まれたとか？」ジェイコブがなかば冗談ぎみに言った。

ライリーが、ちらっと笑みを見せた。ああ。彼女がもっとほほえんでくれたら。彼女が笑みを浮かべると、その全身を包み込む悲しいオーラが一瞬消える。そして、周囲の人は、彼女の圧倒的な美貌にはっとする。

「いいえ。理由は、それがフェイク画像制作プログラムの欠点だからよ。顔ならサンプル数はたくさんあるんだけど、指だけの画像サンプルは極端に少ない。だから、どのプログラムを使っても、現在はこういうミスが起きる。改良や修正が行なわれているので、おそらく一年以内には、こういう問題もなくなるはず。そうなれば、見破るのはさらに難しくなるわね。ＡＩ関連技術の目覚ましい進歩を考えると、一年と言わず、来月にでも修正プログラムは完成しているかもしれないけど」

ジェイコブは体を起こしてソファにもたれた。その表情が険しい。「つまり、指が六本あることが、この映像はフェイクである証拠なのか？」

「非常にうまく作り込まれた、フェイクね。でも衝撃的なのは、オリジナル映像なの」眉間に深い縦じわを作るジェイコブの胸中を、ライリーはおもんぱかっているようだ。「フェイクだと信じるのは難しいでしょうね」

「国防総省の内部には、これを口実に戦争を始めようと騒ぐ人間もいる」

戦争。中国と。これ以上の悪夢はない。米国が勝つ保証はどこにもないのだ。勝ったところで、戦後の国内はぼろぼろの状態になるだろう。混乱と荒廃で国家再建にどれほどの時間がかかることか。

「これが戦争の原因になるなんて、悲劇としか言いようがないけれど、続きがまだあるの」彼女がキーボードを叩く。「この種のディープフェイクは、敵対的生成ネットワーク《GANs》というＡＩアルゴリズムを使って画像を何度も反復して上書きしていくの。私は画像解析を専門にしていて、ＧＡＮｓによる上書きを、段階ごとに——いわば一枚ずつはがしていくアプリを開発した。上書きした画像を何枚も取り除いていくとオリジナル映像にたどり着く。それが、これ」

彼女のキー操作で、画面に同じシーンが映し出される。ただし兵士は人民解放軍ではない。アジア系の人間はひとりもおらず、そろいのユニフォームの袖に、黒と金のロゴマークがある。三人は無言で映像を見た。何なんだ、この映像は、とピアースは思った。このロゴマークが意味するのは、彼らはアメリカ人の傭兵であること。味方であるはずの彼らが、同じアメリカ人の研究者を惨殺している。

胸のむかつきをこらえながら、彼は言った。「こいつらは、ソマーズ・グループの戦闘員じゃないか」びっくりしながらジェイコブを見ると、彼がうなずいた。もちろん、彼もわかっているのだが、ただ、あまりのことに言葉を失っているようだ。ソマーズ・グループと言えば、全米でもかなり有名な民間軍事会社で、もちろんブラック社より、さらにはASI社よりも規模は小さいが、近年どんどん事業を拡大している。ただし、かなり荒っぽい戦闘員を使い、違法行為すれすれのことをする、という噂はある。だが、ここまでひどいことをするとは。これではただの虐殺だ。

「映像についてはわかったが、どういうことなんだ？　アメリカ人の傭兵が同じアメリカ人の、しかも丸腰の研究者を一方的に惨殺するとは。意味がわからん。いや、これは本ものか、なんて質問は、君に対して失礼になるからしないが」最後はライリーに向けて、ジェイコブがたずねた。

「してもらっても構わない。ええ、本ものよ、間違いなく。ただ、本ものだと証明するのはとても難しいの。ソマーズ・グループは、次々と手を打って、この事件を葬り去ろうとしている。私はまず、この映像を上司のヘンリー・ユーに見せた。彼は――」胸にこみ上げてくるものがあり、ライリーは言葉を詰まらせた。「――この映像を上層部に報告すると言って、私のオフィスを出た。その十五分後、彼の死体が発見された。始末されたのよ」

どうすることもできない状況だ。かなりまずい状況だとは思っていたが、想像以上にひどい。さらに、時間が経つにつれて、ますますひどいことになっていく。

「ちょっと待ってくれ」ジェイコブが顔を曇らせる。「君の上司は殺されたのか？」

ライリーがうなずき、ストレートのプラチナ・ブロンドの髪が揺れた。涙だろう、瞳がきらきら光る。「偵察局本庁の建物の中で。ソマーズ・グループが、いったいどうやって彼を殺したのか、その罪から逃げきれると考えているのはなぜか、私にはわからない。悪いことに、出回っている映像がディープフェイクだと証明する唯一の手だては、その上司に渡したUSBメモリに入れてあるの。彼の死体からUSBが見つかったという報道はないから、彼が前もってどこかに隠しておいたのだと思う。でも敵の手に渡っていないとしても、それを私が手に入れる方法はない」

ピアースがそっと腕を彼女のほうに伸ばすと、彼女はその腕に寄りかかるように体を倒してきた。何だかうれしくなる。自分の行動のどれかひとつでも、彼女にとって心安らぐことになるのなら、何だってする。

「同じものをまた作るわけだな？」

ええ、そうよ、という答を期待していた、いや、確信していた。フェリシティ、ホープ、エマの三人の答が常にそうだから。この誰かが、できない、とか無理、という返事をすることはない。ええ、いいわ、山脈を移動させるから、少しだけ待ってね、みたいな答が返ってくるのだ。そのため、ライリーの答には驚いた。

「だめなの。コンピューターがなければできないわ。でも、私のコンピューターは、自宅の部屋に置いたままだから。とにかく、今すぐは無理」

ジェイコブがピアースのノートパソコンを示した。市場に出回る最上位機種だ。「ここにあるじゃないか。これを使ってできないのか?」

彼女は首を横に振った。そして今回、〝それ、本気で言ってるの?〟という表情を明確に見せた。「できない。力不足とでも言うか……プログラムがないし」

「別のパソコンを持ってくればいいか? 一台で足りないのなら、二台をリンクさせて使うとか、それで計算能力を補えるだろ?」

彼女は、あきらめたように息を漏らした。「そうじゃなくて――計算能力とか、ストレージの大きさとかの問題ではない。必要なプログラムがいくつかあって、そのプログラムなしでは作れないの」機先を制するように、彼女はそこで手を上げた。「先に言っておくわ、どっかのサイトからダウンロードするようなものでもない。まあ、いいわ。とにかく――」彼女は、はっと言葉を失い、口を半分開いたまま、TVモニターを見つめた。ピアースとジェイコブも、つられてTVを見る。

画面にライリーの顔が映し出されていた。彼女が急いでミュートボタンを押すと、ニュース音声が流れ始めた。

〝バージニア州シャンティリーにある国家偵察局で、情報運用部分析課長が死体で発見された事件の続報です。殺害されたヘンリー・ユー課長の部下にあたる、ライリー・ロビンソン画像解析官が殺人容疑で指名手配されました。国家偵察局は、先日アメリカ人研究者のグループが、コンゴで中国人民解放軍によって惨殺された映像を最初に公表した政府機関です。この映像により、米国と中華人民共和国との緊張は非常に高まることになりました。ユー課長は、検死により自殺ではないと断定された模様です。理由は、自分の手で銃を持っていた場合にあり得ない銃弾の入射角であったこと、さらに死体が握っていた銃はユー課長の右手にあったものの、彼は左利きであったため、とされています〟

国家偵察局の職員からの聞き取りにより、ユー課長とロビンソン解析官は、親密な関係にあったことがわかっています。

ライリーが、はっと息をのむ音が聞こえた。ショックを受けているのだ。

〝ロビンソン解析官は、高い画像分析能力を見込まれて、国家偵察局の職員となりました。情報運用部分析課で部下としてユー課長と出会って親密な関係へと発展、ともに中国のスパイとして働くようになったと思われます。二人は共謀して、今回の中国軍の暴挙の証拠となる映像の公表を阻止しようと画策したものの、二人のあいだで何らかの行き違いがあり、ロビンソン解析官がユー課長を射殺したものと考えられています。また新しい情報がありましたら、お知らせします。事件については、引き続き、このチャンネルで〟

ニュース番組の、勇ましいテーマ音楽、番組ロゴ、その文字が鮮やかな色となって飛び散り、ニュースは終了した。

ライリーは顔面蒼白で、わなわなと震え、口を手で覆っていた。殺し屋に銃を向けられて逃げていたときより、動揺している。「わ、私——」何かを言いかけたが、続けることができなかった。

敵ながら、実にうまいやり方だ。ライリーの存在は彼らにとって脅威となる。傭兵を差し向けて殺そうとしたところ、逃がしてしまった。しかし、ヘンリー・ユー殺害の罪をかぶせるという名案を考えついた。これで彼女は、今や警察やFBIなどからも追われる身となった。

自分を今回の担当にしてくれたホープとエマには、いくら感謝してもしきれない。ピアースがいなければ、ライリーは今頃死体になっていただろうから。彼女がきわめて頭がいいことは、エマたちから聞いている。非常に寛大な心を持つすてきな女性、だから親友なのよ、と言われていた。しかし、天才レベルの知性があっても、純真すぎる人がいる。ライリーはそういう女性で、世の中のじょうずな立ち回り方を心得ているわけではない。こういう人は、銃を持った乱暴な男たちに追われたら、無事でいられる確率は低い。だからこそ、俺、ピアース・ジョーダンがいる。そしてジェイコブと彼の会社が助けてくれる。この隠れ家に来られていなければ、彼女は間違いなく死んでいた。

　頭がよくて、美しい外見と心を持つすてきな女性がひとり、地上から消えていたのだ。彼女みたいに、外面も内面もきれいで、さらに知性のある女性なんて、そうめったにいるものではないのに。とにかく、この女性がこの先ずっと地上にいられるよう、ピアースは最善をつくそうと改めて心に誓った。そもそも、彼女はフェリシティ、ホープ、エマの親友なのだ。自分がそばにいながら彼女の身に何かあったら、あの三人は一生ピアースを許してくれない。

　ジェイコブが身を乗り出し、重々しくたずねた。「この殺害容疑とは、どういうことなんだい、ライリー？」

　彼女はぶるっと大きく身を震わせ、心を落ち着かせた。「ヘンリー・ユーというのが、先ほど話した私の上司で、データの入ったUSBを渡した人なの。このデータで、情報運用部長、つまり彼の上司を説得してみる、と言ってた。ソマーズ・グループが絡んでいるので、慎重に行動しなければならないのは、私もヘンリーもわかっていたから。でも話をしに行ったはずのヘンリーは、その後すぐに死体となって発見された。そのときはまだ、自殺だということになっていたわ。ただ、ヘンリーは自殺するような人では絶対にない」

ピアースは彼女の顔を覗き込んだ。「敵は、次々と手を打ってくるね。まず、この映像が見つかった。するとディープフェイクを作り、そちらをリークした。君がオリジナルを発見し、君の上司が上層部に報告すると、すぐさま君の上司を殺害し、偵察局内の人たちの注意をそちらに向けさせた。そして今度はその殺害容疑を君にかけた。個人的な感情のもつれ、みたいに見せかけ、本ものの映像の発見者を警察に処理させる。一石二鳥だ」

「そんなの、ばかばかしくて言葉も出ない」ライリーがつぶやいた。「ヘンリーはゲイなのよ」

ジェイコブが、顔を上げる。「それは一般的に知られた話か？」

「え？」ライリーは質問の意図がわからないようで、ぽかんとしている。

「ヘンリーがゲイであることを、職場では誰もが知っているのか？」

「うーん」彼女が考え込む。「そうでもないかな。ヘンリーはそのことを隠してはいなかったけど、公私の区別はきっちりとする人だから、プライベートなことはほとんど話さなかった。私には話してくれたけど、仕事帰りに軽く飲んだとき、話のついでに……という感じで。だから、他の人は知らないと思う」

「そこまで調査する時間はなかったんだな。ヘンリー・ユーを殺したあと、すぐにライリーのところに現われたんだから。ライリーのことは、最初から始末するつもりだったようだ」

ピアースがそう言うと、ライリーは彼の顔をまっすぐに見た。「私がこうしていられるのも、みんなあなたのおかげよ。あいつらは、ヘンリーを殺したあと私を建物から拉致し、人目につかないところで殺害するつもりだったのね。でも私をつかまえられなかったから、筋書きを調整した」彼女は背筋を伸ばし、顔にも少し赤みが差すようになっていた。「でも、計画には最初から無理があったと思う。監視カメラがあるから、連れ去るところが記録に残るし、そもそもソマーズ・グループの戦闘員が、国家偵察局の厳しいセキュリティをかいくぐって、どうやって入って来られたわけ？おまけに許可なく建物内を歩き回るだなんて。それでも結果としては、私は逃亡生活を余儀なくされている。ここしばらく身をひそめていなければならないわ。あいつら、あの映像がディープフェイクだと知る人全員を始末する気ね」

「よし、では今回のことを最初から順を追って話してくれないか」ジェイコブがライリーに話しかける。「まず何が起き、それがどういう経緯を経て今の状況になったかを説明してほしい」そこで言葉を切り、スマホに目をやる。「ああ、うちの社員で、この話を聞かせておきたいやつが来た。ここに招き入れたいが、いいか？」ライリーとピアースがうなずくのを見ながら、ジェイコブは立ち上がって玄関へ向かった。

ドアが開くと、そこにはジェイコブ・ブラックの右腕として知られる、ニコライ・

ガーリンがいた。でかい、という表現がぴったりくる大男で、顔つきもいかつい。ピアースはちらっとライリーの様子をうかがい、彼女が怯《おび》えていないことを確かめた。彼女は平静だった。ピアースもジェイコブもこの大男を脅威と見なしていないのなら、自分に害はないだろうと判断したようだ。

ニコライは害はないどころか、兵士としても戦略家としてもきわめて有能な男だ。しかし、一見したところではB級映画の悪役みたいなのだ。肉切り包丁を振り回して襲ってくるようなタイプ。しかし、実は天使みたいにやさしい心を持っている。とにかく、絶対に友だちにしておきたい男だ。こいつとだけは敵対したくない。

ジェイコブがニコライを連れて、リビングに戻って来た。ライリーとピアースは挨拶しようと立ち上がった。

「ライリー、こいつはニコライ・ガーリン、ブラック社の副社長だ。多くの外国政府にパイプを持つ情報通として知られている。ニコライ、こちらがライリー・ロビンソン博士、ASI社のIT女王様たちの親友だ。彼女が話してくれた内容が、かなり衝撃的なものだったので、来てもらった。おまえの耳にも入れておくべきだと思ってな」

「ロビンソン博士」ニコライはそう言って握手しようとした。巨大な手を差し出し、とびきり低い声で話す彼を前にして、ライリーは一瞬とまどい、目を見開いた。

えなくなる。

「ニコライさん」握手をすると、彼女の手はニコライの手の中にすっぽり収まって見

「ただのニコライで」

「では私もライリーで」そう言って彼女はほほえんだ。

ニコライが空いていた肘掛椅子に座ると、ジェイコブは無言でウィスキーがツーフィンガー分入ったクリスタルグラスを彼に持たせた。何が飲みたい、といった質問は不要らしい。この二人は毎日、ずっと一緒に仕事をしているので、言葉がなくても心を通じ合えると聞いていた。ニコライが、改めてライリーを見る。

「俺の聞いたところでは、ライリー、君はとある情報を持ち、その内容は現在の世界情勢の――」ニコライはちらっとジェイコブを見る。「――方向をすっかり変えてしまうものだとか。このジェイコブのやつは、ものすごく慎重で、少々のことには動じないんだが……これからどんな話を聞くことになるのか、想像もできないな」

「確かに、私は情報を持ち、それが表に出れば、現在の状況がまるっきり変わってしまいかねない」ライリーはうなずいて、ピアースのパソコンを自分のほうに引き寄せた。「今、手近にあるのが、まるで使えないパソコンだけなもので」恨めしそうな表情でピアースを見た。このパソコンがひどい、とあからさまに彼女が言うのは、これで二度目だ。

それでもピアースは気を悪くしなかった。会社のIT部門の女王様たちは、常に最新鋭、いや販売さえされていない機器やソフトウェアを使っている。試用版を、しょっちゅう提供されるからだ。そのため、エージェントたちの使用パソコンを見ると、うんざりした顔をする。いくら上級機種を買っても、かなり先の未来でしか手に入らないような製品と比べれば、当然おもちゃみたいに見えるのだろう。

「このメーカーの最上位機種なんだぞ」いちおう、それだけは言っておいた。

彼女はあきらめたように息を吐き、パソコンを立ち上げる。ダークウェブに入っていき、何かを見つけ出す。その後、彼女がリターンキーを押すと、画面には緑色に光る数字とアルファベットが次々と流れていった。

「さて、いいわ。話を始める」彼女はまずピアースを見てからニコライに視線を投げ、最後にジェイコブのほうを向いた。「ピアースとジェイコブには重複になるかもしれないけど、ニコライにきちんと理解してもらうために、ここまでのところを話すわね。それから、二人にも話していなかった、この動画を見つけた経緯も説明しておく。見つけたのは偶然とも言えるけど、国家偵察局の画像解析官という職務上、私は世界各国で撮影されたさまざまな画像を常に見ているから、必然でもあった。データ中継衛星スコーピアスが、他の偵察衛星が撮影した映像を、地上の特定の地点に転送されるプロセスでキャッチしたの。それが二日前のこと。偵察局が扱う画像は膨大《ぼうだい》な量になるから、ＡＩによって解析官の確認を必要とするかが判断され、おそらく内容の過激さで警告が出て、私が精査することになった。私が見るまでに、すでに一日経過していた。さて、これから見せる映像を、よく覚えておいてね」

ピアースは、ジェイコブやニコライと一緒に、再度、パソコンに見入った。この美しい女性の命を脅かすことになった映像、ここからすべてが始まったわけだから、もういちどよく見よう。

何度見ても、これから何が起こるかを知っていても、その場面はショッキングだ。ＴＶのニュースで流れるのは、実際の殺戮の始まる前の切り取られた数秒だけ、あるいは『これから流れる映像には、きわめて暴力的な場面が含まれます』という警告のあとに、もう少し長い時間流れる場合もある。今ピアースたちが見る映像は、カットも編集もない、凄惨《せいさん》な全編だ。

大量殺戮。あっという間の蛮行だった。映像の最後では、命のあるものは何ひとつ残っていなかった。巻き込まれて死んだ動物までいた。サルが二匹、犬が一匹。録画状態はきわめていい。弾丸が大動脈に当たり、大量の血がいっきに噴出する瞬間まではっきり映っている。

映像が終わっても、誰も何も言わなかった。圧倒的な沈黙が、この家を支配する。ＤＣ郊外の住宅街ではあるが、この家は防音が完璧であることをピアースは思い出した。

「さて」ライリーが口を開く。「何が映っていたかしら、ニコライ？」

彼の頬の筋肉が波打つ。「１９１式自動歩槍で武装した中国人民解放軍の兵士が、アメリカ人研究者をコンゴ民主共和国で襲うところだ。この研究者たちのこのジャングルでの滞在目的は、エボラ出血熱の変種を調べるためだったと理解している。人民解放軍の指揮は、上級佐官が執っていた。何の敵意も見せていない丸腰の研究者を一方的に襲う、悪質な攻撃だった」

「疑問の余地なく、そう思うわよね？」

ニコライがうなずく。今の映像にはらわたが煮えくり返りそうな気分であるのは明らかだ。「ああ、疑問の余地はない」

「確かなのは、この人たちはウィルスや微生物を研究する専門家で、もっと具体的に言えば、エール大学が中心となり、疾病予防管理センター《CDC》が選んだ細菌学者二名とともに、新種のエボラ出血熱の伝染を防ぐための研究を目的としたキャンプだった。さて……」

ライリーはピアースとジェイコブに説明したときと同じように、指の本数の違いでこれがフェイク画像であることをニコライにも理解させた。

「ちくしょう！」ニコライが信じられないと首を振る。「気がつかなかった」

「心配するな、俺もわからなかったよ」ジェイコブが言う。

「ディープフェイクの特徴とも言えるこの部分を見つけたのは、偵察局のプログラムにアップロードされてすぐで、この点に関しては、幸運だったと言える。私が最初に見たのはこの映像で、ミスが修正される前だったのよ。一般的に流通しているバージョンは、完璧に修正されているはず。ディープフェイクは、繰り返し画像の修正をしていくもので、修正を重ねるたびに、おかしなところはなくなっていく。私が最初に見たのはより無修正に近いものだったということ。私は修正部分を取り除き、オリジナルに近づけていった」

彼女がキーを操作すると、映像が巻き戻しと早送りを繰り返す。巻き戻されるたびに少しずつ異なる画像になっていくさまを、ピアースは感嘆の声を漏らしながら見つめた。何だか不思議な感覚だ。顔の特徴が消えていく。小さな点が額に現われ、頬、鼻、顎、しわ、顔の輪郭《りんかく》が、次々と変わっていく。やがて画面上の顔がすべて、完全に別の顔になっていた。

「嘘だろ！」ニコライが叫ぶ。兵士はもうアジア人ではなく、西洋人になっており、彼らが持つのも191式自動歩槍ではなく、ASI社やブラック社のエージェントが普通に使う銃になっていた。そして間違うことのない、見慣れたユニフォーム。呆然《ぼうぜん》とした顔で、ニコライはジェイコブを見た。「ソマーズ・グループだ。こいつは大問題だぞ」

実に、大問題だった。アメリカ人の研究者を、アメリカの軍事会社の戦闘員が惨殺したのだから。これ以上ひどいことなんてない。

「俺、ヘッドハンティングされたんだ」ピアースはふとそう漏らしてから、慌てて口を閉じた。この話は誰にも打ち明けたことがなかった。親友のラウール・マルティネスにさえ話していない。

ジェイコブが、ちらっと視線を投げてくる。「エイドリアン・ソマーズ本人から声をかけられたのか？」

この話を口にしたことを、すでに後悔していたピアースはうなだれて、ぼそりと言った。「ああ」

「よくもぬけぬけと」ジェイコブが顔を強ばらせる。「おまえを、自分らと同じタイプだと勘違いしやがったんだな。くそ野郎が」はっとライリーの存在を思い出したようだ。「すまない。汚い言葉を使った」

「でも、これまでソマーズ・グループがしてきたことを個人的にも知る私としては、この会社のオーナー社長って、まぎれもなく、くそ野郎だと思う」

「ピアースは、非常に勇敢な、真に品格ある行ないで、正義を通した」ジェイコブは、反論したいのならしてみろ、とでも言いたげな挑戦的な口ぶりでライリーに告げた。

ピアースをまっすぐ見るライリーの瞳が、透き通るような水色の輝きを放っていた。

「そのときのことは、エマから聞いた。本当に勇敢な行動だわ。自分がその立場にいたら、同じことができるか、自信がない」

確かに、かなりの覚悟が必要だった。ピアースたちの上官となって転属された男は無抵抗の市民を殺害することで性的な興奮を覚えるやつだった。一般女性を、特に妊婦を殺すことで気持ちが昂《たかぶ》るのだ。あまりのひどさに、海軍だけでなく、米国全軍あげて、そいつを告発しようとしていた。ところが、そいつには上院軍事委員会の委員長を務める伯父がいたのだ。指揮官が妊婦を射殺する現場を目撃したピアースとラウールは、そのことを正式に告発したのだが、事実の隠ぺいをはかった上院軍事委員長から、規律違反だと軍事裁判にかけられてしまった。そのままではテロリストなどが収監される刑務所に送られるところだったが、同じ部隊のチームメイトや他の仲間たちのおかげで、最終的に妥協案として〝非名誉除隊〟が提案され、二人はそれを受け入れて軍を去った。非名誉除隊とはドラッグ使用が発覚した隊員が受ける処分だ。

除隊当日、基地のゲートでは、ＡＳＩ社のボスであるジョン・ハンティントンとダグラス・コワルスキが待っていてくれた。

「うちの社で君たち二人を採用するつもりだったんだ」ジェイコブは凍りつくような冷たい笑みを浮かべた。「だが、君たちの元チームメイトがすでにＡＳＩ社で働いていたし、ミッドナイトからは、この二人には手を出すな、と言われたものでね。仕方なくあきらめたよ」

「つまり、ソマーズ・グループで働くなんて……」ライリーは言葉を濁した。

「問題外だ」ピアースはきっぱりと言い切った。当時から彼らのやり方を疑問視していたが、実際にどんなことをしているのかわかった今はなおさらだ。おまけに、彼らはライリーを亡き者にしようとしていたのだ。

「あの会社の戦闘員は、ほぼ全員が、鐘を鳴らしたやつだ」

「鐘を鳴らす？」ライリーが怪訝《けげん》そうな顔で質問する。

「実際に言葉どおりの意味なんだ。ＳＥＡＬになるための選考試験の中で、ヘルウィークという期間がある。文字どおり地獄にいるかと思うような一週間を過ごすわけだが、その間は朝昼晩を問わず、宿舎近くの広場で、非常に厳しい筋トレを毎日する。広場には船と同じように、海軍式に時刻を告げる号鐘が置かれている。試験をこれ以上続けられない、と思う候補者はその鐘を鳴らして、辞める意思を周囲に伝える」

「脱落した者ね」ライリーは正確に、鐘を鳴らす意味を理解したようだ。

「そうだな。能力的には、合格者とそん色はないように思える者ばかりだ。だが、その少しの違いは大きい。ともかく、エイドリアン・ソマーズは、採用を楽にする魔法の策を見つけたわけだ。もう少しでＳＥＡＬｓに入れる能力を持ちながら、なれなかったやつ。つまり、戦闘に関してはほぼ問題ないわけさ」

「そして、給料は安く済む」

「そのとおり。ソマーズのやつは、彼らを本もののSEALと変わらない、と主張し、表面的には敬意を払うふりをするから、戦闘員は彼に絶対的な忠誠心を持つ。あの会社はどんな依頼も引き受ける。違法なことや、倫理的な問題があっても気にしない。とにかく、じゅうぶんな支払いがあることだけが、あの男には重要なんだ。海外での仕事が主で、あのグループが仕事を引き受ける国では、倫理観なんて問題にされない」

ライリーが画面を指差す。「で、こういうことをする」

コラージュされた画像をすべてはがすと、ソマーズ・グループの戦闘員たちがアメリカ人研究者に対して、なぎ倒すような勢いで銃弾を浴びせている映像になった。どの兵士もすべて、ソマーズ・グループのロゴのついたユニフォームを着ていた。

ニコライはぼう然と画面を見つめていた。「何にしても、ここまでの勢いで銃弾を浴びせる必要はない。こいつら、ありったけの銃弾をジャングルにばらまいているような……これは無差別な殺戮だ。戦闘があって、その結果、兵士が命を落とすのとは、はっきり異なる。しかも銃を向けているのは武装していない研究者なんだ。この戦闘員たち……発狂したのか？」

「あるいは、ハイになってる」ライリーが推理する。

「だとすると、覚醒剤か」ピアースも同じことを思っていた。「アンフェタミン系のドラッグ――非常に強力な興奮誘発剤だな」

「まだ見せたいものがあるの」

ライリーの言葉に、ジェイコブがすぐに反応し、彼女のほうへ顔を向ける。彼女の言葉を聞き漏らすまい、とするジェイコブの態度には、ピアースも驚いていた。

ジェイコブ・ブラックは大きな権力を持つ男だ。彼が何かを言えば、政府の重鎮たちもすぐに耳を傾ける。圧倒的な存在感があり、たいていの者は、彼の前に出るとものおじしてしまう。ところがこの場では、彼のほうがライリーの説明をひと言漏らさず聞こうとしている。

ライリーは彼の前でもものおじしない。穏やかに落ち着いている。問題はピアースだった。彼女がピアースをどう思っているかではなく、彼が困った状態にあるのだ。

これまでに近接警護の仕事をしたことは当然ある。ボディーガードとしての役割に徹し、彼女の護衛に専念すべき――それはわかっている。ボディーガードと言うのは、二十四時間、気を抜いてはいけない任務だ、ほんの一瞬の気の緩みで、警護対象者が命を落とすこともある。今回、その対象者は若い女性で、非常に重要な機密を抱え、彼女の存在とともにそれを消し去ろうとする危険なやつらがいる。情け容赦のない軍事会社が、会社を挙げて彼女を襲ってくる。もちろん武装し、その武器の使用にも躊躇しない。さらに彼女は、警察やＦＢＩにも追われている。つまり、ボディーガードとしては、完全に護衛に集中しなければならないのだ。

それなのに、彼女の美しさに気が散ってしまう。

ああ。こんなに美しい人に会ったのは、初めてだ。彼女が魅力的であることはわかっていた。ＩＴ部門のオフィスに貼られた写真――ＮＳＡ時代の四名の女性の写真。四人の美人の中で、特にきわだって美しいのがライリーだった。写真が３Ｄで彼女だけが立体的に浮き上がっているように見えた。そして実物の彼女は――歩くフェロモンみたいなものだ。彼女から発せられるフェロモンで、股間をぐっとわしづかみされるようにさえ思ってしまう。ごく普通に、ただそこにいるだけで。蠱惑《こわく》的に見上げてきたり、髪をかき上げたり、と言ったわざとらしい態度はないのに。また三名のアルファ・メールを前にして、自分が女性としてどう見られているか、横目で確認することもない。

ただ、ひたすら、仕事に集中している。

ピアースが胸に抱える想い、どうしても任務に集中できないのは、彼女のせいではない。普段の彼なら、彼女と同じように任務に集中する。プロとはそういうものだ。これまで注意散漫になったことなんてなかったのに、俺はいったいどうしたんだ？

今も彼が考えるのは、彼女の肌は白くてすべすべで、完璧だなとか、このほっそりした体を抱き寄せたら、どんな反応があるかな、とか、もし……。

「いいわ」ライリーの言葉に、彼は一瞬、その場で彼女を抱き寄せようかと思った。彼女が、『いいわ』と言ったから。彼の頭に渦巻《うずま》く言葉が彼女に伝わり、彼のしたいことに、彼女が『いいわ』と言ってくれたのかと思ったのだ。したいこと。

セックスだ。

今すぐに。

体を強ばらせて立ち上がったのと同時に、ライリーが口を開く。

「二人とも、国家偵察局が何をするところか、もちろん知っているわよね？」

全身の力が抜け、彼はソファにもたれた。ジェイコブがこちらを見て、次にライリーに視線を移す。ジェイコブの眼差しだけで、ピアースの妄想はさっと消えた。ここにいるのは、彼女の警護という任務のため。よだれを垂らして彼女を眺めている暇はない。彼女がどれほどきれいだとしても。

「まあ、だいたいのところは」ジェイコブの言葉に、ライリーがうなずく。

ニコライも、ああ、と相槌《あいづち》を打った。

「偵察局で運用する衛星は二百四十八機ある」

元ＳＥＡＬの男性三人が目を丸くする。ＳＥＡＬが驚くことはめったにないのに。

「そんなに――」ジェイコブが口を開くと、ライリーはにっこりした。

「わかるわ。三十機ぐらいだろうと思ってたんでしょ？」

ジェイコブがうなずく。

「そんなもんじゃないのよ。そのうちの多くがステルス衛星で、レーダーでは見つけられないの。ただ、衛星の多さを自慢したかったのではないわ。こういった衛星によって、偵察局は地球全体をカバーできる。偵察局が公表する画像は、わざと画質を落としてあるの。実際は、数百キロ離れた上空から新聞の文字が読めるぐらいに精度が上がっている。その精度で地球上のすべての場所を偵察できる。私が所属する情報運用部の分析課では、解析官それぞれが担当を持ち、私はずっと中国軍の動向を監視していた。他国に展開する人民解放軍の動きには、特に注目してきたわ。いつも解析しているので、軍の幹部なんかの顔は識別できる。たとえば、これはチャオ・フェン大尉」

中国人らしい男性の顔が、画面に映し出される。ピアースは、はっとして、ジェイコブのほうを見た。「これって――」

「目がいいのね」ライリーは新たな画面を開いて、二つの写真を並べた。新たな画面に映し出されたのは、この数十時間のあいだに、世界のメディアを駆けめぐった画像だった。中国軍がアメリカ人研究者を惨殺したあと、そのうちの将校がひとり、空に向かって何かを叫ぶ瞬間をとらえたもの。特徴のある顔立ちだった。横に広い丸顔、目の脇に傷痕。「これはチャオ・フェン大尉よ。この襲撃のあった日、チャオ・フェン大尉は四川省にいたことが確認されている。証拠となる映像には、タイムスタンプも入ってるわ。つまりこのディープフェイク映像を作った誰かは、簡単に手に入る中国兵の写真を使ったのよ。偵察局には何百万という中国兵の画像があるから、その中から何点かを流用し、ソマーズ・グループの戦闘員の顔にコラージュしたのね。問題は、コラージュに用いられた中国兵の顔は、すべて偵察局内部に存在するものだということ。つまり、認めるのは辛いけど、このディープフェイクの制作者は、偵察局のデータベースにアクセスできる」

「別の言い方をすれば、偵察局職員である可能性が高い」

「偵察局職員、おそらくは上層部ね」ピアースの結論を言い直すライリーの声が悲しそうだった。「そんなこと、信じたくはないんだけど、そうとしか考えられないでしょ。偵察局のデータベースにアクセスできて、ディープフェイクを作る技術もある人。私じゃないとすれば……」

「データベースにアクセスした痕跡はもうとっくに消し去られているだろうな」

「ここまでうまくフェイク画像を作れる人なら、痕跡を隠すのも得意でしょうね。本当に考えたくないわ。偵察局——特に運用部の職員なんて、ＩＴ技術だけはあるオタクみたいな人ばかりだけど、祖国を裏切るようなことをするとは――これまではそんなの、信じられなかったけど」彼女がため息を漏らす。「そもそも、中国政府はどうして何の反論もしないのかしら。チャオ・フェン大尉がアフリカにいなかったことなんて、わかっているはずなのに」

「自分たちにとって、都合がいいからだろうな」ジェイコブが説明する。「ちょうど今、中国ではタカ派が台頭してきている。リウ主席の権力基盤はもろい。タカ派はどこまでなら対米強硬策が通用するか、試しているんだと思う。万一、実際に戦争が始まるような事態になれば、中国のほうはチャオ・フェン大尉のアリバイを証明し、自分たちに非はない、と言いわけできる」

「これを口実に米国に揺さぶりをかけ、なし崩し的に台湾に侵攻するつもりなのかも」

ライリーの推論に、誰も何も言わなかった。実際にその可能性は高い。事態の深刻さは、当初考えていた以上だ。今にも取り返しのつかないことになりそうだ。二つの超大国のはざまで、この美しい女性が犠牲になることなんて、誰も気に留めない。

「国防総省に、ちょっと知り合いがいるから」ジェイコブの表現はかなり控えめだ。国防総省の中で、彼を知らない人はいないだろうし、ホワイトハウスでも有名だ。そして議会でも。「この件を知り合いに話してみる。何とかここで止めないとな。ソマーズ・グループには償いをさせてやる。あの殺戮は地獄絵図だった。それを隠そうとした行為は、国家反逆罪にあたる。厳しい罰が下されるだろ」

「ちょっと待って」ライリーが指一本で、ジェイコブの動きを止めた。立ち上がりかけていた彼は、すぐに腰を下ろした。またもや、彼女の堂々とした態度にピアースは感心した。「今見せたのは、キャッシュをつなぎ合わせたもので、完全なオリジナル映像ではないの。完全なものにするためには、そのためのソフトウェアが必要で、その最新版は私の個人所有のコンピューターにある」

ピアースは顔を曇らせた。彼女の個人所有のコンピューター？　彼女は小さなショルダーバッグを持っているだけで、どこにもコンピューターなんて……ああ、悪い予感がする。「そのコンピューターはどこにあるんだ？」

「私のアパートメントよ。今すぐ自宅に戻って、取ってくるわ」

ピアース、ジェイコブ、ニコライの三人は、完璧に同時に口を開いた。

「絶対にだめだ」

「考えるまでもない」

「あり得ない」

5

　コメディを見ているみたいだった。状況がこれほど深刻でなければ、そして危険がすぐそこまで迫っていると実感していなければ、ライリーも笑い出していただろう。何せ、他人に命令することに慣れたおとなの男性三人が、合唱みたいに声をそろえて、不平を口にしたのだ。さしずめ、ジェイコブとニコラスは低いパートの担当だ。ピアースはうなり声を上げている。

　だが、彼らの言い分を受け入れる気はない。

　三人が口々に、頭がどうかしたか、と彼女にたずねる。次にどういう理由でこれがいかれた行為であるかを、詳細に説明してくれた。ソマーズ・グループの戦闘員は、間違いなく彼女のアパートメントを見張っているはずだ。この隠れ家から外に出ることさえ非常に危険だ。自殺願望でもあるのか。そもそも自宅に帰ることが、どういう意味を持つか理解しているのか。その間、彼女は、じっと黙っていた。

　三人の言葉が、頭の右から左へと通り抜けていく。言いたいことを最後まで言わせるべきだ。ゆったり構える彼女を前に、ジェイコブは驚くというより、困り果てている感じだった。この人は、自分の命令には誰もが即座に従う状況が、三人の中でもいちばん多く、また長かったはずだ。ジェイコブは自宅に戻ってはいけない理由を説明すると、椅子にもたれて彼女の返事を待った。これだけの論理的説明に反論できるはずがない、と信じているのだ。

一方ピアースは、もっと感情的に話をした。声が裏返り、かすれる。口の両脇にくっきりしわができ、額の髪の生え際には汗が光る。「忘れてないよな？　ソマーズ・グループのくそ野郎たちが、君に向かって発砲したんだぞ。それもほんの二時間ほど前だ。君は偵察局本庁の中で、あるいは建物の前で殺されていても不思議はなかった。俺がどうにか間に合ったのは、奇跡みたいなものだ。戦争が起きようとしているんだ。それを止めるために、君が必要だ。君が死んだら、悪いやつらの勝ちだぞ。そんなことを望んではいないだろ？　自分のコンピューターを使いたい、という君のこだわりのせいで、結果として悪いやつらの思いどおりになる。そんなの、君は望んでいないはずだ」

三人が、なぜ反対するのかは理解できる。だから、感情的に言い返すのは控えた。ジェイコブは当然のこと、ピアースとニコライも、これまでたいていの場合、自分の言い分を通してきたに違いない。元ＳＥＡＬである彼らは、大きくて強い。背の高さと肩幅の広さで、他人を圧倒できる。こういう人たちに暴力をふるおうとする人間はまずいない。世の中というのはそういうものなのだ。そして、大きくて強い男に、あれこれと指図する者もいない。

しかし、彼女もこれまで黙って従うだけの人生を歩んできたわけではない。自分の家族は、どんな場合にもまるで頼りにならなかった。母は、何かの決断を迫られるとマリファナを吸って現実逃避する人だった。父はそもそも、娘とのかかわりを拒否していた。結局、彼女は自分ひとりの力で世の中へ出て行くしかなかった。幸運だったのは、知能が高かったこと、祖母からの遺産があったことだ。大学までの教育費は、奨学金と祖母の遺産で何の問題もなく乗り切れた。大学院に入る前に、博士号取得と同時に採用するとＮＳＡからオファーがあった。これまで唯一、乗り越えられなかった障害は、ＮＳＡ時代の上司からのセクハラ・パワハラだ。地獄の使者みたいなやつだったが、結果的にホープ、エマ、フェリシティという親友ができたので、考えようによっては、よかったのかもしれない。

自分のコンピューターを取りに行きたいのは、こだわりでも、ましてや、わがままでもない。

彼女は背筋を伸ばし、三人の男性をまっすぐに見た。

「あなたたちが認めてくれないのはわかった。でも、どうしても自分のコンピューターが必要なの。そして、取りに行くのは、私でなければならない。こう言っては申しわけないけど、これは――」ピアースのノートパソコンに触れる。「――『2001年宇宙の旅』で、サルが投げた骨みたいなものよ。石器時代の遺物としての価値しかない。私のコンピューターには、クラウド上には保存していないプログラムが二つ入っていて、いえ、万一クラウドに保存していたとしても、こういう代物にはダウンロードもできないわね」問題外、とピアースのパソコンの上で指を左右に振る。「この映像のオリジナルを突き止めようと、私は自宅の自分のコンピューターで作業したの。何が出てくるかわからなかったから。とにかく、証拠として使えるものは私のコンピューターの中にあり、他には存在しない。証拠なしでは、現実にはありそうもない推論でしかなく、話はそこで終わる。私のコンピューターだけど、フェイルセーフ・システムが備えられているから、私の親指の指紋がないと、移動もできないの。指紋なしに持ち上げて移動すると、中のものが消し去られてしまう。自分の指を切り取って渡すことはできないでしょ？　だから私が自分で取ってくるしかないのよ。あのコンピューターさえあれば、きちんとした証拠を用意できる。だから、自宅に帰らせて」

「きちんとした証拠があったって、君が死んでしまったら証明する人がいなくなるんだぞ」ピアースが少々興奮気味に言った。

ライリーは、まず落ち着こうと深く息を吸った。その間にジェイコブが口を開いた。

「ライリー」低音の豊かな彼の声は、真剣そのものだった。「君に万一のことがあったら、俺たちは何をどうすることもできなくなる。君が自分のコンピューターを必要としていることはわかった。俺だって、機材が整わないまま戦闘に臨むのは嫌だ。その気持ちは、みんな同じだろう。それでも言わせてもらえば、この話を信用してもらうために必要なのは、君のパソコンにあるデータではなく、君の頭の中の知識だ。ピアース、ニコライ、それに俺の三人とも、映像がディープフェイクであることを証明するために必要なことは何かと問われても、正しい返答は一割もできないと思う。君がいなければ、俺たちだけではどうにもならないんだ」

「ドローンを飛ばせる？」

「え、何だ？」

「ドローン、できれば無音タイプのものを、うちのアパートメントまで飛ばしてもらいたいの。状況がどうなっているかがわかれば、今後どうするかについて話がしやすいわ」

ジェイコブとニコライが顔を見合わせた。

「もちろん」ジェイコブは、そう答えてから携帯電話を手にする。「実を言うと、君のアパートメントの近くにうちのドローンを待機させている」

勝手に自分のことを探られているのか、と不快感をあらわにするライリーに対し、ジェイコブは人差し指を立てて、待ってくれ、と伝える。

「君のプライバシーを詮索《せんさく》するようなまねをしたわけではない。ASI社から今回のことへの協力を求められた際、君の住所も教えてもらった。関係者の自宅などの情報を得ておくのは、うちの会社の標準作業手順だ」

そう説明され、彼女も納得した。ブラック社の標準作業手順であり、個人的な意味合いはないのだ。

「よし」ジェイコブは部下にメッセージで指示したらしい。「ドローンを君のアパートメントまで行かせた。五分で到着する」

「そのドローンには、赤外線センサーは搭載されてる?」

「ああ」

「いいわ。じゃあこの五分を使って、画像解析の初歩を教えるわね」簡単に技術的な説明をしたつもりだったが、わかりにくかったのか、ドローンが到着したとジェイコブの電話に連絡が来たときには、三人ともほっとした表情になった。

「ドローンの画像を、壁のモニターに映し出して」彼女のリクエストで、壁の薄型モニターに、通常の画像と赤外線カメラによる熱の輪郭が縁取るイメージが映し出される。見慣れた自宅近所の風景だ。ここに住むようになってから、ほとんど職場と自宅の往復だけの日々が続いたが、散歩が好きな上、毎朝結構な距離を走るので近所の風景には、親しみを感じる。

あたりはそろそろ暮れなずんできていた。道行く人、彼らが連れている犬などは、実際の映像よりも赤外線カメラのほうがよくとらえられる。

彼女はレーザーポインターを手に持ち、モニターの一部を示す。

「ここが私の住んでいるところ。一九二〇年代に建てられた大邸宅を、アパートメントに作り変えたもので、内部は六ユニットに分けられてる。私の住居は三階にあり、ちょうど……ドローンを屋上に移動させて」

ジェイコブがスマホに向かって何かをつぶやくと、ドローンは高度を上げ、ライリーがレーザーポインターを自分の住居に当てる。

「ここが私の住むユニット。南東の角よ。当然――」彼女はジェイコブのほうを向いて、たずねた。「このドローン、私が操縦しちゃだめかしら?」

ジェイコブは、完全に度肝を抜かれた顔をした。この人がこんな顔を見せることなんて、めったにないんでしょうね、と彼女は思った。「う、あ、いい、と思う――ただ結構、複雑なシステムなんだ。うちの社には、ドローン操縦の専門家がいるんだが、彼らもこの機の操縦法は、特別に訓練を受けた」

ライリーはじっと彼を見つめたまま、何も言わずに待った。彼はあきらめたように息を吐き、何かをメールしたあと、すぐに返事が来たようだ。どこからともなく予備のコントローラーを取り出して彼女の手に置く。「よし。操縦は君にまかせる……ここからだ」

ライリーは手元のコントローラーを見た。複雑ではあるが、特に難しいわけではない。それに、非常に性能のいいドローンだ、OK。

まず、ドローンに円を描かせてみる。コントローラーに慣れておくのだ。反応がいい。それに飛行が安定している。さて……ああ、あれだ。建物の前に停めてあるSUVに、男が二人いる。赤外線カメラで確認したが、車内に他の人間はいない。

「では、ご紹介するわ。これが監視チームのお二人よ」

ジェイコブはスマホに向かって、SUVのナンバーを静かにつぶやき、調べろ、と命令した。

そのとき、運転席に座っていた男が、ウィンドウを下げて顔を見せた。ピアースは、がばっと立ち上がり、モニターへつかつかと歩み寄り、画面をしっかり見てから、苦々しく言葉を吐き捨てた。「ちくしょう!」

「知ってる人?」ライリーは、彼のそばに近づき、肩に手を置く。

「ああ」彼の怒りが、ぶるぶると手に伝わってくる。「こいつ、運転席のやつだ。このくそ野郎め、ヘルウィークで仲間を殺しやがった。ランニング訓練中、自分が先に行こうと、仲間を突き飛ばした。そいつは転んで岩で頭を打ち、命を落とした。それがわかったのは、本当に偶然だったんだ。SEALsのドキュメンタリーを制作しているメディアのカメラが、たまたま遠目でそのいきさつをとらえていたんだ。こいつの名前は、ハリー・ダットンだ」

ピアースの話を聞き、ジェイコブはしげしげと画面を見つめた。「なるほど、くそ野郎だな。こういうやつにふさわしい会社を選んだわけだ。ソマーズ・グループの社員になって、若い女性の自宅を監視するなんて、情けない野郎だ」

男性たちは、このハリーという男に注意を引かれているようで、まあ、それも当然だとは思うものの、ライリーとしては自分のコンピューターを取り戻すことを優先してもらいたい気分だった。

「えへん、あー」彼女の咳《せき》ばらいで、三人が彼女のほうを向く。「私が、コンピューターを取り戻しに行く話だけど」

「だめだ」ジェイコブ。

「やめたほうがいい」ニコライ。

「あり得ない」ピアースがいちばん強硬だった。

「私にはどうしても――」

「君の自宅前に、ソマーズ・グループの戦闘員二人が張り込んでいる。その話のどこが理解できないんだ？」ピアースは論理的に話そうとしているのだが、口調に苛立《いらだ》ちがにじみ、声がかすれる。

ライリーは、ドローンを建物の外周をぐるっと飛ばせてみた。「他に見張りはいる？」

ピアースは首を振った。「いない。だから？」

「だからね……」彼女はレーザーポインターで、画面を示した。このあたりはアレクサンドリアでも緑の多い地域だ。「車をここに停めれば、二ブロック歩くだけでいいわ。そのあと角を折れたら、すぐに建物の裏に出る。この道筋に犬はいない。建物の前の見張りからも、死角になって見えないはずよ」

彼女は想定したルートをポインターでたどった。公園から建物の裏までの道順だ。

ピアースが首をかしげる。「裏側には入口はないんだろ？　どうやって建物の中に入る？」

なかなか微妙な質問だ。きちんと話さなければ……嘘を。彼女は非常に嘘が苦手で、本心とは違うことを言うと、すぐにばれてしまう。嘘をつくとき、一オクターブ高くなった声が、震えてしまう。しかし、今回は失敗できない。何としても自分のコンピユーターを手に入れなければならない。そのことだけに集中しよう。この状況を好転させる方法はただひとつ、それしかないのだ。自分にそう言い聞かせながら、彼女は口を開いた。

「ここに生垣があるでしょ？　隠れて見えないんだけど、ここに地下へ通じる階段があり、そこから中に入れるのよ。そのまま進むと、清掃業者の使う階段の前に出る。監視カメラは地下に入ったところに一台あるだけ。そのモニターには、私が録画されたものをループで繰り返し再生させておく。五分もかからないわ。さっきも言ったけど、指紋認証が必要だから、私が行くしかないの。約束する、すぐに戻るから。入って、出て、またここに戻って来ればいいんでしょ？　このディープフェイクがどうやって作られたのか、もっとわかりやすく説明できるのよ。このプログラムなしでは、あれがフェイク映像だったなんて、誰も信じてくれないはず。こんなことを言い合いしているあいだにも、事態は刻々と悪化している。太平洋艦隊は、今この瞬間、台湾海峡を通過しているのよ」

この言葉は、元海軍の三名の気持ちを大きく揺さぶった。部屋の空気が変わったのが、彼女にはわかった。

自分の本分はデータに対応することであり、対人コミュニケーションのスキルがそう高くないことは、彼女もじゅうぶん自覚している。しかしニュース速報が事態のますますの深刻化を伝える今、そんなことは言っていられない。

窓の外を見ると、夕闇が迫っていた。さっき確認したら、ここから自宅までは車で二十分程度。到着する頃にはとっぷりと日が暮れているはず。好都合だ。自分の住居内なら、明かりがなくても、どこに何があるかわかっている。懐中電灯さえ要らない。

彼女は立ち上がって身震いした。自分のコンピューターがあれば、すべての謀略を証明できる。事実ではないことを原因として、国が戦争を始めようとしていると、みんなにわかってもらえる。証明しなければ、自身にも殺人の罪をかぶせられたままだ。早く、今すぐにでも手を打つべきなのだ。「私は行く。あなたたちは？」

ピアースがあきらめの色を顔に浮かべて腰を上げた。「ひとつ、はっきりさせておく。俺たちは、セキュリティの専門家だ。何かがおかしい、と俺たちが感じたら、すぐに退却する。何かしっくり来ない、程度のことでも、即退却だ。それから、俺たちの言うことには、従ってもらう。文句も質問もなしだ。いいな？」

「ええ、いいわ」彼らはセキュリティの専門家であり、彼女の強みはデータだ。彼らが何か危険を察知すれば、即刻立ち去る。そのことに問題はない。

しかし、本来の問題は解決しないまま残される。生活基盤を失い、警察に追われる日々が待っている。そして成功した軍事会社で殺人のための訓練を受けた戦闘員、要するに抜群の装備を持つ殺し屋に狙われるのだ。しかも彼らは倫理的に問題があり、丸腰の人間を殺すことなど何とも思っていない。だから、自分のコンピューターが必要なのだ。そのことをピアースもジェイコブも、今ひとつ理解していない。アパートメントに行くことを渋々了承したのだって、コンピューターを手に入れる必要性を理解したわけではなく、ライリーに対して親切にしたい、それだけのことだ。逆説的ではあるが、本当に理解してもらうためにもコンピューターが要る。

あのコンピューターを使って、十歳の子どもにも理解できるように説明しなければ。

四人は隠れ家を出ると、ニコライは連絡のためにブラック社のDCオフィスに帰った。ピアースとジェイコブは、ライリーと一緒に、彼女のアパートメントに行くことになった。

ジェイコブがハンドルをピアースにまかせたことに、彼女は少し驚いた。ジェイコブは絶対に自分でハンドルを握るタイプの男性だと思っていたからだが、隠れ家まで来る際のピアースの運転を思い出し、なるほど、と感じた。万一、見つかって追跡・逃走という事態になれば、ピアースの運転技術は非常に有効だ。くだらないプライドより、論理的な判断を優先させてすぐに助手席に落ち着いたジェイコブ・ブラックという人物に、彼女は改めて敬意を抱いた。

ライリーは後部座席の運転席側、つまりピアースの後ろに座った。自宅まであと半分、というところまで来てやっと、この場所に座ったのは、ピアースを思う存分見ていられるからだ、ということに気づいた。いや、気づいてはいたのだが、認めるのが悔しかったのだ。

初対面の人に、こんなに惹かれるなんて、きっとストレスのせいだ、と彼女は思った。後ろ姿でも見ていたいと思うなんて。でも、本当に目の保養になった。彼の手はとても大きくて力がありそうなのだが、同時に指が長くて上品でもある。ギアを替えるために、ノブに置かれた手につい見とれてしまう。楽器を弾くように、優雅な動きなのだ。運転は滑らかで、首都の混雑の中を進んでも、ストレスがない。通常この時間だと、地獄の業火に焼かれている気分になるものだが。

魅力的なのは手だけではない。シャツの袖をまくり上げた腕に気づき、目が離せなくなった。余分な肉がなく、しなやかな筋肉がギアを替えるたびに、波打つ。それから肩も。幅が広くて、運転席からはみ出して見える。それに艶《つや》やかに輝く黒髪。ジェイコブと話そうとちらっと横を向くたびに、軽く揺れる。二人は難しそうな話をしていて、どういう内容なのか彼女にはよくわからなかった。緊迫感のあるやり取りで、二人の声の違いが際立つ。どちらも低音だが、ジェイコブの声はしわがれていて、ピアースは滑らかだ。ところどころ、射程角、射程範囲、ドローンなど、彼女にも理解できる単語や、文章の断片を耳にできるが、全体としてはよくわからない。ドローンについては、彼女にも知識があるが、それはまたあとで話そう。

会話に参加できないので、彼女はひとりあれこれと考えを巡らせた。まず状況の分析、自分の得意分野だ。実践向きではなく、データをもとに理論を検討する。ただ、現在は検討すべき理論もほとんどない。自分が抜き差しならない状況に陥っていることがわかるだけだ。そこで彼女は座席にもたれて窓の外を眺めた。何を見るでもなく、何を考えたわけでもない。ある種の瞑想《めいそう》状態だ。

そうこうしているうちに、車は最初に相談しておいた道路の駐車スペースに停まった。ピアースがエンジンを切る。車体の防音装置は完璧なので、エンジンが冷えていく、カチ、カチ、カチという音がかすかに聞こえるだけ。

ライリーは、前の座席に顔を突き出すようにしてたずねた。「ドローンの操縦コントローラーを渡してくれる？」

「ああ、いいよ」ジェイコブはコントローラーと一緒に、持ち運びできるモニターも渡した。戦地でも使えるように、耐久性を高めてある。

「これから、どう進むかを説明するわ」通り沿いに建物に回り、生垣のあるところまでの道順を示す。「この道順で行けば、どこの防犯カメラにもとらえられずに出入りできるはずよ。それから、建物の側面にもカメラはない」

二人がうなずく。

「このドローンでは、音声は拾えないのよね？」

ジェイコブがため息を漏らし、それは無理だよ、無言で伝える。

「仕事とは別に、私はホープと一緒にドローン用の音声センサーの設計をしたの。センサーはリモコンでスイッチをオン・オフできる。わりと簡単にドローンに追加できる装置よ」

「それ、いくらだ？　今すぐ買うよ」ジェイコブが熱心に訴える。「金は惜《お》しまない」

「値段はないわ」ライリーは、いかにも権力者というジェイコブの顔を見つめる。

「だって、無料で使ってもらうつもりだから。ただ、ＡＳＩ社にも使わせてね。あなたたち、あなたの会社、それにＡＳＩ社が私を助けるために尽力してくれたことへの、ささやかなお礼。使ってもらえるなら光栄だわ」

ジェイコブが軽く頭を下げた。なんだか貢ぎ物を受け取る王さまみたいね、と彼女は思った。

「ドローンを、あのソマーズ・グループの戦闘員が乗っている車にできるだけ近づけ、そこから動かさないようにしながらホバリングさせる必要があるわ」

ピアースが眉をひそめる。「それはむずかしいんじゃないかな。俺たちが裏道を進むあいだ、道順案内だって必要だろ？」ジェイコブも、同感、というようにうなずいている。

まったく。この人たちってどうしてこうなのかしら。道具を持たせればそれで満足して、その道具にどんな使い道があるかもじゅうぶん確かめようとしないんだから。

「ここを見て」自分の口調に軽蔑がにじまないようにするのは、大変な努力が必要だった。彼女はオタクたちばかりの中にいて、内向きの生活を送ってきたから、こういうことはよく知っている。ピアースとジェイコブは外向きの生活をして、肉弾戦を生き抜いてきた人たちなので、知識と向き合って考えてみる、という発想がないのだ。このドローンでは、ほとんど隠しコマンドみたいにいくつかのボタンを続けて押すことで、機体安定装置を作動させられる――そもそも、こんなコマンドにするなんて、設計者の意地が悪すぎるが――彼女はそのやり方をささっと説明し、車から降りた。早く動きたくて、体がむずむずしていた。

ピアースとジェイコブは、まだ車に乗ったままドアを開き、さらに口までぽかんと開けて、モニターを見下ろしていた。「いったい、どうやって――」

「さ、早く」ピアースの質問をさえぎる。

二人は顔を見合わせるだけで、黙って車から降りた。

もう自宅はすぐそこ、と言うよりコンピューターが近くにある、と思うと、ライリーはじっとしていられない気分だった。熱に浮かされたような彼女に対し、男性二人はスローモーションを見ているかのようにゆっくり動く。まったく、元ＳＥＡＬなのに。スーパーマンと同義語ではなかったの？　光の速度で走れるはずでしょ？

苛立ちは心に秘めたまま、彼女はピアースが車の後部から荷物を下ろすのを見ていた。バックパックひとつ、防弾チョッキが三つ。どうしても着ろと彼がうるさいので、仕方なく彼女も防弾チョッキを着た。

チョッキはものすごく大きくて、首元から腿《もも》の中ほどまでの長さがある。こんなものを身に着けたくはないが、文句は言わなかった。ただ、注文をつけておきたいことがひとつある。

「裏通りを進み、生垣に隠れられはするけど、武器を見せないように気をつけてほしいの。窓の外をふと見たら、大男が二人、人の目を気にしながら歩いていて、手には銃を持っている、となれば、普通の人はびっくりする。私みたいに、小柄な女性が連れとしていたってみんな警戒するわ。話はそれだけ。じゃ、行きましょ」

二人がのろのろとしか動かないので、彼女は二人をほうって、さっさと歩き出した。とにかく、一刻も早くコンピューターを手に入れないと。すぐにピアースが追ってきた。鼻孔を膨《ふく》らませ、顔には怒りをにじませている。ジェイコブについては振り返って確かめなかったが、彼のことだから間違いなくすぐ後ろについて来ているはず。

彼らが音を立てないのは、さすがだった。本当に何の音もなく動く。大柄な体で、低い生垣の中を進むことを考えると、すごいとしか言いようがない。彼らの存在すら忘れてしまうほどだ。

この裏通りは、よく知っている。どこにどう行けばいいのかわかっているので、どんどん前に行く。ただ二人も行動を開始すると、もう遅れることはない。しばらくすると、つたに覆われた木戸にたどり着いた。そこを通ると、もう建物の左側に出る。

下からでも、三階の彼女の部屋の錬鉄《れんてつ》のベランダ手すりが見える。室内は当然のことながら真っ暗だ。そこにコンピューターがある。どうしても必要な、コンピューターが。あれさえあれば、いろんなことが解決する。この悪夢も終わるのだ。

モニターを見せて、とジェスチャーで伝えると、ピアースが渡してくれた。予想どおり、うまい具合に張り込みのソマーズ・グループの戦闘員二人はまだ車の中で、動く気配もない。ライリー・ロビンソンが通りを歩いて、堂々と正面玄関から建物内に入って行くのを待っているのだ。そんな愚かなことをする人間がいるとは考えられないのに。まあ、いつまでも待ってなさいよ、と彼女は心でつぶやいた。

これから私は、自分の自由を取り戻す。反撃を開始して、ヘンリーの仇を討つ。そう心に決め、彼女は防弾チョッキを地面に脱ぎ捨てた。どさっという音とともに、彼女は大きくジャンプした。

6

やめろ！　大声で怒鳴りつけたくなる気持ちを、ピアースはかろうじて押し留めた。ただし、頭の中では、ちくしょう、やられた、という思いがぐるぐる回っている。目を疑う光景だった。ライリーは、話に聞いていた地下への入口に向かうのだとばかり思っていた。ところがそんな入口は存在しない。彼女は建物から少し離れて勢いをつけ、いっきに壁を駆け上がったのだ。見事なフリー・クライミングの技術を披露しながら。

彼は最初、魔法にかけられたみたいに、ぽかんと彼女の姿を眺めていた。まるでスパイダーマンじゃないか。超能力でもあるのか、壁をするすると登っていく。そこでやっと、現実に戻った。違う、彼女は壁のちょっとした突起を手掛かり足掛かりにして、ウォール・クライミングしているのだ。二階の部屋のベランダまで到達するとその手すりに立つ。体制を整えながら腕を高く上げ、三階、つまり自分の部屋のベランダの手すりの錬鉄の下部につかまる。すると鉄棒の懸垂《けんすい》の要領でぐっと胸を手に近づけ、ぶん、と足を蹴り上げた。

彼女は三階のベランダに吸い込まれるようにして、消えた。

振り返ってジェイコブを見たが、何かを言うのが怖かった。ただジェイコブのほうも、同様にショック状態だった。どうしよう、と思っていると、すぐにまたライリーが姿を見せた。今回は手袋をはめ、バックパックを背に、片方の肩に輪にしたロープを巻いている。また両足を振り上げるとひらりと手すりを跳び越えて二階のベランダに下り、巻きつけていたロープを手すりの端に結わえる。結び目を確かめたあと、そのロープを伝って音もなく地面まで降りて来た。降りてからロープを引っ張ると、複雑な結び目がするっとほどけた。

最初から最後まで、五分もかからなかったかもしれない。現役のSEALsメンバーと変わらないぐらい、動きに無駄がなかった。いや、こういった離れ業を彼女のようにたやすくやってのけられるSEALはいないだろう。彼女みたいに、ほっそり身軽な体でないと無理だ。

ひと言も発しないまま、ライリーは元来たほうへ戻り始めたが、数歩進んだところで足を止めて、振り向いた。現在は、音を立てないように行動しているので声は出さないが、表情から彼女が何を言いたいかはわかった。〝何をぐずぐずしてるの？〟その後、ジェイコブの腕にマジックテープで留めてあったモニターに、ちらっと視線を投げる。

ジェイコブがモニターを確認し、うなずく。見張りの二人はまだ車に乗ったまま、何の変化もない、ということだ。

ピアースが地面に落とされたままの防弾チョッキを拾い上げ——彼が拾わなければ、そのままになりそうだったので——その後、三人はそろってさっき車を停めた場所まで急ぎ足で戻った。そして、何の問題もなくピアースは、車を出した。

車内でライリーはバックパックからコンピューターを取り出した。振り向いて確かめたわけではないが、ジェイコブが驚いているのがわかった。実際は、少し目を大きく見開いたぐらいだが、彼にこういった表情をさせるのは、かなり大ごとだ。彼女のコンピューターを見て、ジェイコブは驚いたのだ。それがどんなものか、ピアースには、ある程度の想像はついていた。会社のIT女王様たち全員が、似たようなものを持っているからだ。未来から送られてきたような、あるいは非常に文明の発達したエイリアンから譲り受けたかのようなコンピューターで、外観的にはマットで光を反射しない表面になっている。どこにもメーカーやブランド名はない。こういう最先端のIT機器のテスト版をすぐれた技術者に供給し、改良点などを報告してもらう、というブローカーが東京にいて、フェリシティ、ホープ、エマ、さらにどうやらライリーも、試用を依頼される立場にあるのだ。

「この車両のWi‐Fiを使える?」彼女が顔を上げた。「私が契約しているのでは、居場所を追跡されるかもしれないから」

「ああ」ジェイコブは名刺を出し、何かを書き込んで後部座席の彼女に渡した。「それがパスワードだ」

ライリーがにこっと笑う。まぶしいほどのほほえみだった。室内ミラーで彼女の様子を見ていたピアースは、心臓発作を起こしそうになった。こんなまぶしい笑顔は、反則だ。ジェイコブでさえ、はっとしていた。

ジェイコブ・ブラックという男は、女性を連れているところを目撃されたことはいちどもない。一生独身をとおすつもりなのだろう。噂では、過去に愛した女性がいて、その人を失ったとか。だが、本当のところは誰も知らない。何にせよ、現在のジェイコブは、仕事とのかかわりでしか女性との関係を考えない男だ。その彼が、ライリーのほほえみに言葉を失った。まさに魔法だ。

ピアースは、ハンドルを握る手に力をこめ、ぼやっとするな、と自分を戒めた。そもそも今の彼女は、懸命に作業しているので、彼のことなどまるで気にも留めていない。大事なコンピューターに向かって。自分の命を危険にさらしてでも、取り戻さなければならなかったコンピューターだ。

隠れ家に戻る道中、ライリーはその作業を続けていた。いったん通った道なら覚えられるピアースは、ナビにも頼らず運転を続けた。車内は無言だった。今後の計画について、ジェイコブと話し合っておかなければならないこともたくさんあるのだが、ライリーに確かめてからでないと、話し合った内容すべてが無駄になる可能性もある。それに、没頭している彼女の横で話し声が聞こえると、作業の邪魔になるかもしれない。まずは、情報を完全なものにしなければ。それには彼女に仕事のしやすい環境を与えるしかない。

それでもピアースはひとり、自分が知っている内容を頭の中で整理しておこうとした。点を線で結びつけるのだ。ライリーの直属の上司、情報運用部分析課ヘンリー・ユー課長が、誰か――おそらくソマーズ・グループの戦闘員に殺された。理由は、ユーがライリーから情報を受け取ったから。その情報はユーの上司、たぶん情報運用部長に報告された。その部長についての具体的な話はまだ聞いていなかったが、この部長がソマーズ・グループと通じていて、話をエイドリアン・ソマーズの耳に入れた可能性が高い。部長はソマーズの子飼い、というほどでなくとも、彼の会社から何らかの謝礼は受け取っているのだろう。ソマーズ・グループの特殊戦闘員、つまり殺し屋はユー課長を殺害したあと、ライリーを狙った。理由は、この情報の発信源がライリー・ロビンソンであることを知ったから。

この情報とはすなわち、現在、中華人民共和国と米国のあいだで大きな外交問題を引き起こしている動画が、実はディープフェイクである、ということ。現在はまだ外交問題と言える状況だが、今にも軍事衝突へと発展しかねない。ディープフェイクは、非常にうまく作り込んであるが、作成者は今のところ不明。ピアースには推測のしようもない。

ディープフェイクが実際に起きた映像として、このまま大衆のあいだに浸透していけば、さらなる危険な状況を招く。それを阻止する鍵は、ライリーが握っている。わかっていることは、そんなところか。しかし、運転しながら考えごとをしたので、何だか頭が痛くなってきた。

他にも考えて結論を出さなければならないことがあるのに。ライリーへの強い想いだ。強烈に彼女に惹きつけられている。こんな気持ちは初めてだ。しかもその相手が、自分にはまるで気のない様子なのだ。それを思うと辛い。

ピアースは、気軽に女性と関係を持つタイプの男ではない。心のこもらないセックスというのが、好きになれないのだ。こうなった原因のひとつは、バーなどでＳＥＡＬｓのメンバーを待ち構える、ＳＥＡＬｓグルーピーと呼ばれる女たちだ。思い出すだけでぞっとする。さらに、一年近くも潜入捜査をしており、その間は、関係を持った女性が殺される可能性も考えなければならなかった。

ただ過去には、想いを寄せる女性ができたこともあった。そんな場合はいつも、相手の女性も彼のことを魅力的だと思ってくれていた。だから、悩むことはなかった。デートに誘えばOKしてもらえた。幸運だったのだ。セックスのために何かを犠牲にする必要はなく、また欲望は自分の望む形で処理できた。欲望に自分の生活が支配されたことはなかった。

ライリーに惹かれたのは、会社のIT部門のオフィスにある写真を初めて見たときだった。けれど今、ただ二次元で美しく見えるだけだった人には、すばらしい人格があることもわかり、彼女のすべてが大好きになった。美貌に関しては、もう何を言う必要もない。それに加えて、彼女の内面の魅力が、彼女をもっと知りたい、という彼の好奇心を刺激し、知るとまた、さらに好きになってしまうのだ。

意外な面を持つのも魅力だ。頭がいいのは最初からわかっていたが、勇敢だし、機転も利く。おまけに、スパイダーマンみたいにビルを登れる。これには参った。

それでも今は、彼女への気持ちは脇によけておこう。現在の最優先事項は、彼女の身の安全の確保だ。非常に危険な組織に命を狙われ、さらに警察にまで追われている。ソマーズ・グループには資金力があり、警察官の給料はたかがしれている。警察につかまることになっても、ソマーズ・グループからの手配で、彼女は拘留中に殺されるだろう。

そんなことはさせない。

「ライリー」彼は静かに声をかけた。キーボードを打つ音はやむ気配がない。「ライリー」今度は、少し大きめの声で言った。彼女は顔を上げ、焦点の合わない眼差しで前を見る。「着いたぞ」

「ああ！」彼女は目を丸くしてあたりを見回した。ここがどこかを確かめているのだ。兵士として訓練を受けた者なら、こういう状態になることはない。自分がどこにいて、周囲がどうなっているかを常に認識していなければ、命がいくつあっても足りない。ぼんやりしていると、むごたらしい死に方をすることになる。

しかしライリーは、ポートランドにいる彼女の友人三名と同様、一瞬にして自分の世界に没頭してしまう。彼女たちの仕事は、アルゴリズム、パターン、ピクセルといった、抽象的な概念を扱うからだ。

ピアースのような兵士たちは、血と骨と鋼鉄の中で任務を遂行する。頭を考えごとでいっぱいにしたりはしない。それはすなわち、死を意味する。他のことを考えていたせいで、頭を吹き飛ばされたチームメイトがいた。

「ごめんなさい」そう言うとライリーは、すぐにコンピューターをバックパックに片づけ、降りる準備をした。

「謝ることなんてないさ」ジェイコブがぼそりと言った。

ピアースは、いつの間にか後部座席のドアを彼女のために開き、手を差し伸べていた。よく考えれば冗談みたいな話だ。さっきの彼女を見たあとなのだ。フリー・クライミングの技術もすごいが、全身がばねみたいで、運動能力がきわめて高いのは間違いない。バランス感覚も抜群だ。誰の手を借りなくても、彼女は問題なく車から降りられる。

でも、習慣的につい……それに、彼女に触れたかった。うれしいことに、彼女は手を彼に預けてくれた。SUVの座席がとても高い位置にあったからだ。そして、バレリーナみたいにつま先をきれいに伸ばし、地面に降り立った。

手を放すタイミングを、一瞬だけ遅らせた。彼女も無理に振りほどこうとはしなかった。二人の目が合う。彼は目をそらすことができなかった。頭に銃口を突きつけられても、無理だっただろう。

彼女の瞳は、宇宙のかなたにあるブラックホールみたいで、色は黒ではなく透き通るような水色だが、吸い込まれてしまいそうだ。光を吸収し、他の場所はすべて闇に包まれてしまうような。紺色の線に縁取られたきらきらと銀色に輝く虹彩《こうさい》の中に、どんどんと……。

ああ。

車の屋根越しに、ジェイコブが二人を見ている。彼は完全な無表情で、感情も考えも読み取れはしないが、戦争が勃発しようかというときに、警護対象者の瞳におぼれてしまったエージェントを褒《ほ》めたい気持ちにはならないはずだ。

ピアースはさっと手を放し、隠れ家の中へ入って行く彼女を追った。

三人はさっきと同じ位置関係で座った。ライリーはセットになったソファの小さいほうの端に、その隣にピアース、そしてジェイコブは肘掛椅子だ。

ライリーが自分のコンピューターを開き、ピアースは横から画面を覗き込んだ。ホープやエマが使っているコンピューターのような、真正面から見ないと画面が真っ暗にしか見えない、という仕かけはない。横に座っているピアースからでも、画面はきれいに見えた。

ただ、その画面に映し出されたものの色鮮やかさに、彼は目を奪われた。さまざまな色の線や面が抽象的な模様を描いていく。見ていると催眠術にかけられそうなのに、いつの間にかその動きを目で追っている。自分のパソコンにこんなプログラムが入っていたら、仕事などできなくなってしまう。

ライリーの指がキーボードの上を軽やかに動き、話していたプログラムを開いた。指はキーをタッチしたようには見えないし、とにかく速い。おそらく、キーボード・コントローラーとかＡＩによるアシストなどがあるのだろう。この速さでキーを間違いなく打てるとは思えない。

そのうちライリーが顔を上げ、ピアースを、そしてジェイコブを見た。「このプログラムについて説明するわね。これは私が作ったもので、実際ここまで役に立つプログラムになるとは、制作当初は思っていなかった。フェイク画像をひとつのプロセスずつはがしていくようにしたんだけど、ディープフェイクへのちょっとした挑戦のつもりで作ったの」

「ブラック社が買おう」ジェイコブが即座に言った。簡単に話を聞いただけでも、このプログラムの有用性は明らかだ。彼もそう思ったのだろう。今後、フェイク画像というものが、ますます世に出回るようになるだろうから。

「いいえ」ライリーはときどき画面に視線を戻し、プログラムを展開していく。「前にも話したとおり、ブラック社とASI社には、ぜひ無料で使ってもらいたい。よければ、どちらの会社でも研修会をする。私が行って、教えるから。ただそのためには、今回の事件をまず片づけないとね」彼女の指が止まる。「偵察局のデータベースからダウンロードした画像も、何点か見てもらうわ。これは弁解のしようもない、完全な違法行為よ。即座に解雇の対象となるわ。まあ、その他にも連邦法に触れることを十個以上もしているけど」自嘲《じちょう》ぎみに笑っていた彼女は、途中で半泣きになった。心を鎮めようと口元を押さえ、少し咳をして休んだあと、また話し始める。「でもまあ、命を狙われてるわけだから、法を破るぐらいどうってことはないけど」

かわいそうに。彼女は精神的にかなり参っているのだ。そう感じて、ピアースはそっと彼女の手に触れた。そうせざるを得なかった。ジェイコブの面前だろうが、そんなことは気にしていられない。確かにプロとしてはあるまじき振る舞いかもしれないが、自分はブラック社の社員ではないし、したいことをするだけだ。

しかし、ジェイコブの顔には非難の色は見えなかった。どちらかと言えば、悲しそうな顔をしている。このタフな権力者には、似つかわしくない表情だった。

「ごめんなさいね」ライリーは小さく首を振ってから、背筋を伸ばした。

「さっきも言っただろ？　君が謝る必要はないんだ」ジェイコブはそう言うとほほえんだ。

ジェイコブ・ブラックがほほえむ？　そんなことがあるのか？　妙に心が痛む光景だった。

「話を戻すわね。私が最初にあの映像を見たのは、防衛軍備関連の職員のあいだで大騒ぎになり始める少し前だった。映像を見てすぐ、どの衛星が撮影したものかまで、ピンときた。具体的にどういった特徴からわかったのかまでは、説明する必要もないと思うけど――しなくてもいいわよね？　説明が長くなるから。必要なら話すけど、すごく技術的な内容だし、本筋とは関係ないから」

「ああ、そのまま続けてくれ」技術的なことを、フェリシティ、ホープ、エマの三人とも、非常にわかりやすく説明してくれるが、ライリーのやり方がいちばんだ。技術的な理解は彼女らにまかせておけばいい。

「もちろんだ」ジェイコブも賛成する。

ライリーは、安心したように、ふっと息を吐いた。「よかった。私が最初に見た映像には、不自然な点があった。たとえば指が六本あるとか――これは話したわよね。ところがその後二時間ほどのあいだに、何度も修正があり、修正のたびに不自然な部分は消えていった。ああ、GANsによる反復修正が使われているのだな、とわかった。繰り返し、何度も不自然なところを修正していくから、どんどん精度の高いものができていくの。それで――さっきも言ったけど、私は自分で開発したプログラムを使って、その修正をひとつずつ消していった」彼女は何かを操作してから、上体を起こした。「見て」

ピアースとジェイコブは身を乗り出した。説明のとおり、画面では彼女の開発したプログラムが、映像の修正を消していくプロセスが繰り広げられていた。やがて、中国兵はどこにも見えなくなり、ソマーズ・グループの傭兵たちが現われた。

「ここからが面白いの」ライリーがキーボードを操作する。「AIは、いかにも実在しそうな人の顔を作り出すことは知ってるわよね？　ごく普通の人の写真を並べ、それらがすべてAIの作成したものだった、という記事も見たことがあるでしょ？」

ピアースがある。その写真を見て、何だか気味が悪い、と思ったのを覚えている。ピアースがうなずくと、ジェイコブも同意していた。

「さて、ここからが本題。ＡＩが顔を生成できるのは、何百万という実際の写真をデータベースとして参照できるから。ところが米国においては、中国系の人の顔のデータ蓄積は、それほど多くない。そして、中国人の顔のデータ・アーカイブがいちばん大きいのはどこか――偵察局よ。これはさっきも、ちらっと話したわね。なぜそうなったかと言うと、過去一年、アフリカの赤道付近での中国軍の動きが活発になり、担当として配属された私が、ＣＩＡも真っ青って言うぐらい、情報収集したからよ。具体的に何をしたかと言うと、中国本土やアフリカの赤道付近で撮影された画像――静止画も動画もすべてをチェックして、中国軍兵士の顔を調べ、注目すべき人物の顔にフラグを立てることよ。例を挙げて説明するわね」

彼女の指が猛烈な速さで動き、モニター上に二つの画面が現われる。右側は虐殺中の中国兵の顔だが、コマ送りしたものをひとつずつ並べていく。それぞれの顔が拡大される。左側は同じ顔だが、ごく普通の状況を撮影したものだ。叫んでいるわけでもなく、誰かを襲っているのでもない。整列して軽く力を抜いたところや、中にはオフロード車に乗り込もうとしている場面もなる。もちろん軍事パレードの最中をとらえたものもあるが、すべてこの兵士の日常を切り取ったものだ。

「この左側の顔が、アーカイブにあるもの。つまりAIにデータとして参照させることができるものよ。これらの画像は存在そのものが極秘扱いであることから、私としては、このディープフェイク、GANsのプロセスを含めてすべてが、国家偵察局の中、あの建物内で行なわれたと判断する。他にどんな結論もあり得ない。ハッキングすれば、このディープフェイク映像の作成者を突き止められると思う。局内の人であれば、痕跡をきれいに隠しているだろうけど。きっと、大金に釣られたのね」最後の言葉は苦々しかった。

「金のためにひどいことをするやつは、いっぱいいる。エイドリアン・ソマーズのビジネスが成功するのも、そのせいだよ」ジェイコブが言った。「あいつなら、金で何でも買うんだろうな」

彼の言うとおりだとピアースは思った。ジェイコブ本人は、虐殺事件を隠すために証拠映像を偽造するようなまねはけっしてしないだろうし、自分も含めてASI社の仲間たちも、いくら金をもらったって、悪事にそそのかされることはない。百万ドル積まれても、何十億という金を目の前に置かれても、首を縦に振ることはない。断言できるのは、実際に彼を金で黙らせようとするやつがいて、彼はそれを拒否したからだ――彼に求められたのは殺人事件の偽証だった。若い女性と、そのお腹の子どもが、自分のチームの指揮官として新しくやって来た男に、むごたらしく殺された。男の退屈しのぎのために。一緒にその現場を目撃したラウールともども、黙っていることはできず、二人は、相談したわけでもないのに、偽証の誘いをきっぱり断った。

ただ、金でそそのかされる人間は多い。さらに、嘘と引き換えに金をゆすり取ろうとする人もいれば、自分から進んで、汚れた金をもらいに行く人たちもいる。

「私をお金では買えないけれどね」ライリーが、顔を上げた。「とにかく、職員の誰かを、ソマーズ・グループはお金で買ったわけね。その誰かは国家防衛において偵察衛星がになう任務で、権限のある地位に就いている。そんな要職にありながら、ソマーズ・グループの大失態を隠蔽《いんぺい》し、そのせいで自国が戦争に突入することになっても、良心の呵責《かしやく》はないなんてね」

ライリーは憤慨《ふんがい》していた。鼻孔を膨らませ、口の両脇にしわまで見える。政府機関の要職にある人間が、自らの短期的な利益のために、祖国を裏切る、と考えると、穏やかではいられないのだろう。偵察局の仕事は、政府機関の中でも軍事防衛と密接に結びつく。その上層部にいる誰かが国を売る行為をすると考えれば、彼女が義憤に駆られるのも、無理はない。

ピアースも怒りを覚えていた。ただ、この種の裏切りを知るのは、彼にとっては初めてではなかっただけのことだ。

「これを」ライリーが紙片に文字や数字を書きなぐり、ピアースとジェイコブに渡す。

「これは?」言葉でも何でもない、まったく法則性のないアルファベットと数字の羅列。これを覚えるのは至難の業だが、簡単に覚えられないことが目的なのだろう。

「今、ダークウェブ上にサイトを作ったの。そこに入るためのパスワードがそれ。パスワードを持たなければ絶対に見られないから、その紙は誰にも盗まれないようにしてね。できれば、覚えてほしい」

ピアースは記憶力には自信があったが、絶対に忘れないとは断言できない。覚えてくれ、と言うぐらいだから、ライリー自身は記憶したのだろう。ただASI社のIT女王様たちや彼女みたいなタイプは、無意味な数字も苦もなく覚える。どこか絶対に安全な場所にこのパスワードを写し、紙片のほうは破って捨てよう。

「これまでに話したこと、情報のいっさい、私が開発したプログラム、国家偵察局のアーカイブ映像、それについての私のコメント、何もかもすべてそのサイトからダウンロードできる。全部。万一、私に——」彼女が言葉を詰まらせたが、すぐに立ち直った。「万一、私に何かがあっても、あなたたちでだけで闘えるように。絶対に逃がしてはだめ。もしもの場合、あなたたちが責任を持って、犯人を徹底的に追及してね」

ジェイコブにどう思われたっていい。ピアースは彼女の手を取った。氷みたいに冷たかった。「必ず」

「約束よ」彼女の声に熱がこもる。薄い水色の瞳が、銀色に輝く。

「約束する」

彼女はジェイコブのほうを向いた。「お願いね」ジェイコブがうなずく。

彼の約束には重みがある。ピアースは、助力すると気軽に約束するし、自分の会社からの支援も期待できる。もちろんASI社には資金力もあれば人材もそろっている。また機材にも不足はない。ただ、ジェイコブ・ブラック本人が約束してくれた意味は大きい。自分が実行しない、もしくはできないと思えば、絶対に約束しない男だ。またブラック社は警備・軍事関連の企業として世界最大だ。

彼女の頬を涙が伝い落ちる。「よかった」つぶやくように、もういちど言った。「よかったわ」

そのとき突然、ピアースは気づいた。ライリーは戦士なのだ。ピアースやラウール、会社の仲間たちがそうであるように。そしてジェイコブとも同じ。違いは、彼女は銃を撃ったり、体を使って取っ組み合いをしたりといった訓練を受けていないだけ。彼女には戦士のハートがある。彼女は、きっと固く口を結んだ。闘志がその瞳に輝く。自分が死ぬ可能性を考慮し、冷静な判断を下したのだ。こういうところもピアースやラウールや、他の仲間たちと一緒だ。任務には、全身全霊で臨む。自分が死ぬ可能性を強く意識し、その可能性を受け入れる。

自分が対峙する力の強さを、彼女はじゅうぶん認めている。悪いやつらが分厚い壁となって立ちはだかっているだけでなく、警察や法律までもが彼女を阻もうとするのだ。常に銃口を突きつけられているようなものだ。

彼女の味方としては、ＡＳＩ社、ブラック社がいる。それでも、彼女の持つ最大の武器は、彼女自身の善悪についての良識だ。彼女には大きな筋肉はついていないのかもしれないが、誰にも負けない知力があり、さらに彼女をサポートする親友たちも天才ぞろいだ。

これが自分の責務なのだと、彼女ははっきり理解している。この責務の完遂のためなら、自分のすべてを捧《ささ》げる気だ。そのすべてには、彼女の命も含まれる。命を落とすことになっても仕方ない、そう覚悟しているのだ。

だが……。

その前に、俺を殺さなきゃならないぞ、とピアースは心でつぶやいた。

彼女の言葉に、ジェイコブが感銘を受けたのはわかった。彼はピアースのように、彼女に女性として惹かれているわけではないし、これまで友人だったわけでもない。エマたちに自分の命を救ってもらった恩義を強く感じているのは知っているが、今回ジェイコブがライリーに約束したのは、彼女の勇気とプライドに感銘を受けたからだ。また、彼が国を愛する気持ちは強い。絶対的な愛国者である彼なら当然、ソマーズ・

グループをこのままのさばらせておくわけにはいかない、と考えたはずだ。このままだと、超大国による全面戦争になってしまう。どんな結末を迎えるにせよ、国はひどい状態になる。

ジェイコブが立ち上がる。ライリーは頭を後ろに倒し、彼の顔を見上げた。

「ライリー」

「はい」

「やつらを止めるため、俺たちはでき得るかぎりのことをする。君が俺たちに与えてくれたのは、これ以上望めないぐらいの強力な武器だ。心から礼を言う。君は自分の身の危険も顧みず、これだけの情報を集めてくれた。今の君は、すべてを失ったように感じていることだろう。仕事、友人、人生のすべてとも言えるものだ。だが、いずれは君にとって何もかもがうまくいくように、俺としても最大の努力をする。どうか信じてくれ」

彼女はうなずいたが、いずれうまくいく、なんてことはないと思っているような表情だった。

「いくつか連絡を入れなきゃならんところがあるから、俺はこれから電話に取りかかる。明日、国防総省で危機管理グループの会合があるからな。出席者に根回ししておこう。君の安全については、家の前、さらに裏にも、うちのエージェントを見張りとして配備しておく。庭や裏口周辺は、こいつらが徒歩で見回る。この家の中より安全な場所はないと思ってくれていい。近くのうまい料理屋から、食事を届けさせる。だから、おいしいものを腹に入れて、休んでくれ。ピアース、君もだぞ。明日から数日、君らは嵐の中で暴風に立ち向かう、みたいな状況になる。今夜は二人でワインでも楽しみ、ゆっくりするんだ。ここにいれば、心配はない」

「はい——あ、ええ」

ジェイコブの重々しい表情が、ふっと緩む。「イタリア料理は好きか？」

「大好き！」

「肉も食べるかい？」

「もちろん」

笑みが、ジェイコブの顔全体に広がる。「よし、なら決まりだ。食事が届くまで、そう時間もかからないだろう。配達された食事は、外で待機しているうちのエージェントが受け取る」

ジェイコブの頭の中から、ピアースの存在は完全に抜け落ちているようだ。別にいいが、もしかしたら俺だってヴィーガンかもしれないだろ、とピアースは恨みがましい気分になったが、考えてみれば、重要なのはライリーが明日までの時間をどう過ごすか、だった。彼女はリラックスする必要がある。おいしいものを食べて、ぐっすり眠るべきなのだ。国の将来を決める鍵を握るのは彼女なのだ。重圧で、なかなか気持ちも休まらないだろう。

差し出されたジェイコブの大きな手を、ライリーがおそるおそる取った。軽く、短く握手してから、ジェイコブが言った。「ライリー、君と会えて本当によかった。君が、この国のためにしてくれたことの大きさを考えると、俺なんかがいくら君を賞賛しても足りないと思う。明日は一緒に歴史を変えよう。君なしではできないことをな」

思いがけず褒めてもらったことで、彼女は頬を染めた。ジェイコブ・ブラックに『いくら賞賛しても足りない』と言われるのは、本当にすごいことだ。よかった。彼女がさっきまで氷のように青白い顔をしていたので、少し色が戻ってピアースは安心した。

「ピアース」ジェイコブが、ちょっと来い、というジェスチャーをしたので、ピアースは玄関まで彼を見送りに行った。戸口でピアースの肩に手を置いて、ジェイコブが口を開く。「少々辛いことを言う」

「何でも。どういう内容かはわからないが、俺たちは辛いことをするための訓練を受けてきている」

「うむ、そうだな。さっき、ちらっと言ったが、明日はいろんなところで会議を開き、現状を説明する。国防総省、議会、できればホワイトハウスでも。すべての会議に、ライリーの出席が必要だ。彼女を多くの人の目にさらすのは気に入らないが、どうしようもない」

ピアースとしても気に入らない。彼が決定権を持つのであれば、ライリーを真綿でくるんで、完璧な警備態勢の家に作られたパニックルームにでも閉じ込めておきたいところだ。そして、何もかもが終わるまで、その状態で待つ。安全な状態にしておきたい。しかし、政府で権限を持つ多くの人たちはIT関連のことに、あまり理解はない。その人たちにわかってもらうためには、どうしてもライリーが必要だ。ピアースやジェイコブでは、技術的な説明がおぼつかない。今から勉強したって、間に合うはずもない。

「ソマーズのやつは、ライリーを潰すためなら、何だってするだろう。あいつは危険だ」

「うむ、他にも危険なことだらけなんだ。現在のパワーバランスについて、少し話しておこう。権力中枢に近いところ、それに軍関係者の中には、限定的なものなら中国と戦争をしてみたい、と考える人間も、かなり多くいる。核戦争については誰もが否定的な考えだが、ただそれもまったく問題外、という話でもない。歓迎されている論調は、ちょっとした戦争もいいな、というところだ。やつらは、軍事衝突が南シナ海だけで収まるなら、新しい武器も試せるし、台湾海峡も米国の管理におけるし、と千載一遇のチャンスぐらいに考えているんだ。今回のことはむしろラッキーだったと。そういうやつらは、この映像がフェイクだった、なんて話を聞きたくないわけだ。しかも、フェイクだと証明するのが、殺人容疑で指名手配されている女性なんだから」

「ライリーが正式に証言できるようにするのは、俺たちの責任だ」

「彼女が、ふさわしい人間と会えるように手配するのは、俺の責任だ。おまえは彼女の身に危険が迫らないよう、責任を持て」

ピアースは、はっ、と答えて敬礼したくてたまらなかった。二人とも現在は民間人の身分だし、そもそもジェイコブは自分の上官、いや上司ですらない。それでも、敬礼したい気持ちは強かった。

ジェイコブは戸口で振り返り、ソファに座るライリーを見た。そして手を上げて人差し指を伸ばし、大きな声で呼びかけた。「ライリー!」彼女が顔を上げる。「この家をフリー・クライミングの練習に使うのは禁止だぞ」

顔を歪《ゆが》めたジェイコブの胸あたりから、妙な音が出た。笑ったのだ。ジェイコブ・ブラックの笑い声とは、こういうものだったのか。運よく、これが笑い声だとライリーも気づいたようで、彼女もすぐに笑みを返した。

ジェイコブはまたピアースのほうを向き、肩をぽん、と叩いた。「さて。料理はもうすぐ届く。いろんなものを少しずつ頼んでおいた。それから、いいワインもある。着替えは寝室に用意してあるからな。女性用の衣類もある。ああ、それから――」

「はい？」

二人は玄関を出て、通りを見た。見張りの車が確認できる。他にも何台かブラック社のエージェントの乗る車がこの近所にいるのはわかっている。どういうローテーションで交代するのかな、移動のときの車列はどうなるんだろう、などとぼんやり考えていると、ジェイコブの声が耳のすぐそばで聞こえた。

「コンドームは、寝室のベッド脇のテーブルの引き出しにあるぞ」

7

もういちどシャワーを浴びたあと、ライリーは用意されていた衣類を見た。びっくりするぐらいたくさんの種類があり、どれを着ようかと考え込んでいた頃、料理が届いた気配を感じた。玄関ドアが開く音、男性が何かを話し合う声がする。彼女はスエットの上下、室内履きを身に着けた。履き物に関しても、さまざまに選択できる。パンプス、スニーカー、サンダルなどが、サイズも豊富に用意されていた。どんな人が、どんな状態でここに来ても対応できるようにしてあるのだろう。

男性用には、何がそろえてあるのだろう？　ここを使うのは女性よりも男性が多いだろうから。ＡＳＩ社には、基本的に男性社員しかいない。例外はライリーの友人たちのいるＩＴ部門だけだ。フェリシティの夫やエマの婚約者だけでなく、ホープの恋人であるルーク・レイノルズも元ＳＥＡＬ、これまでに会ったブラック社の人たちも、全員男性だった。

これまでの彼女の職場も、男性ばかりの環境だった。ただ、偵察局の男性職員というのは、Y染色体がある、というだけのことで、ピアースやジェイコブのような、男らしい人とはまったく違う。

同僚男性はすべて、太りすぎか、痩せすぎかで、どちらにしても筋肉というものはまったくない。いちども太陽を見たことがないような青白い顔をしている。存在感がなくてふわふわしていて――要は、幽霊みたいなのだ。

ピアースとは違う。正反対だ。

そんなことを思いながらダイニング・ルームに入って行くと、またピアースは立ち上がって彼女を迎えた。そこまでマナーにうるさくないのよ、と心では思ったが、それでも何だか気分がよくなった。彼の存在感で、部屋が狭く感じる。筋肉ばかり鍛えたバカ、という感じはいっさいないが、筋肉質で、強そうで、自分の体を思いどおりに使える人、という雰囲気。これまで彼女の周囲にいた男性の多くは、彼女が近づいてくるのがわかると、おどおどしたり、目をそらしたり、何と言うか挙動不審になる。横に彼らは自分のデスクでコンピューターと会話しているのがいちばん楽しいのだ。スナック菓子でも置いておけば、最高の幸福を感じるのだろう。

彼女が近づいていくあいだずっと、ピアースはまっすぐ彼女の目を見ていた。そして彼女がテーブルの前までたどり着くと、さっとこちらに回って彼女のために椅子を引いてくれた。SEALsのトレーニングには、こういうのも含まれているのだろうか？

小さなテーブルには数々の料理がふんだんに並べられ、載りきらない皿は、継ぎ足した別のテーブルに置いてあった。料理もデザートも本当にいろいろある。パスタは普通の生地のものから、野菜などを練り込んだ生地のまでそろっている。肉料理としてはオッソブッコとタリアータ、ローストチキンのオニオンリング添えがあり、野菜には香り豊かなルッコラのミックスサラダ、それにパプリカのソテーがある。真っ赤なミニトマトを載せたブルスケッタも、メインのテーブルに並べられていた。予備テーブルには主にデザートが——フルーツを小さく切った皿や、パンナコッタの大きなボウル、カノーリに——

ライリーはふと、その先にあるものを指差した。「あれってティラミス？」

ピアースがほほえむ。すると右頰にえくぼが見えた。だめ！　こんな反則技。「うむ、そうだ」

「ああ、大好物よ」夢みがちな声が出る。

「俺も好きだ。でも、他の料理もみんな俺の好物なんだ。ジェイコブからは、高級レストランじゃないが、味は保証すると言われてた。その言葉どおりみたいだな」

「同感だわ。ただ、すごい量ね。私たちが食べたあと、ＳＥＡＬｓの部隊全員をお腹いっぱいにできるぐらいありそう」

「明日の朝食用に、クロワッサンとフルーツも別に用意してある」

ライリーは、キッチンのほうに視線を投げかけた。「あそこにあるのはエスプレッソ・マシーンね？　明朝が楽しみだわ。新鮮なミルクはあるの？」

「あるさ」

「ジェイコブのすることに、抜かりはないわね」

「だがまあ、この自由世界を、ひいては人間が築き上げた文明を守るのは君だからな。これぐらいのことはしておかないと、と思ったんだろう」

その言葉に、彼女の顔から笑みが消えた。一瞬、おいしそうな食べものを見て、そこから立ち上るおいしそうな匂いを嗅ぎ、これまで会ったなかでいちばん魅力的な男性と一緒に、その料理を食べるのだということで頭がいっぱいになり、そもそもここにいる理由は何なのか、ということを忘れていた。だが今、すべてが頭によみがえる。

「まずいことを言ったな。気にしないでくれ」ピアースが彼女の手を包む。彼の手は温かくて、頼もしい。「とにかく、食べてリラックスしよう。今、できることは何もないんだから。君は、今日できることを、もうすべてやりきった。明日までは、とにかく安全でいることが第一だ。ジェイコブは今、国防総省や上院で、コネのある人たちを懸命に説得している。説得に必要な武器を、君からもらったからね」

「私の武器では、悪意に満ち、欲にまみれた人たちを、真実を理解しようという気にはさせられないわ」

「そうだな」彼の顔からも笑みが消える。「俺たちはただ、良識のある人が、欲にまみれた人よりたくさんいるように、と願うだけだ」

残念ながら、良識のある人が、私欲に突き動かされた人よりたくさんいるとは、どうしてもライリーには信じられなかった。

ただ、それぞれの人間を、今すぐ変えることはできない。一方、彼女の体は、激しい空腹を訴えている。考えてみると、今朝六時に起きてから、何も食べていなかった。空腹を抱えながら、国家を揺るがす大謀略を突き止め、上司の死を知らされ、逃げ出したらあとを追われ、銃で撃たれ、さらには自分の住むアパートメントの壁をよじ登ることさえした。

彼女は深呼吸をしてから、自分の皿に料理を取り始めた。ピアースも負けじと大量の食べものを自分用に取り分けていた。

「タリアータにしたんだな。牛肉だから赤ワインにするか？」

「ええ、お願い。どこのワイン？」グラスを少し彼のほうに滑らせる。

彼はボトルの向きを変え、ラベルを見た。「おお」彼が眉を上げる。「ブルネッロ・ディモンタルチーノの二〇一〇年ものだ」彼が、グラスにワインを満たしてくれる。

「イタリアワインの女王、さらに二〇一〇年はパーフェクトヴィンテージと呼ばれる最高の出来だったのよね」

彼女はグラスを鼻先まで持ち上げ、芳香を肺いっぱいに吸い込んだ。ああ、天国。この力強さは、肉料理、ルッコラ、それに焼いたパプリカとの相性も抜群だ。高価な香水みたいに、香りに酔いしれる。

ピアースはトマトソースのパスタを皿に山盛りにしていたが、ふと手を止めた。「このパスタ、食べないのか？」

「私は、戦略的な食べ方をするようにしてるの。パスタを食べたら、ティラミスがお腹に入らなくなるでしょ」

彼はほほえんで、パスタをじょうずにフォークに巻きつけた。「賢明な判断だ。君は頭がいいとは聞いていたが、噂どおりだな」

どきっと心臓が高鳴る。フェリシティとホープとエマが、自分のことをピアースに話してくれていたのだ。ああ、友だちに会いたい。あの三人とは、いつだって一緒にいたい。NSA時代の四人の関係は、もともとは地獄の使者みたいな上司への対抗手段として発展したものだった。けれど、あれほど仲よくなれた人はいないし、四人のあいだにはかけがえのない絆《きずな》が生まれた。ライリーにとっては、家族とも言える人たちで、遠く離れていることがさびしくてたまらなかった。

現在、三人は国の反対側にいる。三人がオレゴン州ポートランドに住んでいるのに、ライリーは東海岸から脱出できないのだ。

「みんな、どうしてる?」

「ん?」パスタに夢中になっていたピアースは、急いで口の中のものをのみ込み、ライリーを見た。「『みんな』って?」

「フェリシティとホープとエマよ。どうしてるかな、と思って。みんなに会いたいわ」

ピアースは、フォークを置いた。「あの三人がどうしているか。うむ、そうだな。フェリシティは今にも破裂しそうなお腹を抱えていて、早く子どもたちが産まれてくれないと、メタルのやつが心労で倒れそうだ」

「子どもたち。そうか、双子だったわね」フェリシティはどんなことだって効率よく処理する。いちどの妊娠で二人子どもをもうけるのは、実に彼女らしい。「でも、妊娠中ずっと体調が安定しなくて大変だったとか」

「ああ。メタルには、ずいぶんこたえたようだ。フェリシティ自身は、ただのひと言も、弱音を吐かなかった。かなり体調の悪いときでも、普通以上の仕事をこなしていた。まあ、フェリシティらしい話だが、愚痴《ぐち》をこぼしたのはメタルのほうだ。妊娠初期には、とにかく始終吐いてた。通常つわりが収まる頃になっても、ほとんど食べものを受けつけず、出産間近となった今でさえ、ときどきトイレに駆け込んでいる。その結果、メタルは十歳ほど老け込んだよ」

「いいお父さんになるんでしょうね」フェリシティの夫のメタル・オブライエンには、ライリー自身はまだいちども直接会ったことはなかったが、彼の妻への愛情の深さは、いろいろと耳にしていた。妻のつわり――朝となく昼となく夜となく、とにかくしょっちゅう吐きそうになるフェリシティを心配していたが、穏やかに過ごしているわずかな時間には、父となる喜びを噛《か》みしめ、子どもの誕生を心待ちにしていた。そんな夫に、フェリシティも同じぐらいの愛情を注いでいた。

「ああ。フェリシティの体調を心配しなくてもよくなれば、あいつは落ち着いた、いいパパになるよ。保証する」

「ホープとエマは？　元気にしてる？」

「ああ、すごく元気だな。二人とも、ＡＳＩ社での仕事をすごく気に入っていて、それからフェリシティもだが、会社から、それにエージェント全員から、仕事ぶりを感謝され、最高の待遇を受けている。まあ、会社全体が、ファミリーみたいなものだから」

　そうだった。友人たちと話すと、そんな雰囲気を感じ取った。そして、三人ともが、それぞれに幸せそうだということ。ファミリーか……それって、どんな感じなのだろう。そんな一体感みたいなものは、持ったことがない。きっとすてきな気分なのだろうな。

「さ、食べろよ」ピアースが有無を言わさぬ口調で告げた。「それにワインも楽しむといい。今日のできごとで、精神的にかなり傷ついているはずだ」

彼女はタリアータを口に運んだ。うーん。牛肉が口の中でとろける。

「明日はもっと大変になるはずよ。あさっても。もし紛争が激化すれば、将来は真っ暗よ」

「そこまでひどいことにはならないはずだ。君が集めた資料は、すばらしい説得材料になるはずだし、最終的には正しいことが勝つ。そう信じないと」

ふう。「あなたは元ＳＥＡＬよ。当然、何もかもがハッピーエンドになるわけじゃないことも知ってるはず」彼自身の経験からも、正しいことが必ず勝つわけではないことは思い知らされていた。結果として、彼とラウールはすばらしい会社で働くことになり、自分の好きな仕事をして今は幸せに暮らしてはいるが、海軍でのキャリアはみじめに終わらされた。

「それはそうだ。何もかもがめでたし、めでたし、ってわけにはいかない。それはわかっているが、当面俺たちがしなければならないのは、あの映像がディープフェイクで、その内容に踊らされてはいけないと、多くの人に理解してもらうことだ。この任務をしくじるわけにはいかない。だからこそ、君はゆっくり体を休め、おいしいものを食べるんだ。君の責務を成功させるには、そうしないとな。さ、食べろ」

そう言われると、確かにそうだな、と思う。明日以降、大きな権力を持つ人たちと対峙する予定だ。彼女はピアースとジェイコブを頼りにしているが、彼ら二人も、彼女の説明がしっかりと権力者たちを説得する力を持つことを信じ、それに賭けている。ただ、今の彼女は、空って本当に青かったのかしら、と不安を覚えるような状態だ。

気分転換、そういうのが必要だ。話題を替えなければ。彼女はソテーしたパプリカを口に入れ、ピアースにほほえんだ。「ところで、あなたのことを話してくれない？」

彼が目をみはる。ＳＥＡＬｓでは、こうやることでびっくりした、という意味を表すのだろう。

「いや、もうじゅうぶん疲れてるだろうし……しかも俺のことなんて。たいして話すこともないんだ」

「あら、ＳＥＡＬｓの選抜訓練を余裕でパスしたっていうだけでも、話題としてはすごいわ。だって、世界一過酷な訓練なんでしょ。あなたが本当に優秀だって話は、エマから聞いた。彼女はラウールから聞いたって。中でも……何だったかしら、射的練習？　あれで最高得点だったとか」

ピアースが噴き出しそうになっている。「射撃訓練」

「そうそう、それ。ヘルウィークは、特に大変なんですってね。息も絶え絶え、足を引きずる人がほとんどだとか」

「引きずっても、最後にはちゃんと立っているやつがパスする」彼が少し首をかしげた。

「それに、あなたの運転技術が抜群だとも。これは、私も実際に見たから、完全に納得してる。運転のうまい人って、本当に尊敬するわ。私、すごく運転がへたなのよ。しかも、今は自分の車も持っていない。だって、自宅からすぐのところにバス停があって、そのバスに乗れば、職場の前まで行けるから」彼女は持っていたフォークの先を彼に向けて、挑戦的に言った。「私に運転させようなんて、考えないでね」

「もちろん！　誰が一緒でも、ハンドルを握るのは常に俺なんだ」彼は真剣な口調で答えた。「ところで、君はエマたちから俺に関する特別講習でも受けたのか？」

「いいえ」にっこりと返事する。「でも、ホープもエマもあなたのことを気に入ってて、すごくいい人だって。能力も高いのよ、と言ってた。エマの話では、ラウール曰《いわ》く『ピアースは、いちばん心の中が読めないやつだ』って」

ラウールがびくっと反応する。「いや……それは、俺が潜入捜査をしていたからだろう。一年間、毎分毎秒、嘘をついていた。そんな生活が嫌でたまらなかった」

どこに潜入していたのか、たずねても教えてもらえないのはわかっていたので、ライリーはそのことには触れないでおいた。ただ、彼は非常に危険な任務を引き受け、重要な情報を入手し、大きなテロリスト組織を壊滅させたらしい、ということだけは知っていた。

「その話も、ちらっと耳にしたわ。だから絶対に嘘はつかないようにしているって」

彼の顔が強ばる。「一生分の嘘、どころか人生を十回やってもお釣りがくるぐらい、たくさん嘘をついた」

「まあ。私も嘘は苦手よ」ライリーは同意した。「嘘をつくと、〝認知的不協和〟というものが脳で起こり、そのことで人は傷つくの。私は職業柄、嘘はつけない。あやふやな部分を切り捨て、現実かそうでないかを見きわめ、できるかぎり正確に見たままを報告する、基本的にそれが私の仕事だから。嘘をつく人は、解析官の仕事ができない。遅かれ早かれ、解雇される」

「だから君は、ディープフェイクを見つけ、許せない、と思ったんだな」

「ええ、そう。もちろん、これは危険だとわかったからでもあるけど。ディープフェイクについて、もっと真剣に考えるときが来ているわ。嘘の画像が原因で、とんでもないことが起きる可能性があるんだから。真実は何か、なんて、一見しただけではわからなくなっている。考えてみて、報道された写真でも動画でも、それが嘘か本当かわからない時代になっているのよ。自分の目を信じてはいけないの。そんなひどいことってある？　しかも、非常に危険だわ。さて——未来はどう見える？　明日は、どんな一日になるかしら？」

　話題がこんな方向に進み、ピアースは驚いているかもしれないが、その顔にとまどいは見られなかった。

「さあな。俺が言えるのは、明日君は、俺たちに見せてくれたものを権力者たちに見せ、その意味を説明する、ということだ。俺たちに説明してくれたのと同じように、きちんとわかりやすく」

　ライリーは、ごく小さく咳ばらいをした。「個人的な経験から言わせてもらうと、権力の座にある人が、すなわち頭がいいとか、他の人の話がきちんと理解できるとは限らないわよ」

「わかりきってらあ」思わず荒っぽい言い方で反応して、ピアースが慌てた顔をした。「ごめん」だが、ピアースの反応は正しい。わかりきった話、自明の理なのだ。「それでも、戦争を止めようとする人だって、権力者の中にはいるはずだよ」

「ふう。まあ、そうだといいけど」説得し終わるまで自分の命があれば、の話だが。

　彼女の心の中を読み取ったのか、ピアースが体を乗り出し、彼女の手を取った。何だかうれしくなり、ふと考えた。これまでは手をつなぐカップルを見かけると、子どもっぽい人たち、と否定的な感想を抱いたものだ。けれど手が触れ合うことで本当に心まで温まるのだ。彼の手は頼もしくて、温かい。彼の強さが自分の中にしみ渡ってくる気がする。瞬間的に、人と人とのつながりが確立される。ひとりじゃないんだ、という事実の象徴だ。これまでどんなことでも独りで闘ってきたライリーにとって、その事実は魔法のようなものだった。

　おまけに、ピアースに手を握られるたびに、人と人との絆を感じるだけではなく、腕からくすぐったいような熱が彼女の体に広がるのだ。

「君が危険な目に遭うことはない」真面目な顔が深刻さを増す。「約束だ」

「このあいだ、イタリアに隕石《いんせき》が落ちたわ。そういうことからも私を守ってくれるわけ？　いつか隕石が地球にぶつかることだってある。そんな終末の日には逃れようがないし、誰も守れないわ」

　彼がつかんだ彼女の手を上げ、甲を口元につけた。「そんな場合は、君を地下要塞にでも入れておく。どうにかして、何とか君を無事に守れる方法を考える」

　彼の唇は温かく、やわらかかった。全身どこも硬い感じなので、そのやわらかな感触にライリーは驚いた。そして息をするのも忘れ、彼が自分の手の甲にキスするのを見ていた。手の甲にキス、というのも何だかすごく昔風だ。彼女はフランスに留学していたことがあるのだが、同級生の男子学生は手の甲にキス、というロマンティックな行為からはかけ離れたコンピューター専攻のオタクばかりだった。フランスでさえも、手の甲にキスという風習はすたれてしまったのだと思っていた。だがアメリカ海軍のSEALsでは、この風習は生き残っていたようだ。

部屋は静けさに包まれていた。きっとこの家は、いつもこんなふうに静かなのだろう。おそらく、特別な防弾処置が施してある壁材とか、赤外線を遮断する窓ガラスとかのせいだ。外敵からの襲撃を撃退するための、いろんな設備があるのだろう。とりわけ窓は、銃弾やレーザーなどを通さないようにしてあるはずだから、外からの音も入らない。ブラック社は、すべての機材に最高品質のものしか使わないと評判だ。この家の中にいると、ワシントンDCの喧騒《けんそう》がすぐ近くにあるにもかかわらず、遠く離れた場所の金庫室の中にでもいるような感覚になる。DCというのは、首都だけあって、混沌《こんとん》が渦巻く場所だ。常に渋滞しているのに、そこにさらに政府関係の大物の車が通ると、他の車両は通行止めをくらって、警察車両に先導されたその車が通り過ぎるのを待つしかない。

けれど今は、首都はどこか遠いところ、二人だけで漂着した無人島にいる感じだ。世界じゅうの狂気や暴力や強欲から離れた場所で、穏やかで心安らぐ時間を持てている気がする。

ライリーは息を殺したまま、ピアースの顔を見つめた。本当に整った顔立ちなのに、自分がハンサムである事実に気づいていない。これまで彼女が出会ったハンサムな男性は、みんな自意識過剰で、取りすましていた。ピアースは違う。彼はキスしながらも、ただ、こちらの瞳の中を覗き込むようにしている。ライリーのことしか頭にないような感じ。

その瞬間彼女は、自分がどうしようもなくもろい存在であるような気分になった。だから、彼の腕の中にその体を預けたい、と思った。彼に惹かれていて、分泌過多になったホルモンが理性を抑え込み、早く彼に体を投げ出しなさいと訴えるからだ。彼に抱かれることを要求してきている。さらに、彼は強くて誰にも負けそうにないから。身の危険を感じる今、彼の腕の中なら、無事でいられる気がするから。

実際、これほど幅の広い肩と分厚い胸は、誰かを抱きとめ、守るためにあるのに違いない。それなら自分がその胸に抱きとめられたい。

けれど、そんな思いは間違っている。ライリーは彼の仕事なのだ。彼はデートのためにここに来たのではなく、任務を果たすため送り込まれただけ。ライリーが体を投げ出せば、彼としては当惑するしかなく、彼女も気恥ずかしい目に遭う。彼女は、彼の首筋に腕を回して抱きつきたい、と思ってしまった自分の浅はかさにあきれ、しっかりしなさい、と自分に言い聞かせた。親切に接することだけを心がけよう。

彼はただ、仕事をしているだけ。夢みる乙女みたいな妄想を膨らませてしまった自分が、情けない。きっと怖かったから、そんなことを思ったのだ。まあ、いい。しっかりしよう。これまでもずっと、自立した生活を送ってきた。現在はピアースをはじめとするASI社、ブラック社という二つの会社が全面的に協力してくれているだけ。彼らはライリーの手を取るためにいてくれるのではなく、安全を守るために手をつくしてくれている。彼女が無事でいられるように。それ以上のことを望んではいけない。

ピアースは手を離したが、自由になった手を上げ、親指で彼女の眉間を撫《な》でた。驚いたが、きっとものすごく険しい顔をしていたのだろう。

「そのきれいな顔の奥にある脳の中で、すごく複雑なことが考えられているんだろうね」

彼が『きれいな顔』と言った瞬間、うれしくて小躍りしそうになったが、その気持ちをぴしゃりと押さえつける。単なる社交辞令、深い意味はない。

彼女は立ち上がって、無理に笑顔を作った。「そんなに複雑なことを考えているわけではないのよ。私は、自分でできるかぎりのことをしたし、今は、私の言葉に耳を傾けてくれる人がいることを祈るだけ。それって、私がどうにかできるものではないでしょ。すっかりくたびれたから、もう寝ることにするわ。あと片づけの手伝いを――」

「絶対にだめだ」ピアースも立ち上がる。するとライリーは、頭をぐっと後ろに倒して見上げなければ、彼と視線を合わせられなくなった。「君の面倒は俺がみる。君には休息が必要だ。向こう二、三日は、大変なことになるから、ただ休んでいればいいい」

なるほど。言われてみれば確かにそうだ。明日以降の近い将来、起きることの可能性を、あれこれ予測しておくべきだった。私としたことが……。過去のことにも未来のことにも考えが及んでいない今の自分の状態を思い知る。明日、強大な権力を握る人たちを説得することだけで頭がいっぱいで、その先のことは考えられなくなっていたのだ。説明した結果、いろんな場所で敵を作ることになるのだろう。

でも、それはまた明日考えよう。今はただ、ピアースと一緒にいられることを喜んでいればいい。近くに彼の体の熱を感じる。つい手を伸ばして、彼に抱きつきたくなる。ぴったりと肌をくっつけて、熱と強さを体に感じ取らせたい。

彼女は一歩退いて、体を離した。彼も同じように一歩下がる。

「君の部屋まで送っていこう」その言葉に、彼女の顔がほころんだ。部屋までの道には、ライオンやトラやクマでもいるような口ぶりだったから。それでも、彼の申し出を断りはしなかった。彼と一秒でも長く一緒にいられるのなら、うれしい。彼がそこにいてくれるだけで、安心感を得られ、この世界にはまだまともなことだってあるのだ、と思える。きっと自分が死んだあとでも、まともな世界は続くのだと。

彼女の寝室のドアの前で、足を止めた彼女は横を向いて顔を上げた。再度、彼の背の高さに驚く。「じゃ——じゃあ、また明日ね」

彼はものすごく何かを思い詰めたような表情のまま、軽く頭を下げた。「ゆっくりお休み」

短い言葉が彼の低音で告げられると、ずしんとお腹のほうに響く気がする。だめよ、これ以上引き留めては。「ありがとう。あなたもね」

部屋に入ると、彼女はクローゼットのドアにもたれかかって、ふうっと息を吐いた。まったく。自分は今、警察やＦＢＩに追われ、乱暴なやり口で知られる軍事会社から命を狙われている身だ。これ以上の問題を抱え込まなくてもいいのではないか？

それなのに、国の反対側にいる親友たちが、彼女を助けるために送り込んでくれた男性に対し、熱を上げている。不適切この上ない。ただ、この気持ちを知られて、恥ずかしい思いをするのだけは避けなければ。そうなれば、彼も気まずいだろう。

しばらくすると、高鳴る動悸も落ち着き、それとともに、彼女の全身からエネルギーが抜けていった。タンスの引き出しを開けると、薄手のパジャマが何着かあり、上質のコットン生地が非常に心地よさそうだったので、その中から薄緑色のものを選んだ。こんなおしゃれで着心地のいいパジャマを、自分ではとても見つけられそうにない。昼間にも見たが、バスルームには、ホテルなどに置かれているようなアメニティが並べられていた。すべて女性用と男性用があり、また新品の歯ブラシも何本もある。

ベッドそのものも、とても快適だ。彼女は自宅から持ち出したバックパックに入っていた読書用端末を出した。中には三千冊ぐらい収めてあり、そのほとんどがミステリーだ。冷戦時代を背景にしたスパイ小説や、特に孤独を感じたときのためにロマンスも数冊入っている。

読みかけのミステリーを開いてみたのだが、結局、現実の自分の状況のほうがはるかにスリルとサスペンスに満ちていて、話に没頭できなかった。そこで、ベッド脇テーブルの明かりを消し、ベッドに横になった。

昨夜はほとんど眠れなかった。何か、非常に悪いことが起きているとわかって気になったのだ。その悪いことが今日、はっきり形を成して彼女の目の前に現われた。今夜も眠れないかもしれない、と思うと不安になった。明日はしゃきっとした姿でいなければならないのに。

しかし……危機がはっきりとそこに迫っている以上、眠るのは困難だ。心配しなければならないことが多すぎる。なぜか、自分がすべて悪いことになってしまっている。ソマーズ・グループに命を狙われている。警察にも追われている。偵察局はおそらくクビだろう。そもそも、戦争が起きるかもしれないのだ。その原因は虚偽の映像。戦争になると思うと、すごく怖い。

自分が生まれてからずっと、どこかで必ず戦争が起きていた。ただ常に、戦場はどこか遠いところだった。自国での強権が、他の国にも通用すると勘違いした独裁者が起こした戦争。戦うのは自分の知らない誰か。戦闘訓練を受けた兵士が派遣される。戦争を身近に感じる機会と言えば、せいぜいが新聞の見出しぐらいだった。戦争に行った人と実際に会ったのは、ピアースが初めてだった。

つまり、これまでの彼女にとっては、戦争というのは概念としてしか存在しないものだった。どこかで、誰か知らない人が巻き込まれるもの。

しかし、中国との全面戦争ともなれば……。〝中国と戦争〟とインターネットで検索すると、何万というスレッドがあり、さまざまなハッシュタグが付けられて、人民解放軍の兵力、どのタイミングでミサイルを撃ってくるか、米国本土への侵攻はあるのか、などが語られている。

米国はサイバースペースでの戦争となると、かなり後手に回るだろう――この説はコンピューター関連の専門家、ITセキュリティのエキスパートのあいだでは、公然の秘密となっている。この件に関する研究は多く、実際に本も出版されている。

中国は、米国本土を暗闇にできる。米国民は何もない状態に置かれる。つまり、電力もインターネットもない日々だ。さらに車もガソリンもなくなる。その状態が一週間、長くて二週間続けば、薬が入手できなくなり、病院が機能せず、学校も休校となる。

こういったシナリオのミステリーはたくさん読んだ。文明が消え、何千年もの人類進化の歴史はなかったことになる。

サイバースペースでの戦争だけで、そんなことが起きるのだ。実際に武力がぶつかり合う戦争はさらに派手な展開を見せる。ミサイル、侵略、そしてドカン！

核爆弾だ。

最初に心配すべきなのは何だろう？　彼女の頭の中で、さまざまな問題が渦巻く。夜中にベッドから起きると、実際に爆弾でも落とされたような気分だった。目がちかちかする。すべての感覚が鈍っている。脳がどろどろになっているみたい。これでは、まともな受け答えさえできない。まるでゾンビだ。

少しでも寝ようと、ベッドで何度も寝返りを打ち、枕を外しては、また高く積み上げる。だめだ、このまま眠れずに朝を迎えてしまいそう。

彼女は腕を投げ上げた。頭の中をいろいろな不安が通り過ぎる。そうしているうちに、ふっと意識がなくなった。

「ライリー」太い声が地獄の底から彼女を呼ぶ。苦痛と恐怖に満ちた声。彼女は周囲を見渡したが、誰もいない。ただ何もない、虚無の世界が広がるだけ。視界に人影は見当たらない。ただ、影の濃さがうつろい変わる。「ライリー」同じ声だが、がらんとした場所で反響し、やがてどこかに吸い込まれていく。

下を向くと、その瞬間足元が崩れ落ちる。ヘンリーだ。血の海の中に横たわっている。血はまだどんどん広がっていく。ふと自分の手を見ると、真っ赤に染まっている。いつしか膝までどっぷりと血に浸かっている。

「ライリー……」ヘンリーがかすれた声でつぶやく。

「大変！　すぐに助けを呼んでくるわ。手当をしてもらわないと。出血がひどい」

手で探ってみたのだが、血がヘンリーの体のどこから出ているのかわからない。ヘンリーは何とか片方の手を上げ、彼女の手をつかんだ。血まみれの手で、彼女にじっとしていろ、と訴えている。

「もう間に合わない。ライリー……私はもう助からない。あいつらを止めろ。あいつらを……」絶え絶えの息の中、ヘンリーはどうにかそれだけをつぶやく。

ライリーは半狂乱でたずねた。「誰を止めるの？　あいつらって誰？」彼女は、ヘンリーのまっすぐな黒髪をかき上げ、彼の目を見ようとした。彼の髪さえ、ぐっしょりと血で濡れている。

だが彼の目を見てわかった。もう間に合わないのだ。彼の目から光が消えていく。彼の体から力が抜けていき、頭が血だまりの広がる地面に落ちる。そして彼は動かなくなった。

死んだのだ。

「ヘンリー!」叫んでも、彼からは反応がない。彼が返事することは永遠にないのだ。

地面に落ちた右手は、開いた手のひらまで血まみれになっている。そのとき彼女は気づいた。その手の人差し指が、遠くを示している。上空に垂れ込める黒い雲、頭上の闇を指しているのだ。彼は、あそこに行けと言っている。わかった、これから行ってみる。彼の最後の頼みなのだ。これだけは叶えてあげよう。

ライリーは立ち上がり、彼の指が示す方向へと進み始めた。黒雲の垂れ込める闇のほうへ。すると、雲の合間に小さな閃光《せんこう》が見えた。稲妻だろうか？ 雲が落ち着きなく形を変える。不吉な気配に、身がすくむ。一歩進むたびに、自分の最期の瞬間に近づいている気がする。足が重い。足取りが乱れる。重力が大きい、別の星にでも来たみたいだ。足を前に出すのが、だんだん辛くなっていく。もう自分の足を高く上げることさえできない。彼女は足を引きずりながら進んだ。

息が苦しい。空気も重く、そして熱くなっている。それなのに、雪が降っている。雪？ 彼女は手のひらを差し出してみた。小さくて薄い灰色のものが手のひらに載る。何だかべとべとしている。もう一片。さらに一片。彼女の肌に触れた瞬間、その灰色の薄片は潰れる。煤《すす》まみれの雪片だろうか？ 違う。これは灰だ。灰色の空から漂い落ちてきている。

最初ははらはらと舞っていた灰は、やがて視界をさえぎるように大量に落ちてきた。

地表は泥だらけで、でこぼこだ。泥に足をとられて、彼女は動けなくなった。まっすぐ立っているのも難しい。このままでは地面に突っ伏してしまう。そう思うと怖かった。地面には、長く深い割れ目がある。その割れ目に落ちてしまったらどうしよう。きっと底なんてなくて、暗闇の中をどこまでも落ちていくに違いない。

彼女は孤独だった。他に誰もいない。この世界で生きているのは自分だけのような気がする。みんな死んでしまった。大気が灰だらけなのに、息ができるはずがないのだ。彼女は咳き込んだ。

風が舞う。熱い。こんな風は体に毒だ。灰が渦を巻き、ときに周囲のすべてを覆い隠し、次の瞬間には風景が見える。一瞬灰が高く吹き上げられ、周囲が見えた――だが何もない。平坦《へいたん》で、鈍い色の、何の特徴もない土地が、どこまでも続いているだけ。だが、あれは？　何かが遠くにある。土煙の塊が大きくなり、それが空へとむくむく上っていく。土煙がキノコ型になったとき、ドカーン、という音とともに、あたり一帯が揺さぶられたような衝撃があった。まぶしい閃光にとても目を開けていられない。風が強くなり、彼女を足元から持ち上げる。風に飛ばされながら、ああ、このまま死ぬんだわ、と彼女は思った。

灰が透明の空に人の顔を描く。強欲で残忍そうな人の顔。死んだような目を大きく見開き、太い声で彼女を呼ぶ。「ライリー」声が彼女の耳元でささやく。「全員死ぬんだ。君のせいで。こうなるのも、みんな君が悪いんだ」死んだ目は、あたりの風景を見る。風がさらに強くなってきた。吹き飛ばされそうで、彼女は足をしっかり踏ん張った。足場にできるようなものは何もない上、地面は柔らかく湿っていた。吹き飛ばされる。風の強さに勝てない。

無力感でいっぱいで、彼女は泣き始めた。誰もいない。何もかも自分のせい。

「ライリー！」別の声が聞こえた。どこからともなく差し出された手が、彼女に触れる。

彼女は悲鳴を上げたが、喉から音が出ない。彼女は手足をばたばたさせ、必死で自分に触れる手から逃れようとした。手は、強い力で彼女をその場に押さえつけようとしている。

「ライリー、起きるんだ」

彼女はまた悲鳴を上げたが、今度も声は出なかった。

自分を襲おうとしているモンスターから身を守ろうと、彼女は自分の腕で顔を覆った。声にならない音を出し、どうにか逃れようともがく。このままでは殺されてしまう。

そのとき、力強い腕が彼女を抱き寄せた。絶対に力でかなうことはないとわかる強い腕。自分だってかなりの力はあると思っているが、この強さにはとうてい太刀打ちできない。

もう終わりだ。

「ハニー、大丈夫だから」彼女を抱き寄せる腕に、力がこもる。けれど、苦しくない。ただしっかりと抱き寄せてくれているだけ。「暴れないでくれ。頼む。悪い夢をみているだけなんだ」

意味がわからない。何がどうなっているのだろう？　わかるのは、非常に力のある腕が自分の体を押さえつけていること。

だからもがいても逃れられない。けれど自由にならなければ。そのために一瞬の隙をつくのだ。このままでは死ぬ。そのとき、体を揺さぶられ、悲鳴が喉の奥で消えた。

助けて！　声にならないのだから、誰も助けてはくれない。それでもささやくように訴えた。助けて。

「俺はここにいる」声が答える。「ライリー。俺だ。目を開けてくれ」彼女はゆっくりと目を開けた。そこに安全な場所があった。避難所。守ってもらえるところ。

ピアースがそこにいた。

8

ピアースが任務の遂行中にぐっすり眠ったことはこれまでないし、睡眠中であっても、何かあれば即座に行動を開始できる態勢を常に保持している。ただ、今日はそこまでする必要はない。ここはブラック社の隠れ家であり、家の周囲にはブラック社のエージェントが配置されていて、もしものときにはすぐに対応してくれる。彼らは夜のあいだもずっと、警戒を解くことなくあたりの様子に気を配っている。それぐらいわかっている。だから、自分は肩の力を抜いて、ゆっくり休むべきだ。しっかり睡眠を取っておく必要がある。そのために、ジェイコブが自分の社の精鋭を配置してくれたのだ。自分もライリーも、安全だ。

それでも現在の状況が無性に癪《しゃく》に障って、気が休まらない。こんなことがあっていいものかと、腹が立つ。これがどういう事態なのか、わかればわかるほどむしゃくしゃする。どこを向いても解決の糸口が見えない。いろんなことがどうしようもないところまで進んでいる。この国は戦争への道をまっしぐらなのではないか。権力者の中に、戦争を始める口実ができたことを歓迎する人たちがいることはよく知っている。彼らはその口実となる動画が、たとえディープフェイクであろうが気にしない。この動画さえあれば、物理的に戦力をぶつけ合う戦争ができるのだ。新しいミサイルの威力を試してみたい、新開発のドローン技術を確かめてみたい、サイバースペースのセキュリティをテストする絶好の機会になる。そんなふうに考える。将来、軍での教育に使われる本に、新しい武器を初めて使った人間として名を残すことに憧《あこが》れる。有名になり、金儲《もう》けができる。開戦のすべてが、彼らにとってはプラスなのだ。

もちろん、彼らは根本的に間違っている。戦争に〝お試し〟の機会なんてなく、手に負えない事態から核戦争へと発展し、最終的には全世界が放射能に汚染された人の住めない場所になる。戦争は常に、手に負えない事態になるものなのだ。戦争というものの取扱説明書でもあれば、そう書かれているだろう。

その戦争推進派の愚か者たちが、まさにライリーの命を狙っているわけだ。彼女はただ、頭がよくて、仕事でも有能だっただけ。それが罪だと言うのか。彼らは、何でものみ込む貪欲な口を大きく開き、尖った牙で彼女を噛み砕こうとする。そのまま彼女の存在を腹へと吸収し、残った骨だけ、ぺっと吐き捨てるつもりだろう。

そんなことをさせてたまるか。

彼女に触れようとするなら、俺の死体を踏み越えていけ。ピアースの決意は固かったが、途方もない権力を持つ者の前では、彼にもライリーにもなすすべはない。彼女のためなら、喜んで自分の命を犠牲にするつもりではいるが、彼女の精神力がいつまでもつか。そのうち、もう疲れた、こんなことはやめる、と言い出すかもしれない。そして、彼女の命をピアースやブラック社が守り抜いたとしても、汚いやり方を使う彼らが、彼女を殺人罪で裁判にかけるかもしれない。どの可能性を考えても、うまく行かない。ライリーが倒れて――怪我をして、あるいは死んで――いる映像が頭に浮かぶ。

けれど、昼間の生き生きとした彼女の姿を思い出せるのは救いだ。彼女はガゼルみたいにすばやく走る。スパイダーマンみたいに、するする壁を登れる。ただ彼女の美しい姿を思い出すと、また眠れなくなる。

眠れないので、ときどき、自分の五感を使って周囲の状況をチェックしてみる。不審な物音はしないか、耳を澄まし、スマホで監視カメラの映像を見る。警備システムは万全なのはわかっているのだが、つい確かめたくなるのだ。

そうやってチェックしていた何度目かに、彼は妙な音に気づいた。ベッドの上に起き上がり、何なのだろうと考える。くぐもった音。ささやき声ではなく、誰かが痛みにうめいているのだ。彼はグロックを手にベッドを出た。音もなく自分の寝室のドアを開け、廊下の壁にぴたっと背中を押しつけ、銃を構えて立つ。音はさらに大きくなった。口を覆って、うめき声が漏れないようにしているのか？　どこから聞こえる？　ライリーの部屋だ！

彼は彼女の寝室の前に立ち、ドアをノックしようと、胸元に上げた手を軽くこぶしにした。そのとき、悲鳴にも似た声が聞こえた。礼儀なんて構っていられない、と判断して、さっとドアを開ける。

彼女は悪い夢にうなされているのだ。

外からの明かりで、ベッドの彼女の姿が見えた。夏物の薄いパジャマを着た体に、シーツが絡みついている。左右に首を振り、食いしばった唇のあいだから、苦痛に満ちたうめき声が漏れる。悪夢の中で、恐怖と闘っているのか、シーツの下の脚が小刻みに動く。ああ、何か怖いものに追われて、逃げようとしているのだ。

まあ、当然とも言える。軍事会社の戦闘員とは名ばかりの殺し屋に撃たれ、警察からも追われているのだから。

ほんの一瞬、彼女の寝姿を見つめた。満月と街灯が、窓越しに青白い光を投げかけ、彼女の肌はアラバスターのように白く輝いている。全身が大理石でできた彫像のようだ。まぶたの下で眼球が激しく動いているので、生身の人間だとわかるだけ。

ただただ、美しい。勇敢な彼女なのに、こんなに怖がっている。それでも、歯を食いしばって、声を上げないようにしている。

彼は我慢できずに、彼女の肩に手を置いた。もちろん拳銃は、銃口を反対に向けて横のテーブルに置いてからだ。どんなことがあるかわからないので、こういった用心を怠ることはできない。肩に置いた手が、華奢な骨格としなやかな筋肉を感じ取る。どれほど勇敢で強くても、こんなほっそりした女性を圧殺することなど容易だ。そして彼女を虫けらのように踏み潰そうとするやつらは実際に存在する。

いや、俺が生きているかぎり、そんなことは許さない。

彼女の体の震えが、伝わってくる。ピアースはそっと肩をつかんで揺さぶってみた。

「ライリー!」

彼女がはっと口を開き、ひと息に大気を吸い込む。まぶたがまたぴくぴくと動く。

「ライリー、起きるんだ」

突然彼女が暴れ出し、小さな悲鳴を上げた。

「ハニー、大丈夫だから」彼は大きな声を出さないように、できるだけ穏やかに伝えながら、しっかりと抱き寄せ、さらにもがく彼女を落ち着かせた。「俺はここにいる。目を開けてくれ」

彼女ははっと目を開けると、肘で支えるようにして上体を起こした。恐怖に満ちた彼女の目の白い部分に街灯が反射して、青白く光る。「いったい――」

彼女はまだ震えている。ええい、もう知るか! ピアースはベッドの上に載り、シーツごと彼女を抱きしめた。そして体を回転させながらベッドに横になり、彼女を自分の胸に抱きかかえた。片手を彼女の頭の後ろに置き、反対側の腕を彼女の腰に回す。自分の身を盾にして人を守ろうとする際の、古典的な姿勢だ。守る相手の体の傷を受けては困る部分――つまり頭と内臓のある胴体をさらさないようにするのだ。やがて彼女が落ち着いてくると、彼女の耳に自分の鼓動が伝わる。誰かのしっかりした心音というのは、人間にとってもっとも安心感を与える音なのだ。その鼓動のリズムが、相手にも伝わっていく。

ただし、ひとつ問題があった。腕の中に彼女がいること――つまり彼女の感触に反応した下半身が、完璧な勃起状態になったのだ。それでも、こんなに傷つき怯えている彼女に対して、行動を起こすぐらいなら、自分の喉首をかき切ったほうがいい、と思った。

「悪い夢をみたんだな」穏やかな声でそっと告げる。「だからうなされた。昼間起きたこと、あるいは最近のできごとと関連した内容なら、特に怖い。それは現実味があるからだ。君は昼間大変な目に遭った。当然、怖い夢もみるだろう。でもな、今の君は安全だ。悪いことなんて起きないから。悪夢が現実になることはない」

彼女は身を固くして、いかにもぴりぴりしている感じだった。そのあと突然、彼女の体から力が抜け、彼の腕にぴったりと寄り添う形になった。ところが、彼女のヒップが彼の股間に触れた瞬間、彼女ははっと体を強ばらせた。

「大丈夫」暗闇で見えないのはわかっていたが、彼は笑顔で伝えた。「そいつのことなら心配しなくていい。きれいな女性を抱き寄せたときの当然の反応だ。自動的にそうなってしまうだけで、そいつをどうこうしようなんて考えてはいない。俺の願いは、君にぐっすり眠ってもらうことだけだ」

安心したのか、ライリーはふうっと息を吐き、二人はそのまま黙って暗闇の中で抱き合っていた。しばらくしてから彼女の華奢な背中に手を添えると、心拍数が落ち着いてきているのがわかった。よし、これでいい。

「どんな夢だったか、教えてくれないか？」彼は静かに切り出した。「人に話してしまうと、気が晴れることもある」彼自身は、自分の悪夢を誰かに打ち明けることは絶対にない。だが、ライリーにとっては辛い体験を人に話せば、少しは気が楽になるかな、と思ったのだ。感情を言語化するのが得意な人はいる。そういう人は、胸の中の思いを言葉にしたほうがすっきりするはずだ。セックスとアルコールをうっぷん晴らしに使うのと、方法は異なるが原理は同じだ。兵士は主に後者で、特に激しい戦闘があった夜など、あちこちのベッドで激しく手を動かす音や、うめき声が聞こえるものだ。翌朝、兵舎の中の空気はどんよりしている。これは戦場が主にイスラーム圏であることが多く、気軽に酒を飲める場所がないからだ。

彼女がふっと息を吐く。「だんだん、記憶が薄れていくわ。でも、何を感じていたのかは、はっきり覚えている。もうだめだ、という絶望感と、強い恐怖よ。何かが私を追ってきて、目の前でとてもひどいことが起きる」

うむ、典型的な悪夢だ。

「何か具体的に覚えていることは?」

彼女がぶるっと身を震わせたので、ピアースはそっと彼女の背中を撫でた。慰めるために。そして彼女に触れるのがうれしいから。

「ヘンリー」彼女が声を振り絞るように言った。

「何だって?」

「ヘンリー・ユーよ。私の上司で、友人でもあった。彼が地面に横たわり、血を流していた。でも、どこから出血しているのかわからないの。地面はすっかり血の海になっていて、私は懸命に彼の体を探って傷口を押さえようとしたんだけど、傷はどこにもなかった。彼は本当に虫の息だったけど、あいつらを止めろ、と私に訴えた。空気が重くて、熱くて、息苦しかった。やがてヘンリーが死に、私はただ歩いて前に進んだ。足元に灰が積もり、泥だらけになっていた。遠くの地平線にキノコ雲がわき起こり、熱風を感じ……そのとき、あなたが起こしてくれたの」

あたりを沈黙が包む。

しばらくしてから、やっとピアースは口を開いた。「うーむ、不安がそのまま夢になったんだな」

「ええ。本当に核戦争が起こるかと思うと、とても怖い」

安易な慰めを口にすべきではないと彼は思った。彼女は聡明だ。核戦争なんて起きないよ、などと言うのは、彼女の知性への侮辱だ。実際、彼女の夢の内容が現実に起きることを、ピアース自身もとても恐れていた。

SEALsでは実に多くのことを学んだが、その中でも特に正しいな、と今でも強く感じるのが、〝何ごとも起こりませんようにと祈るのは最悪のプランだ〟という教えだ。最悪のことは、普通に、日常的に起きる。

「あなたも――あなたでも悪夢にうなされるの？」夜のしじまにやっと聞こえるぐらいの、か細い声だった。

ああ、何と答えればいいんだ？　ピアースが、これまで女性とは朝まで過ごさないようにしてきた理由は、一緒に朝を迎えると自分の弱さを吐露してしまいそうで、それが嫌だったからなのだが、彼女には本当のところを打ち明けようという気になった。

「しょっちゅうさ。実際、悪い夢をみない夜のほうが少ないぐらいだ。いちばんよくみる悪夢は、指揮官が妊婦の腹部を狙って撃ち、俺はただ、その女性が死ぬ姿を見ているだけってやつだ。その女性は埃《ほこり》っぽい道路に倒れ、ずっと悲鳴を上げていた。

その間、指揮官はにやにや笑ってやがるんだ。女性が死ぬまで、ずいぶん時間がかかった。その様子が、夢で再現される。今でも週に三、四回はうなされるかな」

「エマから聞いた話ね」

「ああ」

「辛かったでしょうね」彼女は少し頭を起こしたが、彼があきらめたように息を吐くと、また彼の胸に顔を埋めた。

「君も辛い目に遭ったんだから、悪い夢をみるのも当然だ。でも、そんな悪夢を現実のものにはしないよう、俺たちで頑張ろう。ＡＳＩもブラック社も、会社を挙げて支援してくれているし、君の親友の天才的頭脳だってある」

「そして。あなたもいる」彼女がそっとつぶやいた。

彼は彼女を抱き寄せる腕に力を入れた。「ああ、まず俺がいるとも」

自分が全知全能でないことは、ピアース自身よく理解していた。地政学の天才でもなければ、自分で会社を持ち、いかつい傭兵を雇って経営しているわけでもない。彼が何をしようが、あるいは言おうが、政府の方針に影響を与える可能性はゼロだ。彼はただの兵士であり、警備・軍事会社のエージェントとして有能なだけ。政治力なんてない。だから、権力機構のトップにいる人たちと会い、戦争をやめろ、と彼らを説得することも、彼自身にはできない。けれど、その任務は彼のボスたちやジェイコブ・ブラックがしてくれる。彼はその間、彼女が無事でいられるように守るだけ。これは、正義は必ず勝つ、というルールが通用しないケースだ。だが、敵にする人間を間違えたな、と悪いやつらに教えてやらなければ。それには、ライリーの身の安全を最優先事項とする。

「ねえ、ピアース」彼女の言葉が、少し舌が回っていないように聞こえた。また眠りかけているのだ。「あなたがいてくれて、本当によかった」

ああ。彼はまた、ひしと彼女を抱きしめた。その腕を緩めるには、少し努力が必要だった。なぜなら、もっと彼女の近くにいたかったから。しっかりと抱きしめて、自分の体の中に隠しておきたくなった。危ないところには絶対に出したくない。

「そうだな」胸が詰まって、それだけしか言えなかった。咳ばらいをして、声を出せるようにする。続きを言おうとしたときには、彼女は完全に眠りに落ちていた。

＊＊＊

ライリーは寝覚めのいいほうで、目が覚めた瞬間に、新鮮な気持ちでその日一日を活動的に始められるタイプだ。しかし、今日の彼女は徐々に意識がはっきりしていくのを感じていた。

目覚めていく感覚が、心地いい。このうつらうつらとした状態が、いつまでも続いてほしい。第一に、自分の下に硬くて温かいものがある。硬いものというのは、通常冷たいのに、これは違う。穏やかな暖房器の上に横たわっているみたいだ。その温かなものの輪郭に、自分の体の形がぴったり合う。彼女は少し頭を動かしてみた。顔の下にやわらかな芝生があるみたい。

うーん、いい感じ。

彼女の体内時計が、今は午前五時ぐらいだろうと告げる。遠く頼りなげな銀色が、刻一刻と空一面へと広がっていく。都会の朝の音が聞こえる——車が通り、かすかにどこかで音楽が流れている。けれど、家の中は静かだ。

室内は完全な無音だ。自分のアパートメントとは違う。自宅前は交通量も多く、近所で犬が鳴く。子どもの甲高い声も聞こえる。今は魔法のような静寂の中、ドクン、ドクン、という規則的な音が、彼女を安心させてくれる。人の鼓動のリズムは、本当に心を落ち着かせてくれるものだ。その音が耳の真下に聞こえる。

それに、ああ、いい匂い。石鹼《せっけん》、シャンプー、それに、不思議だが、革の匂いも。それらが混ざり合った香りが、温かくて硬いものから漂ってくる。すてき。

なるほど、自分の体の下に、他の人がいるのだ。男性。ピアースだ。何かの上に寝転がるとすれば、これほど心地よい場所は考えられない。

彼がしっかりとライリーを抱きしめてくれている。両腕を彼女の背中に回し、彼女の体重の半分が彼の上に載っていた。ここから動きたくない、と彼女は思った。この姿勢のまま、永遠に過ごしていたい。温かくて気持ちよくて、守られている実感がある。ここにいるのは、ピアースと彼女の二人だけ。この世界で、他に誰もいないように思える。

彼女が何か音を立てたわけでも、また動いたわけでもないのに、彼の腕に力が入るのがわかった。

「目が覚めたか？」彼の低い声が、自分の胸に反響するのを感じる。こんな感覚は初めてだ。

「ええ。どうしてわかったの？」

彼の顔を見たわけではないが、彼のほほえみが聞こえた。あのハンサムな顔が見られないのは残念だ。ただ、今見えているものも、じゅうぶんすてき。見事に割れた胸筋だ。彼の胸は全体的に毛に覆われている。

「君の周囲の空気が変わった」

「そうなの？」自分の周囲の空気が変わる、なんてチャーミングな表現だろう。寝ているときと起きたときで、空気感は異なるものなのか。

「ああ。さて、気分はどうだ？」

「信じられないけど、いい気分。だって……」

「だって、何だ？」

「近い将来、戦争が始まるかもしれなくて、私は殺人容疑で指名手配されている。普通なら、気分は悪いものでしょ」

彼がそっと手を上げ、彼女のうなじを手のひらで包み、髪を指でとかしつけた。そして、頭皮をマッサージする。ああ、いい気持ち。猫なら、ゴロゴロ喉を鳴らしているところだ。

「殺人容疑のほうは、もう心配しなくていいようだ。ジェイコブが地元の警察と話をして、君がヘンリー・ユーを撃った可能性は物理的に否定された。今回のことすべてが片づいたら、おそらく警察署に出頭して、事情を説明しなければならないだろうが、罪に問われることはないと思う」

「ああ、よかった。ありがとう」

「礼ならジェイコブに言うといい。ただ、彼のことだ、君が礼を言うまでもないと考えるはずだ。そもそも、君に殺人容疑がかけられたこと、本気で君を指名手配しようと考えた人間が警察の上層部にいるという事実に、ジェイコブはめちゃめちゃ怒ってるんだ」

ライリーはそのままピアースの胸にもたれたまま、殺人容疑をかけられた不安が消えていくのをうれしく感じた。ただ、もうひとつの不安は消えない。

真の恐怖がそこにある。彼女の仕事はずっと、国家防衛に関するものだった。NSAでは、開戦が現実になるシナリオを構築する部署で働いていた。彼女の画像解析をもとに、これがこう展開したら、次はああなる、みたいな仮定をいくつも立てていくのだ。事態悪化の行きつく先として、武力衝突は常に考慮された。彼女が外国の風景画像にちょっとした変化を見つけるところから始まり、その意味するものは、海上交通が封鎖されて荷物が運べないとか、第三世界のどこかの町で虐殺があったとか、要するに小規模の紛争や衝突を仮定する。ただしこういった紛争は由々しき事態ではあるが、人類すべての危機、というほどではない。

次に、構築されたシナリオが、さらに深刻だとされるのは、米国の国土保障にかかわる場合だ。食品の供給ができなくなり、米国全土で食料危機が発生し、人々がパニックになる場合。医療システムが完全に崩壊する場合。つまり、何万、何十万という米国民が死ぬ可能性を示唆するシナリオだ。

それでもまだ、普段のシナリオよりは深刻ではあっても、本当の意味で緊急事態に至ったわけではない。真の恐怖は、核戦争に至るシナリオだ。以前、核戦争が起きて地球全体が焦土となる可能性を研究するタスクフォースに、彼女も加わったことがあった。食料は現在の一割しか生産できなくなり、一年以内に五十億人が死ぬ。十四世紀の黒死病の流行など、夏のピクニック程度の気楽なものに思えるだろう。続いて——文明の崩壊が起きる。生き残った人は、死んだ人を羨むようになる。旅行も、医療も、教育も存在しない。都市というものもなくなる。食べものも薬もなく、もちろん、本や劇場や映画もない。その後、五世代、もしくは六世代は、文字が読めないまま成長する。その間、芸術や科学は存在しない。石器時代みたいな生活に戻る可能性が高い。さらに人は、放射能による病気に苦しみ、長く生きられない。

この研究結果を読んだとき、彼女は胸が張り裂けそうになった。そして今、それが現実になる可能性をはっきりと感じ取っている。

「なあ」ピアースの声がやさしかった。「あんまり考えるな。何もかもうまくいく、とは言わない。君は頭のいい人だから、そんなことは嘘だってすぐにわかるだろ？ただ、頭のどこかに留め置いてほしいのは、現在の事象やこれから起きる事件などのすべてを、君ひとりで変えるのは不可能だってことだ。真実以外にも、多くの要因が未来の方向を変えてしまう。君がすべきなのは、自分の主張の正当性を多くの人に認めさせること。そのためには、ゆっくり休まないと」

彼女は軽く頭を振った。「ということは、ベッドでこうやって寝そべっているのは、私の責務のひとつなの？」顔をねじって、ピアースを見上げる。彼の顔は真剣だったが、かすかに皮肉な笑みが口元にのぞく。自分の言葉を信じながらも、ばかげた論理だと気づいたのだろう。ただ、本当に彼の言うとおりだ。ライリーはため息を吐いて、また頭を彼の胸に預けた。たくましくて男らしい、すてきな胸だ。

彼が緩いパジャマの上着の裾からそっと手を滑らせて、彼女の背中をさすった。彼の指が背中を上下する感覚が、本当に気持ちいい。もしかしたら彼の手には魔法の力でもあるのかも。いや、冗談ではなく。SEALsでは、みんな、そういう技術も習得するのかもしれない。

「まだ、体の緊張が抜けきっていないな」彼の声を聞くのはうれしいが、それ以上に、胸を通じて声による振動を感じるのもすてきだ。もう少し長い文章でしゃべって、と頼もうかとさえ思った。たとえば野球ポエムの『ケーシー、打席に立つ』を淡々と最後まで、あるいは『アメリカン・パイ』の歌詞を最初からすべて吟《ぎん》じるとか。その間、彼女はただ寝そべって彼の胸に耳をくっつけ、伝わる振動を感じるのだ。耳で聞かなくても構わない。

そのうち、上下に動いていた彼の手はどんどんと下のほうへ……パジャマのズボンのウエストから、彼女のヒップを撫でる。

ずいぶん、厚かましい行為ではある。抗議しなければ。でも、ああ……。早く、何とか言わないと……でも、うーん、いい気持ち。いつしか彼女も彼の手に合わせるように、ヒップを動かしていた。彼の手にもっと触れてもらいたい。たくさん触れてもらうほどに、気持ちがいい。

やがて、彼女も、本心を認めた。彼を求めている。彼にヒップを愛撫《あいぶ》されたいと、はっきり認識しよう。もっと。彼の左胸に置いた手に、彼の手が重ねられる。そして彼は、しっかりと指を絡めてくる。反対の手は背中からヒップへと愛撫を続ける。

彼の愛撫を求める理由は、ストレスを吐き出すためかもしれない。銃口を向けられ、逃げ、撃たれ、追跡された。その翌日に、かなり技術的に高度な内容を、ネアンデルタール人にも理解できるように説明するという困難な仕事を要求されている。当然ストレスも強い。ストレス発散には、気軽なセックスは理想的かもしれない。セックスはエンドルフィンを分泌すると言われていて——つまり気分が高揚するわけだ。

だが、そんな単純なことだろうか？　これはそういうことではないような気がする。ただ男性器がついている誰かに抱かれたいわけではなくて、この人、ピアースをライリーが求めているのだ。彼以外の男性は要らない。彼は命の恩人であり、また彼女の生活の一部になってしまった。ごくあたりまえのように、すんなりと。

この男性は、彼女の護衛としての任務を完璧にこなす一方で、何も聞かず何も言わず、ただ彼女の重荷を代わりに背負ってくれた。彼女を助けてくれたのは、同僚として尊敬するエマたちの親友だから、という理由もあるだろう。親友たちは三人ともそれぞれの運命の相手を見つけた。その相手である男性たちも、それぞれの親友を助けた過去がある。フェリシティ、ホープ、エマ、そしてライリーは、頭脳を使うことなら非常に有能だ。ただ、恋の駆け引きに関する女性としての手練手管を著しく欠いている。男性を思いどおりに操る方法など、自分も含めたこの四人には想像もつかない。何かを言われれば、その言葉どおり受け取る。そういう女性を相手にするのは、面倒だと思う男性は多い。しかし、メタルもルークもラウールも、そういう男性ではなかった。そしてピアースも違うようだ。

彼は、ライリーの言動いっさいに関して、否定的な態度を取ったことがない。何か言うたびに、男性から頭がおかしいんじゃないか、という態度を取られるのが普通だった彼女には、それが新鮮で、急速に彼への興味がわいた。それに……確かに彼はハンサムだし。体つきに関しては、文句のつけようがない。いろんなことに優秀で、率直なもの言いをする、話しやすい人だ。そしてそんなことよりもなおすばらしいのは、彼の人間的な魅力。人を惹きつけて放さないのだ。具体的に説明はできないのだが、どこかもっとすぐれた生物だけが暮らす別の惑星から来た人みたいな、そんな魅力がある。そういう惑星では、とびきり魅力的な男性だけが育つのだろう。彼と一緒にいると、安全だと感じ、同時に興奮する。

だからつまり――愛撫してほしい。

彼の手は背中からヒップを中心に動くようになっていた。さらに下へと進む彼の手を誘うように、ライリーは少し脚の位置を変えた。

その誘いに応じるように、彼の手が彼女の体の中心部へと進む。ヒップのあいだを滑り、女性の芯となる場所に触れる。指が一本、体の中へ入るのを感じ、彼女ははっと息をのんだ。興奮がいっきに高まる。

頭を上げたら、彼の顔が見えた。当然、独善的な含み笑いでもしているだろうと思っていたのに、彼は非常に真剣な表情だった。緊張で皮膚が突っ張り、鼻孔が開いて白くなっている。

そして、ごくんと唾を飲み込み、彼がたずねた。「こうしてもいいか?」

返事をしようとした彼女だが、喉の奥が熱くて声が出ない。あきらめて、ただうなずいた。

「言葉できちんと意思表示してもらいたい」彼はまだ真剣な表情で、苦痛をこらえているような顔だった。

「イエス」やっと、それだけ言えた。「ええ、すごくしてほしい」

とうとう彼もほほえんだ。ただにやりとするわけではなく、どちらかと言えば……互いの意思が確認できた、という感じ。ライリーの瞳をまっすぐに見つめていた彼は、ほほえむことで互いの了解事項を明白にしたのだ。〝二人はともに、これを望んでいる〟と書かれた契約書を取り交わしたのと同じだ。

彼女は少し体を持ち上げ、互いの顔の位置を近づけた。その間も彼はじっと彼女の目を見ていた。強い眼差しで、魂の内側まで見透かされているような気がする。強く見つめられて気恥ずかしくなり、彼女は目を閉じた。すると彼が唇を重ねてきた。

二人の初めてのキスだった。

ほんの一瞬のキスに、彼の心のありったけがこめられていて、痛みさえ感じるほどだった。火花が散ったように思えた。唇が触れ合うのとほぼ同時に、彼は顔を上げ、また彼女を見た。彼の顔に笑みはなかった。

部屋の完全な静寂の中で、何かが起きていた。窓からは朝陽が射し込んできている。いくつにも分かれた光線が、室内を照らす。新たな一日の始まりだ。

彼はまた唇を重ねてきた。今度は長く濃密なキスで、彼女は激しく興奮した。彼の舌が彼女の舌に絡みつくのと同じように、彼の指が彼女の脚のあいだで動く。彼女の全身に電気が走る。

息をのんだが、彼はそのままキスを続ける。彼の吐いた息を、彼女はそのまま吸い込む。彼の肺が、彼女の酸素の供給元だ。さらに濃密なキス。舌が奥へと侵入し、脚のあいだでは、他の指が周囲を愛撫する。

不思議な音が聞こえる。何だろう、と思った彼女は、それが自分の濡れた場所が音を立てているのを知って、恥ずかしくなった。ものすごくたくさんの液が出ているのだ。こんなに興奮したのは初めて。実際のセックスでも、ここまで濡れたことはなかった。彼の指は性器と同じ動きをする。指が自分の中に入る、出るを繰り返すうちに、彼女の体は内側から燃え上がっていった。重ねたままの口から、あえぎ声が漏れる。そのとき彼がぐっと指を押し入れた。自分の中の何かに強く当たる。あ、ああ。全身がまばゆい光に焼きつくされる。絶頂感が全身を何度も通り過ぎ、そのたびに彼女の体は、彼の指を絞るように締め上げる。

オーガズムが引いたあとも、彼女は現実とのつながりを失ったままだった。だから、知らないあいだに体が持ち上げられ、彼の下になっていた。ピアースが自分の脚を大きく広げている。彼の体重と力強さが、自分にのしかかる感覚がうれしい。

つい目を閉じてしまいそうになるが、彼女は懸命に目を開けて彼の顔を見ていた。真上から見下ろす彼の顔から、緊張が伝わる。ライリーの顔に、ほんの少しでもためらいや拒絶が表われないか、目を凝らしているような感じ。拒絶なんて、絶対しない。ためらいも一切ない。こんなに気持ちのいいことはこれまでなかったし、これをもっと体験したい。

ピアースは片腕で自分の体重を支え、空いた手で彼女のパジャマのボタンを外していった。彼の指は、きわめて繊細なタッチが必要な技術的なこと、たとえば爆弾の解除とか、そういうことをしているように、丁寧な動きを見せる。

さっきは彼の指だけで絶頂を迎えてしまった。この調子でいけば、もうひとつ大きな爆発がありそうだ。パジャマの前をきれいに開けた彼は、少し体を起こして彼女の裸を見ていた。

「君はきれいだ」純粋にそう思っているのが伝わってくる。「完璧な美だ」

彼女は腕を伸ばして、彼の両肩につかまった。〝あなたもすごくきれいよ〟心でそうつぶやく。声に出しては言えない。熱の波が全身に広がり、喉が締めつけられて声が出ない。

ピアースが頭を下ろし、彼女の乳房を舐《な》め始めた。先端部をゆっくりと吸い上げられると、全身が震える。乳房から、直結配線でもしてあるのか、彼が乳房をつかんで先端部に舌を這《は》わせるたびに、脚のあいだに向けて電気的なショックが走る。彼の舌の動きに呼応するように、さっきから体内にあったままの彼の指が、奥のほうへ引きずり込まれる。強く。

ピアースの息が荒い。引きつったような顔は、頬のあたりが紅潮している。筋肉が波打つ。

「これ以上、我慢できない。もう無理だ」

彼女は声を出せなかったので、うなずいた。彼は腕を伸ばして、ベッド脇テーブルの引き出しを開けてコンドームを取り出し、彼自身をすばやく覆った。

そのまま、またのしかかってくる彼の体重を、彼女の体が歓迎した。彼女の全細胞が彼を受け入れようとしている。腕を、脚を大きく広げると、彼がするりと入ってきた。その滑らかさに、彼も自分が歓迎されているのを感じたはずだ。じゅうぶん濡れた彼女の体の、奥深くへ一突きする。

二人は動きを止めた。上にいるピアースも、顔がくっつきそうに近いところにあるライリーも、どちらも。これ以上近くにはいけないというところまで、二人の体はぴったりと重なり合っている。こんなセックスは初めて、と彼女は思った。圧倒的な親密感があり、二人の体がひとつになったように思える。

先ほどのオーガズムから完全に回復していなかった彼女は、体を動かしたくなかった。少しでも動けば、感じすぎてしまう。全身の肌が、彼の存在を記憶している。この人に快感を与えてもらったと覚えてしまったのだ。

ピアースは腕で体を支え、下半身を動かし始めた。最初はゆっくりと、そしてだんだんピッチを上げる。そのうち、ベッドが軋み、頭板が壁に当たって、音を立てる。

こんなセックスって、すてき、と彼女は思った。今のすべてがうれしい。自分の中にいる彼の感覚、彼の強さが自分の体に記憶させられていくところ、二人が抱き合う感触、他のことなどすべてシャットアウトできるこの空間。

彼の動きは速さとともに、力強さも増す。体の奥深くに彼を感じ、彼と自分の境目がわからない。すると彼が彼女の腿の下に手を入れて、脚を高く上げ、さらに大きく開かせた。彼のものが、さらに奥深くへと突き立てられる。彼女は彼の背中のくぼみで足首を組み、彼の動きに合わせて、自分の腰を大きく振った。

この猛烈な感覚が、長く続くはずがない。彼女は小さく叫ぶと背中を反らし、彼のものを包む場所が激しく収縮するが、このクライマックスは全身で感じる。呼吸する肺、腿、乳房、すべてが……。

ピアースも絶頂に達したらしく、大きな声を上げ、ものすごい速さで、力で彼女に腰を打ちつける。体が粉々になってしまわなかったのは奇跡だ。彼女はピアースにしがみついた。快感の波を進む自分に与えられた命綱のように。

ああ、何なの？　これがセックス？　どうしてこれまで誰も教えてくれなかったの？　自分の全身をピアースに捧げた気がする。そして彼の体も、自分のものになった。そんな体験に、感情が大きく揺れ動く。セックスとはこれほど感情を揺さぶられるものだったの？

彼がどさっと全体重をライリーに預け、頭だけ彼女の肩の横に置く。二人ともはあはあと肩で息をして、体はまだ震えている。強烈なオーガズムのショックから、互いに抜けきれていない。

ああ、すてき。ピアースの重さによって、足元の不安定さが消えた気がする。すると、彼女はまた眠気にとらわれた。しっかりとした眠りに落ちていく……。

不快な音に目が覚める。何の音？　この家は完璧に防音されているはずだけど。断続的に聞こえる音が、ふわふわした感覚を邪魔する。

ビー、ビー、ビー。

「あーっ」あまりに疲れ果てていて、きちんとした言葉が出なかった。この不快な音が何だったたか、ようやくわかった。目覚まし時計だ。

彼女の上で、ピアースが大きく息を吐く。体を離し、起き上がってベッドを出る。その瞬間、彼の熱と力が消え、ライリーはさびしくなった。目をつむったまま、顔をしかめ、両腕を前に出す。

「さあさあ、起きなきゃ」ピアースの太い声。起きる？　どういう意味だろう。そんなの、絶対に嫌。

彼女はシーツから出した手を上げ、人差し指を振ってみせる。

〝嫌よ〟

起きるだなんて、ピアースは正気を失ったのだろうか。

「ダーリン」彼が肩にキスしてくる。「こんなこと言いたくはないが、出かけなきゃならないんだ」

彼女は、ぱっと目を見開いた。「出かけるって、どこに?」
彼の顔から笑みが消えていた。「出かけて、世界を救うんだよ」

9

　護衛業務の基本ルール――護衛対象者との個人的なかかわりは禁止、これにつきる。こういうルールが存在する理由も、ちゃんとある。今回ピアースは、しょっちゅう気が散って、任務に集中できていない。ふと気づくとライリーのことを見ているのだ。そんな事態になっているのは、すべて自分の責任だ。彼女のほうからこちらの気を引いてきたわけではない。今も隣に座る彼女は、自分のプレゼンテーションにどこか問題がないか、入念にチェックしているところで、構ってほしそうな態度はない。
　その姿から、彼は目が離せずにいた。男性として、彼女は本当に魅力的だ。警護エージェントとしては、彼女の行動にいつも驚かされる。今、彼女は装甲車仕様のSUVの助手席にいて、彼のほうはそのハンドルを握っている。今、この車内から、危険が発生する恐れはない。いっさい。危険なことは、車の外から来る。だから、警護官としては、車の外に注意を向けなければならない。ところが、だいたい十秒おきぐらいに、彼女に視線を向けてしまう。このいかれてしまった頭を、どうにか元に戻さなければ。我慢するんだ。

我慢するという言葉で、思い出してしまった。今朝のベッドでのこと。もう我慢できなくなり、彼女の中へ押し入ると、熱い肉に強く締め上げられた。うう、まずい。彼は座ったまま少し体の位置をずらした。たぶん、長期間女性との交わりがなかったせいだ。半年ぐらい、セックスしていないのだ。仕事が忙しくて、セックス相手を捜そうなんて考えもしなかった。その間、彼の分身はおとなしく下を向いたままだった。今それは、激しく理性に抵抗し、上を向いたままでいたがる。ライリー・ロビンソンの中にいたいと、もっとあの中で過ごしたいと訴えるのだ。

その本人、ライリーは、魔法のコンピューターのモニターを凝視している。

「今朝は誰と会うことになっているの?」ライリーは顔を上げることもなくたずねた。彼女の意識の大部分はコンピューターの画面に向けられたままだ。

やれやれ、と言いたくなったが、ピアースは何も言わなかった。彼女はこれから数時間で、自分に求められている責任を果たすことに集中している。そうあるべきなのだ。絶対的に彼女が正しい。

「まず、マクブライド陸軍総司令官との会議がある。これにはペリー大佐やその部下の情報担当将校たちも出席する。その後、さらなる詳細を詰めるため、別の会議への出席を求められるかもしれない。これはオプランと呼ばれる――」

「実施運用計画ね、ええ、わかってるわ」彼女の言葉に、ああ、この人はNSA職員だった頃、防衛・軍事分野での経験を積んでいたのだ、と改めて思い知らされる。「この問題の解決には、国防総省や議会を横断的にまとめ、国が一丸となった努力が必要だと思う」

彼女はそこで顔を上げた。「つまり、私は国防総省と議会で、同じプレゼンテーションを二回以上はしなければならない、そういうこと?」

「二回では済まないな。何度も繰り返すんだ、悪いけど」

彼女があきらめたように息を吐く。「いいのよ。それしか解決する方法がないのなら、何度でもするわ。さらに、私たちが証明しなければならないのは、すでに受け入れられている概念の否定よ。どうしたって、困難な話だわ。それでも、その既存の概念をこのままほうっておけば、我が国は間違いなく戦争へ突入してしまう。難しい議論になっても、絶対に闘うべきよ」

ピアースは彼女の手を取り、甲にキスした。「そのためには何より、君に無事でいてもらわないとな」

彼女の顔にうっすら笑みが浮かぶ。「言うはやすし、よね。現実は厳しいわ」

「いや」

ピアースは、瞬間的に彼女のほうに顔ごと向け、しっかりと目を見た。知性が輝く美しい水色の瞳。この人を失うわけにはいかない。

今は確かに、二人して危険に向き合っている状況だが、それでも二人のあいだに何かが生まれつつある。大きく育ちそうな何かが。だから、できるだけ性的な衝動を抑えよう。それでも、感情を抑えることはもうできない。

今朝のセックスは、性欲を発散するだけのことではなかった。これまでに感じたことのない、不思議な絆ができたことを感じた。絆だとか運命だとか、以前には自分とは関係ないと考えていたものが、二人をつないだ。親友のラウールは、エマと初めて会った瞬間、わかったと言っていた。わかった、って、何がだ? そうたずねると、この人こそ俺の運命の人なんだ、とわかった、という答が返ってきた。ラウールの言葉を聞いたとき、ピアースは心の中で、こいつ、とうとういかれちまったな、と思った。しかし今……。

「君の安全は、俺が守る。俺だけじゃなくて、多くの仲間が君に無事でいてもらうために懸命に働いている」

そう聞いても、ライリーは悲しそうな顔をするだけだった。「知ってるわ。申しわけないと思ってる」

彼女の手を放すのを惜しみながらも、彼は両手でハンドルを持ち直した。「申しわけない、なんて言わないでくれ。謝るなとジェイコブも言ってただろ? 君が命を脅かされているのは、君が悪いからじゃない。君はただ、世の中の間違いを正そうとしているだけだ。そういうのは誰にとっても、いつでも大変な仕事なんだ」

国防総省が近づくと、車列の先頭車が、高速道路を右に折れ8C出口に向かう。二人の乗った車も、そのまま先頭車に従う。国防総省には一般人用の駐車場はない。おそらくジェイコブが特別許可を取って、駐車スペースを確保してくれているのだろう。

「これ、建物の玄関に入る道じゃないわね」

「ああ」質問に答えてから、ちらっと彼女を見る。「通用口を使うんだ。人目を引かないように」

「ソマーズ・グループがドローンを飛ばしているかも。顔認証できるカメラが搭載してあれば、すぐに見つかるわ」

「当然のことながら、ソマーズはDC近辺に無数のドローンを飛ばし、あちこちの監視カメラをハッキングしているはずだ。それでも国防総省周辺に関しては、さすがのソマーズも何もできない。この界隈にドローンを飛ばすことは禁止されているし、あいつには、法を破って、しかも軍に盾突くような根性はないだろう。だから、心配しなくていい」

「今日の会議に出席する人たちって、技術的なことへの理解力はどの程度だか知ってる？　何もわからない人にこの話をしたって、まるでちんぷんかんぷんだと思うの」

「うーん……。どうだろう。出席者の人選はジェイコブがしたはずだが、選んだ基準は、その出席者が権力構造のどの位置にいるか、であり、技術的なことへの理解力ではないだろうから。ただ、専門の部署の人間もいるはずだし、そういう人たちは、君の話を理解できるだろう」ただ、軍にライリーほど技術的なことを理解できる者がいるかは疑問だと、彼はひそかに思っていた。フェリシティ、ホープ、エマを含めたこの四人のレベルになるのは難しい。

先頭車に続いて、こぢんまりとした駐車場に入る。先頭車の隣のスペースに並べて停め、エンジンを切る。最後尾で警戒していた車も、ピアースの車の隣に入る。銃を座席のあいだのコンソールボックスにしまい、他の車両の運転手の様子を見る。特に合図したわけではなかったが、三人同時に車から降りた。

助手席側に回って、ライリーのためにドアを開く。両手を空けておかなければならないので、手を差し伸べはしなかったが、銃撃から危うく脱出したときとは違って、本来の敏捷《びんしょう》性が戻っている現在、彼女はまったく助けを必要とせず、ぴょん、と地面に飛び降りた。バックパックも、ちゃんと肩に担いでいる。先頭と後続車両にはどちらもブラック社のエージェントが二人乗っていた。

その四人全員が、さっとライリーを取り囲むように、前後左右に位置取り、そのフォーメーションのまま進む。彼らのことは気にせず歩け、とライリーにアドバイスしようと思ったが、彼女は本能的にこういうものだと察したのか、四人の中心を歩く。そのフォーメーションを保ったまま、リバーテラスの入口の横に建つ小さな建物へと進み、中に入る。よくショッピングモールなどでは、でっぷり太った引退警官が暇そうに警備ステーションに座っているが、ここのロビーの受付にいる男性は、そういうのとはまったく違う。若く、筋肉質でいかにも機敏そうな雰囲気で、周囲への警戒を怠らず、透明の防弾パネルの向こう側からこちらを見ている。

こういう場面での準備はできている。ピアースは会社の身分証明書を見せ、他の四人にうなずきかけた。彼らもブラック社の身分証明書を取り出している。ライリーはNSA時代に与えられたバッジを出して、身元の確認をするようだ。受付の男性はそれぞれの証明書を注意深く見て、にこりともせずに来訪者リストの名前と照らし合わせ、そこに名前があることを確認してから、うなずいてエレベーターのほうを示した。彼が手元のボタンを押すと、ブザーとともに入構ゲートが開いた。ただ、その先に金属探知機があるので、そこを通過しなければエレベーターに乗れない。

エレベーターで、一行は地下四階へと下りた。一般向けのガイドブックでは、国防《ペン》総省《タゴン》本部庁舎は地下二階しかない、と書かれているが、そんなのは真っ赤な嘘だ。

エレベーター内でもライリーは前後左右をブラック社のエージェントに囲まれて立ち、静かに目的のフロアに到着するのを待っていた。エレベーターを出ると通路を右側に進み、ここでまた笑顔をまったく見せない警備の男性に、身分証を徹底的に調べられる。発行母体が信用でき、正規の身分証であることを確認したあと、来訪者リストと照合し、そこでやっと重たい鋼鉄のドアを開く。ピアースもライリーの隣に来て、ブラック社のエージェントに囲まれるようにして進んだ。

そこはいわゆるウォー・ルーム、軍事戦略の話し合いのために使われる部屋だった。ぴかぴかに磨き上げられたマホガニー材の楕円《だえん》テーブルがあり、一方の壁面全部を使って設置された薄型のモニターがある。各座席の前にはノートパソコンが置かれている。マクブライド陸軍総司令官がテーブルのいちばん奥に、ペリー大佐がその左隣に陣取っている。他の将校の名前はわからなかったが、階級章から判断すると、大佐があと二人、さらに大尉がひとりいる。壁際に並べられた椅子には若い男女が数人座っていた。テーブルに座る上級将校のような歴戦のつわもの、という雰囲気はなくて、やわで実戦経験はなさそうに見えるが、ライリーの説明を将校たちよりきちんと理解できそうだ。

ジェイコブ・ブラックはマクブライド陸軍総司令官の右隣に座っていた。各々の席の前にネームプレートが置かれており、ライリーのものはテーブルの中ほど、壁の巨大なモニターに面する場所にあった。彼女は自分の席でコンピューターを用意した。ピアースとブラック社のエージェント四人は、部屋に入ってすぐの壁に背を向けて起立したままでいた。ライリーの説明に、ピアースたちは必要とされていない。全員がライリーの準備が整うのを待っている。やがてマクブライド陸軍総司令官が、自分の席のマイクに体を倒し、おほん、と口を開いた。指向性マイクなので、顔を近づける必要はないのだが、習慣的にそうしてしまうのだろう。

「諸君」陸軍総司令官が会議の開始を告げる。「今朝集まってもらったのは、ライリー・ロビンソン博士の話を聴くためだ。彼女は、現在深刻度を増す中華人民共和国との問題に関連する、有用な情報を持っている――と言われたものでね。この会議の招集を決めたのは、ジェイコブ・ブラックがしつこく、彼女の話を聴く重要性を主張したからで――」そこで、ちらっとジェイコブを見る。あてこすりを言われても、ジェイコブは顔色ひとつ変えない。「諸君も知ってのとおり、この男は譲歩することを知らないからな。さて、ロビンソン博士、説明はプレゼンテーションの形で行なうとのことだが、それでいいね？　ここにいるのは、非常に多忙な者たちばかりであることぐらい、君にもわかると思う。だから、さっそく始めてくれ」

不愉快なスピーチに色を添えようと、彼は大げさに手を振り上げて、手首の腕時計を見るしぐさをしてみせた。壁のモニターに正確な時刻が映されているだけでなく、反対側の壁にも大きな時計があるので、腕時計を見るまでもないはずなのに。

彼はただ、ライリーにプレッシャーをかけたかっただけだ。うまい具合に、彼女はそんなことに気を取られたりしなかった。彼女は部屋にいる全員を順に見ていった。彼女が緊張しているのは、ピアースの目にも明らかだ。部屋に入るときに、そっと背中に手を当てて前へと促したが、彼女の体の震えを感じた。プレゼンテーションをすることが怖いのではなく、プレゼンテーションしても理解してもらえなかったときのことを恐れているのだ。

ここはペンタゴン。ゆっくりと、しかし確実に戦争への道へと国民を先導する巨大な政府機関の本部だ。ここにいる人たちにとって、戦争とはビジネスであり、中国と戦争する、ということに喜ぶ人もたくさんいる。限定的な武力衝突だけで収められる、とここの人たちは信じているし、何より、ここで開戦を決定するのは、実際に前線で戦闘する人たちとは異なる。戦争によって昇進する人がたくさんいるのだ。そこに単身乗り込んだライリーが、いけません、戦争はやめましょう、と訴えるわけだ。

皮肉なことに、彼女がこれほど美人であることが、こういう場面ではマイナスに作用する。ピアースは自分の会社で、非常に美しい女性たちが、プロとしてきわめて優秀であることを実際に見て知っている。彼も同僚たちも、フェリシティ、ホープ、エマを尊敬している。美しい外見と実務能力の高さは両立するとわかっている。しかし、軍隊には、美女というだけで、自動的に話をシャットアウトしてしまう者も多い。美貌は能力に反比例すると思っているのだ。彼女はプロに徹した態度ではあるが、美しいことを否定できる人間はいないだろう。

それでも、彼女の信じられないほどの美しさを、全身がどれほどセクシーかを本当に知っているのはこの場で俺だけだ、とピアースは心でつぶやいた。シルクのような柔肌が、しなやかな筋肉を包む。乳房も完璧だ。あのふくらみにキスすると、彼女の呼吸が荒くなる。そして脚のあいだを舐めると、背中を反らせる。そして濡れてきた場所が……。

そこで彼の下半身がびくっと反応した。まずい。

彼は少しヒップを左右に動かして、自分を叱りつけた。国防総省の本庁で、開戦の危機について話し合う場なのだ。勃起している場合ではない。

「おはようございます」ライリーの冷静な声に、ピアースははっと背筋を伸ばした。その効果は彼だけではなく、部屋の全員に及んだ。みんなが彼女に注目する。「私はライリー・ロビンソンと申します。今回の説明はいいかげんなものではないと証明するため、私の経歴を少しお伝えしましょう。私は大学院でコンピューター・サイエンスを専攻し、博士号を取得して院を卒業しました。院では他に統計学とデータ・サイエンスでも博士号を得ています。国家安全保障局で働いたあと、現在は国家偵察局に籍を置いています。偵察局では中国の人民解放軍の動きを追い、その変化を分析して報告する仕事が担当です。人民解放軍の動きを録画した動画なら、おそらく三千時間以上見ていると思います。

三日前、コンゴ民主共和国で撮影された衛星画像に目が留まりました。映像をそのまま見たかぎりでは、人民解放軍がアメリカ人研究者のグループを襲撃していると思えました。しかし、画像のここ、ここ、ここ、に注目してください。不自然なことにお気づきでしょう」

彼女は話しながら、コンピューターを操作して、壁のモニターに画像を映し出した。隠れ家で見せてもらったのと同じだが、壁一面に広げてあるためサイズが大きく、しかも高画質だ。『ここ、ここ、ここ』と言うときに、彼女はレーザーポインターを使って、不自然な部分に注目するよう促す。これも隠れ家で言われたのと同じだが、こちらのほうがぼやけることなくはっきり見える。

その不自然さを全員がしっかり理解するまで、彼女は少し待った。「画像分析を専門にしている人間なら、これがフェイク映像であることはすぐにわかります。これを一見しただけでも騒ぎ出す人がいるはずです。しかしディープフェイクというのは、修正を上書きするプロセスを繰り返すもので、何回か繰り返せば、不自然なところはなくなっていくのです。数時間後に、同じ映像はこういうものになっていました」

モニターに映し出された映像の画質は最高で、細部まではっきりと映し出されていた。中国人の兵士がアメリカ人を攻撃している。中国人の顔は表情まで見えるし、制服も完全に人民解放軍のもの、制服に付けられている階級章までちゃんと読み取れる。「ところが」ライリーが説明を続ける。「実際の映像は違うのです。フェイク修正をはがすと、元々の映像はこうなります」

壁のモニターは、静止画像になり、虐殺の中でも特に残忍な場面を映し出した。そして修正が一プロセスずつはがされていく。何度か画像が波打っては新しいものに代わるのを繰り返したあと、完全に焦点の合った静止画像が映し出された。同じシーンだが、内容はまったく異なるもの。

部屋で多くの人が息をのむ音が聞こえた。ピアースはお偉方を見ていたのだが、全員が一様にショックを受けているようだった。誰もが目の前の画像を即座に理解した。これが重大な意味を持つことを。

「〝人民解放軍によるアメリカ人研究者襲撃事件〟と思われた事象は、ソマーズ・グループの特殊戦闘員もしくは傭兵による、同胞アメリカ人への無差別攻撃であったことがわかります。過剰な暴力を用いた、非武装の民間人の殺戮。しかも民間人が傭兵に不適切な言動を行なった痕跡もありません」

ライリーはそのまま映像を流し続けた。そして最後の、衛星がこの地区を撮影できなくなる直前で一時停止ボタンを押す。

「すでにご存じのとおり、この民間人グループは疾病管理センターとエール大学から派遣された科学者で、新種のエボラウイルスの研究を行なっていました。私がこの映像を見ることになったのは、私が中国軍の海外での展開を専門にしているからです。私はこれがディープフェイクであることを突き止め、上司であるヘンリー・ユーに報告し、見てもらいました。他の人の目のない私のオフィスで見せたのですが、その理由は、どこをどう見ても、政治的な大問題になるのは明らかだったからです。私は映像のコピーを作り、ユー博士にそのコピーを渡しました。ユー博士は彼の上司であるモリス・サータン博士に報告すると言って私のオフィスを出ましたが、実際に報告できたのかどうかはわかりません。そのあとすぐ、ユー博士が頭を撃たれて死んだ、という知らせがオフィスに広がったのです。そしてふと見るとソマーズ・グループの制服を着た男たちが、重武装で建物内を歩いていました。そのようなことが可能である理由さえわかりません。というのも、建物に入るには金属探知機を通過しなければならないからです。ともかく、男たちは私のオフィスを目指して進んできました」

そこで彼女は言葉を切り、マイクをオフにして用意されていた水を飲んだ。その冷静沈着な態度に、ピアースは感心した。あのときのことを思い出すのは、どれほど怖いだろう。そして詳しい説明を省きつつも、そのときの雰囲気をじゅうぶんにお偉方に伝えている。お偉方は、調べる気になれば実際にどうだったかをすぐに知ることができる。ヘンリー・ユーがどこで殺されたのか、実際に上司のところまでたどり着けたのかどうか。

「私は偵察局から逃げ出しました。ソマーズ・グループに狙われているのがわかっていたので……非常に恐ろしい体験でした」逃げ出すために、誰の手を借りたかは、一切口にしない。ジェイコブ・ブラックと彼の会社、それにピアースの名前を出さないことで、助けてくれた人たちを守ろうとしているのだ。

「ロビンソンさん」マクブライド陸軍総司令官が口を開いた。

「ロビンソン博士です」ライリーにぴしゃりと言われて、マクブライドの口元が強ばる。彼は、上背はそんなにないが横幅はあり、がっしりした体に不愛想な四角い顔が載っている。彼は笑みもなく、目をすがめてライリーをにらんだ。

「ああ、許してくれたまえ。当然そうだよな。君は博士号を持っているんだから。いや、かなり衝撃的な話だね。ただ事実として、我が国は地政学的な危機の最中にあるわけだ。敵はこちらへの態度を硬化させるばかりだ。ところが君の話では、これはすべてソマーズ・グループが行なったことに端を発しているという。人民解放軍の兵士は無関係だと」彼は敵意に満ちた威嚇的な表情で、少し身を乗り出した。

そのとき、ピアースのスマホのバイブレーションが着信を知らせた。こういう会議に参加する際、本来であれば電源を切っておくのだが、今はいろんなところで駆け引きが行なわれているので、正しい情報をいち早く知ることは非常に大事だ。彼はそっとスマホを取り出し、画面を見た。

ＨＥＲルームより発信：マクブライド陸軍総司令官は、今年度末に退役後、そのままソマーズ・グループに採用されることが決まっている。契約書には現在の三倍の報酬が支払われることが明記されている。

まったく、うちのＩＴ部門の女王様たちは最高だ。彼女たちがどうやってこの情報を入手したのかは知らないが、マクブライド陸軍総司令官がこの会議に参加するいちばんの大物であること、そしてその総司令官が、エイドリアン・ソマーズにすっかり抱き込まれていることを調べ上げたのだ。本来であれば、会議の冒頭にでもマクブライド本人が、自分は年内にソマーズ・グループに雇われる身であることをこの場にいるみんなに伝えるべきだった。特に虐殺事件を起こしたのはソマーズ・グループの傭兵であったと説明したあとは、ここに留まって意見を述べる資格はない。

「ロビンソン博士、話の順序が逆なのではないかね？　中国軍がアメリカ人研究者を襲った事実が存在したあと、ソマーズ・グループの戦闘員によるものだと、映像を作り変えたのでは？　言っておくが、ソマーズ・グループは我が国最大かつもっとも評判の高い軍事会社だぞ」

ジェイコブ・ブラックが、身じろぎするところをピアースは見逃さなかった。

ライリーはあっけに取られている。2＋2は5だ、と言われたような顔をしたあと、前のめりになって話す。「マクブライド陸軍総司令官、この映像にはタイムスタンプが押されています。順序は今説明したとおりです」

マクブライドはしかめっ面をして、若い部下を手招きした。部下は慌ててテーブルに駆け寄る。ひそひそと話し合ったあと、若い部下は、きっぱりと首を横に振る。マクブライドがいっそう不機嫌そうになり、部下はマイクを示して、何かを話したそうにする。マクブライドは少し脇によけたが、椅子を持ってこい、とは言わなかったようで、若い部下は中腰のまま発言した。

「ロビンソン博士、この画像をＣｙｃｌｅ‐ＧＡＮにかけてみましたか？　このプログラムをご存じのない方のために説明しておきますと、Ｃｙｃｌｅ‐ＧＡＮには画像に関して、生成側と識別側の二つのネットワークがあって、生成側は識別側を欺こうと学習し、識別側はより正確に識別しようと学習する、いわば敵対関係にあるため、敵対的生成ネットワークと呼ばれます。ディープフェイクを作成するために使われますが、ディープフェイクを暴くためにも有効なんです」

「いいえ、使っていません」ライリーはうっすらと笑みを浮かべた。「Ｃｙｃｌｅ‐ＧＡＮによるディープフェイクの識別信頼度は72％ですので、私が自分で設計したプログラムを使用しました。このプログラムの識別信頼度は98%になります」

若い男性の顔が、ぱっと明るくなった。「98%？ すごいですね、それなら――」

横にいるマクブライドの顔が、いよいよ険しさを増すのに気づき、ライリーのプログラムへの興味を押し殺した。「え、えっと、データ転送はフレーム単位で行なわれたんですよね？ それで合ってますか？」

ライリーがうなずく。「はい、そのとおりです。各フレームにそれぞれRS符号を貼りつけ、フレームごとにエラー訂正をしています。データ223バイトごとに、233パリティビットを追加しています。フレーミングのパターンも追加してあり、さらに畳み込み符号を……」

ライリーの技術的な説明を理解しているのはその部屋で五名――男性二人と女性三名だけだった。五人とも、興味津々《しんしん》で聴き入っている。五名とも壁際に座る若い人たちだ。他は全員、お偉方は当然、ピアース自身もちんぷんかんぷんだった。

しかし彼が畳み込み符号について理解する必要はない。彼が注意深く見ていたのは、人間の行動が示すものだ。彼女の説明を理解している者たちは、憧れにも似た表情で彼女を見ている。また理解できなくても、賞賛をこめた眼差しで彼女を見ている人たちもいる。そして、説明が続くにつれ、どんどんと敵意をむき出しにしてくる人。マクブライドはその代表格だ。

「いい加減にしろ！」マクブライドが、どすん、とこぶしでテーブルを叩く。話の途中で、ライリーは言葉を失った。確かに彼女は、ここに来た理由を忘れてしまっていた。話の通じる技術者からの質問に、彼女は非常に細かいところまで返答し始め、そのことが楽しかったようだ。

「二時間前に中華人民共和国が、航空母艦ロナルド・レーガンに向けてハイパー・ミサイルを発射した事実を、博士は知っているのかね？　このミサイルは、ロナルド・レーガンのようなニミッツ級航空母艦にでも穴をあけ、沈めることが可能な威力を持っている。中国はますます強硬になり、戦争に向けて着々と準備を進めている。その間我々は、針の目は何ピクセルに収まっているか、みたいな議論に夢中になってるんだ。こんな会議はまったく無意味だ。今必要なのは、戦争に向けての戦略を練ることだ。まったく時間を無駄にしたよ」

そう言うと、マクブライドは目の前の資料をまとめ始めた。

しかし、ライリーが静かに反撃した。「中国がハイパー・ミサイルを航空母艦ロナルド・レーガンに向けて発射したことは知りませんでした。おそらく米国が台湾海峡で存在感を増したことへの対抗措置でしょう。ハイパー・ミサイルが我が国の航空母艦に穴をあけなかったのは、中国軍には穴をあける意図がなかったからです。人民解放軍が本気でロナルド・レーガンを沈没させる気であったなら、今頃ロナルド・レーガンは海の底です。彼らの軍事力なら、細かい調整をプログラムすることができるのですから。中国も米国も、強大な軍事力を誇り、相手に壊滅的な打撃を与えることができます。当然、核戦争になる可能性もあります。それを考えると本当にぞっとします。こうやって双方が強硬な姿勢を崩さなければ、確実に軍事衝突に発展するでしょう。しかし、発端はディープフェイクによる動画なのです。嘘に騙されて戦争をするのですか？　米国は私の祖国であり、私はこの国を愛しています。愛する祖国が戦争によって荒廃してしまうのであれば、さらにその原因が虚偽であるのなら、戦争を回避するため、最後まで努力します」

彼女の言葉など、ほとんど聞きもせず、マクブライドはどすどすと部屋を出て行った。他の出席者もぞろぞろと陸軍総司令官に従ったが、退出する際には彼女に同情的な目を向けていた。ピアースの見たところでは、かなり多くの人が彼女の説明に納得したようだ。

彼は壁から離れ、彼女の肩に手を置いた。華奢な体だな、と改めて思った。説明しているときの彼女は、大きく見えた。打ち負かすことなどできない人のように思えた。実際は繊細で傷つきやすい人なのだ。彼女は、自分を守る手段としては頭のよさを持つだけの、ひとりの若い女性だ。

いや、大勢の味方がいる若い女性だ。まずピアースが彼女を守る。そして彼の会社が、さらにジェイコブ・ブラックとブラック社が。

「よくやった」低い声で伝える。「多くの人を説得できたと思う」

顔を上げた彼女の打ちのめされた表情に、ピアースは一瞬パニックを起こしそうになった。

「ありがと。でも陸軍総司令官は説得できなかったわね。大佐の二人は、最初の映像に疑問を持ち始めたみたいだったけど」

あとで、マクブライドの退役後の計画を彼女に伝えよう。

「説得できなかったのは、あいつだけだよ。ほぼ全員が納得してたと思う。みんな、どの程度理解できていたのかは疑問だが」

彼女は、ふっと笑みを投げかけてきたが、その顔に疲労がにじむ。この数時間、彼女が抱えてきた心の重荷がどれほどのものだったか、ピアースはすぐに気づいた。

「あの人にディープフェイクの修正過程を説明するのって、犬に税金処理を説明するみたいなものね」

思わず声を上げて笑いそうになり、彼は咳ばらいをしてごまかした。少年の頃、彼の家にはメイジーという名の非常に頭のいいボーダーコリー犬がいた。あの犬なら、おそらくマクブライドより彼女の説明を理解できただろう。

「午後五時に、また会議が予定されている」

「ええ」彼女が疲れた息を漏らす。「あなた、それにあなたの会社やブラック社には、いくら感謝してもしきれないわ。あなたには本当に……よくしてもらって」そう言うと、彼女は真っ赤になった。ピンクに頰を染める彼女が本当にかわいい。何をよくしてもらったか、彼女の頭の中が見える気がする。

彼は彼女に体を近づけて、耳元でささやいた。「君も俺に、よくしてくれたさ」

彼女がいっそう赤くなる。こんな彼女を見られてよかった。その直前までの顔色は、死人のように青ざめていたのだ。あまりにストレスが大きすぎて、体のほうが対処できなくなってきている。少しばかり朝の記憶を呼び起こしてからかうことで、彼女の顔に赤みが戻るのならいいことだ。

国防総省職員は基本的に軍に所属しているので、会議の終了とともに出席者はすばやく退出する。それでも若い男性技術者のひとりが彼女の前で足を止め、自己紹介してきた。男性はどうやら大学院で彼女の数年後輩にあたり、同じ教授に師事していたらしい。二人が技術的な話を始めると、ピアースは少し退いて話から外れた。男性の熱心さははた目にも明らかで、彼女の仲間として味方をしてくれる人物のようだ。

仲間か。そう思うと記憶がよみがえり、辛い。海軍時代が懐かしい。SEALであることは――SEALであったときは、楽しかった。仲間――チームメイトのことが大好きだった。ほとんど体を洗わないやつがいて、いつも汚ねえなあ、と文句を言いはしたが、そいつのことだって好きだった。そしてラウールとは本ものの兄弟みたいな強い結びつきができた。部隊での規律も気に入っていた。ひとつの目的のために、全員で行動する感覚、どんなときでも、何ひとつ説明をしなくても、必ず仲間が助けてくれた。

その日々を奪っていったのは、最低の新任指揮官、いや正しくはサイコパスの殺人者だった。あいつが着任してから、疑問に思うような命令がいくつも出された。そのせいで仲間が危険にさらされたことも何度かある。任務の目的はどんどん曖昧になり、命令はますますおかしくなっていった。

この若い技術者——おそらく二十代半ばになったばかりか——はマクブライドの部下という立場と、自分の信念との板挟みに陥っている。ライリーの説明を理解できた者は全員、彼女が真実を語っていることがわかっている。戦争に突入する理由が、虚偽に基づく情報であることも知っている。胸がむかつくような失態を隠す目的で作られた嘘だ。

ただ、見方を変えれば、驚愕の事実にも思いいたる。戦争をしたい人たちというのが存在するのだ。彼らがこの事件を引き起こしたわけではないが、戦争をする口実が空から降ってきたから、そのチャンスを逃すまい、としている。どこの馬の骨とも知れないオタクの女が真実を伝えようとするのなら、その女を潰そうと考える。

ライリーと後輩男性の技術的な話が終わった。お会いできてよかったわ、本当にすばらしいプログラムですね、といった言葉を交わしたあと、男性がその場を離れた。その後ライリーはスマホを見て、険しい顔つきになった。ジェイコブも同様に、最新ニュースを確認している。

ジェイコブはライリーとピアースの前にやって来た。「ライリー、すばらしいプレゼンだった。次の会議は一七：〇〇時の予定だったが一六：〇〇時に繰り上げられないか調整してみる。夜にでも、ホワイトハウスで説明会ができるといいんだが。大統領に助言できる人と、直接話す必要がある」

「ま、マクブライドじゃ無理だな」ピアースはそう言って、渋い顔で先ほどのメッセージをジェイコブとライリーに見せた。「フェリシティ、ホープ、エマの三人で、今後会議に出席する全員のバックグラウンドを調べてみるそうだ」

「ASI社のIT部門の女性たちは、本当にすごいな」ジェイコブが感心している。

「うむ、バックグラウンドがわかれば、実に助かる。ところで、この情報が確かか、聞くまでもないよな？」

「ええ、その必要はない」ライリーが即答した。「あの三人が文書にしてメッセージを送ってきたのなら、間違いないわ。でも、これでいろんなことの謎が解けたわね」

そしてジェイコブの腕に触れて、訴える。「すごく悪い予感がする。最悪の事態に発展するんじゃないかと、不安で仕方ないわ。私たちが次の行動を起こす前に、武力衝突が発生するんじゃないかしら。そうなれば、もう引っ込みがつかなくなる。そのときになって、この映像はフェイクだったとみんな信じてくれても手遅れよ」ライリーはぎゅっと目を閉じ、ふうっと息を吐いた。

ピアースはジェイコブに向かって言った。「俺はライリーを隠れ家まで送っていって、何かお腹に入れさせる。午後の会議まで、彼女にはゆっくり休んでもらいたいんだ。今夜は徹夜で、説明会を開くしかなさそうだから」

ジェイコブもうなずく。「俺も護衛車列の一台に同乗していこう。隠れ家まで一緒に行って、その周辺で時間を潰し、出発の時間になればすぐに出られるようにしておく。他に連絡を付けておきたいやつがいるから、俺はその間も電話をしまくるよ」

ペンタゴンの建物を出るのは、入るよりも簡単で、みんなは護衛車両の前にすぐにたどり着いた。ピアースとライリーが先に車に乗り込むと、ジェイコブがその車の屋根を、コン、コン、コン、と叩いた。

「一五：〇〇に、うちの車が君たちを隠れ家に迎えに行く」そして少しかがみ込んで、助手席のライリーに向かって言った。「午後からの会議では、鬼が出るか蛇が出るか、心してかかれ。午前の会議で、俺たちの行動に弾みがついた。そうなれば、反発してくるやつもいる。かなりの抵抗を覚悟するんだぞ」

彼女は、わかった、と軽く頭を下げ、それを見てジェイコブは車から離れ、三台のうちの別のSUVに乗った。ピアースが車を発進させようとしたそのとき、ライリーが彼の腕に手を置いた。

「待って」

「どうした?」

「乗ったまま、他の車ともコミュニケーションを取る方法はあるわよね?」

「もちろん。何か言っておくことでもあるのか?」

「この車列なんだけど、順序を変えたほうがいい。私たち――つまりこの車を先頭か、最後尾にするの」

ふむ、とピアースは考え込んだ。「いや、いいんだが、保護対象者の乗る車両を真ん中にして、前後の守りを固めるというのは、警護の鉄則なんだ。この鉄則を曲げなければならない理由でもあるのか?」

ライリーは肩をすくめる。つまらないことを言ってしまったと思っているようだ。

「あなたは警護の鉄則と軍隊での慣習を踏襲する。私はただ、数学的な可能性から考えただけ。無作為な順序で車列を組むほうが、攻撃を避けられる確率が高くなるから」

ピアースは彼女の様子をじっくり見た。普通の人なら、叫び出したくなるような状況なのに、彼女はしっかり平静を保っている。防空壕《ごう》にかくまってほしい、どこにも行きたくない、と言い出したっておかしくはないのに。武力衝突を回避するためには、自分が頑張るしかない、と理解しているのだ。政府で本当に力を持つ人間をこちら側に引き入れられるのは、彼女の説得しかない。

車列の順序を変えろというのは、勘のようなひらめきだろう。しかし、それを無視する権利はピアースにはない。彼女の勘がそう訴えるのなら、従うべきだ。彼自身、戦場で二度ほど、第六感のようなもので本来とは違う道を進んだために命拾いしたことがある。彼女の勘が当たらないとしても、意見を尊重して何が悪い？

彼はイヤホンを二度タップして、別の二台に話しかけた。

「こちら二号、これより二号車が最後尾となる。了承の上、確認を願う」

「二号車が最後尾となる、了承。確認した」すぐに返答があった。ピアースは車線を変えて、さっきまで最後尾を走っていた三号車に進路を譲り、等間隔を保ちながら、最後尾へSUVを移動させた。

「ありがとう、ピアース」ライリーが静かにつぶやいた。

「いいんだ」自分の声に感情がこもっていないのはわかっている。普段なら車を運転するとリラックスできる。しかし、今は車列を組んでの移動中で、もしかしたら襲撃を受けるかもしれない状況だ。本当に襲撃されるとは思えないものの、全神経を運転に集中し、しっかり前を向き、道路や地形に不審なところはないか気を配らねばならない。

彼の緊張が伝わったのか、彼女は会話をやめ、背もたれに体を預けて自分のコンピューターを見始めた。こういうところも自分と共通するな、と彼は思った。仕事をすると落ち着くのだ。

ラッシュアワーでもないので、隠れ家への帰途は順調だ。ピアースは周囲にしっかりと気を配ってきたが、今のところ何も問題はない。尾行する車もない。

すると突然、ライリーが小さく何かをつぶやいた。

「何だ？」

こちらを向く彼女の瞳は美しいが、今そこには警戒感が満ちている。「ね、ジェイコブは私たちをドローンで追跡させている？」

「いや、そんな話は聞いていない」彼はまたイヤホンを二度タップした。ジェイコブ本人に確認したあと、またライリーを見る。「やはりドローンは飛ばしてないそうだ。現在DC近辺で、ブラック社がコントロールするドローンは一機も飛んでいない」

「私たちを追跡しているドローンがあるの。十分前から、ずっとあとをついてくる。車列から百メートルほど後ろ」

ちくしょう！

他の二台にもその事実を伝えた。この通信手段がハッキングできないことはわかっているので、他の車ともどう対応すべきかを話し合っていると、ライリーが悲鳴を上げた。

「ドローンが何かをこちらに向かって撃った。回避！」

「回避！」ピアースが叫ぶと、車は三台とも蜘蛛《くも》の子を散らすように脇にそれ、その瞬間、さっきまで車列の真ん中だったところで爆発が起こった。このSUVの防音装備は強力だが、それでも衝撃音が伝わってきた。その後、アスファルト片や砂利のようなものが、雨のように車を打った。

「しっかりつかまれ」ピアースはそう言うと、急ハンドルを切って縁石に乗り上げ、路肩に出た。そのまま芝生の上を進み、大通りへ入る。向こう側にウォーターゲート・ホテルが見える。

通行する車のあいだをぬって、ホテルの駐車場に入ると、彼はアクセルを踏んで遮断機式の入口のバーを突破し、そのまま地下二階へと進んだ。そこで急ブレーキを踏み、壁からほんの数センチのところで車を停めた。大急ぎで車から降りると、事情を理解しているライリーはちゃんと助手席側のドアの横に立っていた。バックパックを抱え、ピアースから何を言われてもすぐに次の行動に移れるようにしている。

さすがだな、と彼は思った。こんなすばらしい女性、めったにお目にかかれるものではない。ヒステリックになるわけでも、体を硬直させて何もできなくなるわけでもなく、彼からの指示を待ち構えているのだ。

指示を出さねば――どこに行けばいい？　八方ふさがりだ。どこかで情報が漏れたのだ。どういういきさつだったかはわからないが、情報漏れがあるとすれば、ブラック社しか考えられない。つまり、あの隠れ家に戻るのは問題外だ。彼はイヤホンを二度タップして、他のドライバーを呼んだ。

「そっちは無事か？　ロバーツ、カリン、応答してくれ」車列の真ん中、つまり爆発物を撃ち込まれた車に乗っていたエージェントたちだ。

「こちら、ロバーツ」応答はあったが、息が荒い。「危ういところだった。回避、と叫んでくれなかったら、間違いなくやられてた。恩に着るよ」

「礼はライリーに言え。彼女が見つけたんだ。さっきのドローン、まだ上空にいるのか？」

「いや、迎撃ミサイルで落とした。しかし、派手な迎撃戦になったから、警察に事情を説明しなきゃならないんだ。現場で警察の到着を待ってる。君らはどこにいる？」

ピアースは返事をためらった。ロバーツやカリンのことは、完全に信用している。しかし、ブラック社の内部に裏切者がいる可能性は考えねばならない。いずれ見つかるだろうが、そのときはただでは済まないはずだ。ジェイコブ・ブラックがどれほど恐ろしいかを考えると、そいつが気の毒にさえなる。しかし、ライリーの身の安全を保障するのが自分の責務なのだから、今はブラック社と連絡を絶つしかない。

「ライリーと一緒に、俺はしばらく消える。そのうちこっちから連絡する」

今度はロバーツのほうが返答をためらった。「あ……ああ。了解。彼女を守り抜けよ」

「そのつもりだ」

ピアースは、駐車場の入口に続く傾斜路から目を離さなかった。今のところ、追いかけられている気配はない。爆発により、地上は大騒ぎになっているはずだ。彼はライリーの手を取り、エレベーターへと向かった。

「ロビーから外に出る必要がある。しばらく監視カメラを切っておけるか?」

彼女は腕にコンピューターを載せてバランスを取りながら、作業に取り掛かる。

「ホテルの監視カメラをすべて切っておくわ。そのほうが、ロビーに注目が集まらないだろうから。もちろん、エレベーター内のカメラも切っておくわね」

すばらしい。ピアースの中で気持ちが昂り、ついキスしてしまった。彼女はびっくりしたのか、唇が半開きになったままでセクシーだ。彼はコンピューターを指してたずねた。「作業は終わったのか?」

彼女は最後にエンター・キーを押した。「ええ」それだけ言うと、またバックパックにコンピューターを戻した。

「よし、ロビーを通過するにあたっての注意事項だ。いかにもホテルのロビーにいる人、みたいに見えなければならない。人の目を引いてはいけないので、走るのはなしだ。しかし、俺たちはすばやく外に出たい。こういう場合、できるだけ大股で歩くんだ。俺たちは、互いのことしか眼中にない様子で、誰も何も視界に入らない、という感じにする。人は、他人から見つめられると、その視線に気づくものだからだ。君は俺の腕につかまり、遅れないようにしてくれ。ただし、必死でついていってるという感じは出さないでもらいたい。そしてまっすぐに出口へ向かう。質問は？」

「ないわ。急いで歩くけど、急いでいると思われないようにする。互いに夢中なカップルのふりをする。まっすぐ出口に向かう」

「すばらしい」本当にすばらしい女性だ。自分がすべきことを、正確に理解している。

エレベーター内で、ピアースは今後の予定を説明した。「おそらくブラック社に裏切者がいるんだろう。認めるのは辛いが、そうでなきゃ、俺たちの居場所やどの車両を狙えばいいか、なんてわかるはずがない。ということは、あの居心地のいい隠れ家も、敵には知られていると考えたほうがいい。あそこには戻れない。誰も知らない場所で身をひそめるんだ」

「そんな場所、あるの？　ホテルなら簡単に身元を知られるし、民泊みたいなところもだめよ。ああいうところは、カードが必要だから、ちょっとしたハッキング技術を持つ人なら、簡単に突き止められる」

「俺は会社の仕事でこっちに来たんだが、任務が終わったら数日休みを取ってDCでゆっくりするつもりだった。ちょうど出張で家を空けるという昔なじみがDCにいたので、留守番役として、そいつのところに滞在するつもりだった。部屋の鍵も先に預かっている」

エスカレーターがロビー階に到着しようとしている。彼女は彼を見上げてたずねた。

「そうなの？　観光が目的だったんだ」

美しく、勇敢で、頭のいい女性が目的だった。

「いや」もう覚悟して認めよう。「君と会って、自己紹介し、デートに誘うつもりだった」

リン！　エレベーターのドアが開いた。

10

『デートに誘うつもりだった』
ドアが開くのと同時に、ピアースの衝撃の言葉がライリーを襲った。目の前には混雑するウォーターゲート・ホテルのロビーが広がる。ピアースは彼女の背中に手を置き、ロビーへと促した。少し足元が乱れたのは、彼の言葉が頭で大きく反響したままだったからだ。

この人は、元々しばらくワシントンＤＣに滞在する予定だった。目的は私をデートに誘うため。

そんなことを考えると、さまざまな可能性が広がり、足を前に出すのすら忘れてしまいそうだった。ピアース・ジョーダンほどかっこいい男性には、いまだかつてお目にかかったことがない。しかも、自分の親友とすでに仲がいい。そんな男性からの連絡を受け、自己紹介のあと、お茶でも飲みませんか、とか言われたら、すごくうれしかったはず。楽しくおしゃべりをして、じゃあ、夕食も一緒に、という流れになる。

初めてのデートだ。帰り際に、軽くキスしたかも。次は彼女のほうから、食事を用意するから家に来て、と言う。またキスをする。最初のキスより、少し長くなる。そして、週末ずっと一緒に過ごす。そして互いをよく知り、心の準備ができたら、ついにベッドをともにする。

実際は、初めて彼を見たのが命を狙われて逃げている最中だった。銃で撃たれ、彼が運転する車を目指して必死に走っているとき。そのあと、彼のワイルドな運転に真っ青になった。彼が運転に関して、超絶技巧の持ち主だったことは、そのあとわかった。その後はずっと、ほぼ一緒にいるが、常に危機一髪の状況だった。

例外は、そう、今朝のあのときだけ。すばらしい時間だった。

「ライリー?」ピアースの低い声に、はっとする。

だめ、だめ。今もまだ身の危険が迫り、逃げている最中なのだ。ピアースにのぼせ上がって、ぼうっとしている場合ではない。ピアースは確かにうっとりするほどすてきだけれど、死んでしまったら意味はないのだ。常に周囲への警戒を怠らなければ、生きていられる可能性は高くなる。

二人はロビーに出た。装飾の刻まれた美しい真鍮《しんちゅう》の柱が特徴的な場所だ。右側には名高いウィスキー・バーがあり、壁にびっしりとウィスキーのボトルが並べてある。先月、仕事関連の集まりがあってここに来た彼女は、退屈しきって早く終わらないかな、とボトルを眺めていた。その隣は……。

「私について来て」ピアースに耳打ちすると、彼は何かを問いただすこともなく、黙って一緒に来てくれた。一刻も早く外に出たいはずなのに、こちらの提案に従ってくれる。すごい人だ。彼女はそのまま、ホテルのギフトショップに入って行く。高級ホテルらしい、高価な品が並ぶその店で、彼女は自分用につばの広い麦わら帽を、彼のためには野球帽を選び、それぞれがかけるサングラスと一緒に、ポケットにあった現金で代金を支払った。ここでクレジットカードの履歴を残してしまっては、何にもならない。

二人はまたロビーを進んだが、さっきより身元がばれる不安は低くなった。彼は、いかにも彼女に夢中な様子で笑いかけてきた。

「よく思いついたな」うなずいて、彼女のほうもそれらしい笑みを返す。

「帽子をかぶっていたカップルのことを覚えている人はいるかもしれないけど、その帽子をかぶっていたのがどういう人かまで思い出せないでしょ」

彼は一見、普通に歩いているようだが、前もって言われていたとおり、大股で進む。彼女も歩幅を広げた。彼ほど脚は長くないが、どうにか走ることなくついて行く。

これなら、ロビーに大勢いるカップルと変わらない。ハッピーで、悩みごとなどなく、カジュアルな服装の男女。ピアースは顔を彼女のほうに傾け、親密に会話を楽しんでいるふうに見せているが、実際は帽子のつばで顔を隠しつつ、サングラスの奥から周囲の様子に油断なく注意を払っていた。大きなロビーにいる人全員を、チェックしているのだ。追手がいるとしても、現在はその姿を確認できない。軍事会社の戦闘員らしき人間は見当たらない。同伴者らしき人を連れていない男性は、かなり年配だったり、でっぷり太っていたり、あまりにおしゃれな服装だったりして、追跡に向いているとは思えない。当然だ。ここは名高いウォーターゲート・ホテルであり、格式の高さだけでなく、政治の世界で権力を持つ富裕層が集まることで評判の場所なのだから。そういう人たちは、自分で何かをするのではなく、対価を支払うことで、誰かに自分のための何かをさせるものだ。

ロビーの正面玄関にある大きなドアにたどり着くと、ピアースがぼそりと言った。

「出たら右へ」

外に出て、言われたとおり右に折れるために、彼女はかかとを軸にしてくるりと回転した。すると彼は枝の密生する生垣へと突進した。

彼の突然の行動にも、彼女はしっかりあとを追った。体に小枝や葉がくっついている。生垣を抜けると、小さな店の裏側に出る。その向こうは高級ブティックなどが並ぶショッピングモールだった。当然、大きな駐車場がある。

ピアースは駐車場の中を、捜しものでもするように、ぐるぐる歩き回る。集中して何も言わないので、ライリーはただ、彼の後ろを歩いた。この窮地を脱するための何かを捜しているのだろうが、それが何なのか、ライリーには、今のところさっぱりわからない。

しばらくすると、彼が何をしているのかわかった。盗む車を捜しているのだ。ただし、通常狙われる、新しい高級車ではなく、彼の目的はくたびれた雰囲気の車のようだ。かなり古い車がやっと見つかると、彼は小さく、よし、とつぶやいた。塗装は剝《は》げ、下塗りの錆《さび》止めが見える。見るからに年代物だ。ライリーは車に興味がないので、それが何という車なのかは知らなかったが、古いことはすぐにわかった。

当然、盗難防止のアラームなど設置されているわけがない。ピアースは彼女を横に立たせて、自分の手先が周囲から見えないようにした。あっという間に、運転席側のドアを開く。ドアのロックをピッキングで解除したのだ。ほとんど神業と言っていい速さだった。

さらにハンドルの前に座った彼は、ライリーが助手席に座ってシートベルトを締め終わるまでに、点火装置をショートさせてエンジンをかけていた。

「適切かどうかはわからないけど、あなたってすばらしい窃盗技術を持ってるわ。これ、褒め言葉のつもりよ。何の苦もなく、車を盗めるのね」

「ま、これも海軍で学んだ技術のひとつさ」集中していたために険しい顔をしていた彼は、そこでさっと頭を上げ、にんまりした。この表情だと、十歳は若そうに見える。バスケの試合で、思いがけずに最後にシュートを決めた子どもみたいだ。しかしすぐに無表情に戻り、つぶやいた。「つかまってろ」

こう言われたあと、何が起きるかはもうわかっているので、彼女は背もたれの横にあるオーバヘッド・グリップをしっかり握って身構えた。彼はタイヤを軋らせ、路面にタイヤ痕を残して車を出した。車は、U‐ターン禁止の場所でスモークを立てながら方向を変え、駐車場を飛び出し、交通量の多い首都中心部の道路を走り始めた。

誰ひとり殺すことなく。

正直、こんなことをしたら絶対に事故を起こす、と彼女は思った。

「これを」あらかじめ用意してあったのだろう、彼が使い捨ての携帯電話を取り出した。「パーカー通り132番を見つけてくれ。カロラマという町にあるらしい。この町のことは知ってるか?」

「ええ、場所がどこかはわかる」彼女は番地を地図アプリに入力した。すぐに出てきた近辺の様子を見て彼に伝える。「かなりの高級住宅街よ。ここに住むのはすごく高くつく。オバマ夫妻の家もこの町にあるの。あなたの友だち、ここに住んでるなんて、お金持ちなのね」

「金融業界で働いてるやつだから」

道中、ピアースは何度か罵《のの》り言葉を吐き、こぶしを振り上げたが、その結果、かなり速くカロラマに到着できた。

「この先、運転しながら自分で番地を確認する？　それとも私がナビ役を務めましょうか？」

「君が案内してくれ。頼む」

「いいわ。三つ目の角を右に折れる。そのまましばらく道なりに進んで」

案内しながら、彼女はカロラマの歴史的建造物について語り、また魅力的な新しいビルのことも説明した。さらに、前を通り過ぎるバーやギャラリー、高級レストランについても話した。

「目的の番地から、三ブロック手前で教えてくれ」

「わかった。えー……ここで、ストップ」

近くの狭い駐車スペースに、彼が難なく車を停める。彼女ならここに駐車するのに、最低十五分はかかるだろう。

エンジンを切ると、彼がまっすぐに見つめてくる。「このあたりの防犯カメラを切っておけるか？　特に目的地のある通りのカメラはすべて、何も映せないようにしてほしい」

「いいわよ」彼女はコンピューターを取り出し、地域を選んで、監視カメラのある建物を特定してカメラを切った。「どれぐらい切っておく？」

「そうだな、二十分ぐらいでいいだろう。外に出るときは、またカメラを切るように設定してくれ」

言われたとおりにしてから、彼を見る。「できたわ。次は何？」

「帽子とサングラスだ。顔を下げつつも、逃亡中の人間だとは思われないように歩く」

「携帯電話の画面を見ているふりをするわ」

「すばらしい。さすがだな」

彼の褒め言葉に、胸がいっぱいになる。感動してしまうなんて、ばかな私、と彼女は自分を戒めた。彼は会話の流れでそう口にしただけで、たいした意味はない。しかし、彼女にとっては意味があった。脳内から放出されたエンドルフィンが、彼女の体内に広がっていく。

彼は目的地の住所を覚えていたが、かなり遠回りした。彼がライリーの肩に腕を回し、二人で彼女のスマホを覗き込むふりをしながら――画面はオフになっている――迂回《うかい》路を進む。頬を寄せ合って歩く相手としては、ピアースは最高だ。すごく背が高いが高すぎることはなく、彼のわきの下に彼女の肩がぴったりと収まるのだ。彼は、こちらの歩みに合わせて歩幅を調整しているはずだ。これだと彼にとっては歩きづらいに違いない。それでも二人は、長年カップルであったかのように、ぴたりと歩調を合わせて進む。昨日初めて出会った者同士にはまったく見えないだろう。

気温は上がっていたが、彼の体が発する熱が太陽より温かく感じられる。ストレスがたまって、体の冷えを感じていた彼女にとって、この温かみはありがたかった。彼の体に触れる場所から、熱が伝わってきて、凍えそうな骨にしみる。また彼の体からパワーを受け取っている気もする。頼もしい筋肉や、鋼鉄の意志の宿る彼の全身の細胞すべてが、彼女に力を分け与えてくれる。そして外見としては、この上なくセクシーな男性。ああ、気が散って仕方ない。

生垣を抜け、裏通りを音を立てないように歩き、芝生を突っ切って走るあいだも、彼女の頭の中には、ピアースって何てすてきな人なのかしら、ということしかなかった。今朝愛を交わしたとき、体全体が電源みたいになっていて、彼に触れられるたびに、ぱちっと火花が散るように思えた。頭——自分の本質である精神のほうは、電源が切られたように思えた。これまでの彼女の人生をずっと支えてきたもの、そしてライリー・ロビンソンという人間を形成しているのが、この精神なのに。彼の愛撫で興奮が高まると、何にも考えられなくなった。あの時間に起きたこと、そのすべてが彼女の性的興奮をかき立てていった。触れられる前から、すでにこれまで体験したことのない興奮状態にあったのだ。だから、乳房にキスされただけで絶頂を迎えてしまった。彼の指を自分の体の中に感じたとき——そして彼そのものがそこに入ってきたあのとき、絶頂から下りる間もなく、また高く昇りつめていた。

体にまた熱を感じて、膝から力が抜ける。けれど、足がもつれることはない。転ぶのは不可能だ。彼が支えてくれるから。

一瞬、ここがどこかを忘れかけたが、彼はちゃんと覚えていた。二人は、月桂樹の垣根のある大きな家の門の前に立っていた。標識に〝パーカー通り、132番〟と書かれている。門の横には各戸への呼び出しブザーが十個並んでいる。

「ここだな」ピアースはひとり言のようにつぶやいたあと、彼女を見た。

彼女がうなずくと、彼は門を開けるコード番号を門横のパネルに打ち込んだ。周囲を緑に囲まれた芝生の中に、レンガを敷き詰めた小径が二人を建物へと誘《いざな》う。やがて建物の玄関にたどり着いた。ここでも彼は建物内に入るためにコードを打ち込む。中に入るとすぐにエレベーターホールがあった。

不安で胸がいっぱいになった彼女は、息苦しくなってピアースを見上げた。完全にリラックスした彼が、頭を下げて顔を近づけてくる。

「もうすぐだから」低い声でつぶやき、彼女の髪をかき上げて耳にかける。誰が見ても、互いに夢中で、他のことは眼中にない恋人同士だと思うだろう。

彼女は、顎から力を抜き、できるだけ深く息を吸い込んでからうなずいた。

エレベーターには、運よく他に乗ってくる人がいなかった。ここは将来有望な若いビジネスマンが気に入りそうなアパートメントだ。住んでいるのもそういう人ばかりだろう。現在まだ午後四時なので、若いビジネスマンなら仕事中のはずだ。

五階でエレベーターを降り、二人は五〇二号室へ向かった。住居のドアでもまたコード番号が必要で、さらにピアースは鍵も取り出した。ライリーは自分の胸の高鳴りを意識した。もうすぐだ。

分厚いドアが音もなく開き、いい感じに調度された住まいだなあ、と彼女が思うのと同時に、ドアがバシンと閉められ、銀行の金庫の中にいる気分になった。

彼女の体はドアを背にして、たくましくてどっしりした体に押しつけられていた。彼がキスしてくる。キスが続く。さらにキス。濃厚なキスだった。彼はしっかりと肌を密着させ、唇だけでなく、全身でキスしてきているようだ。一瞬驚いた彼女も、すぐに彼と同じようにキスにおぼれた。

すべてのこと――危険、虚偽、迫りくる戦争――が、何もかもが、頭から消える。ピアース以外のすべてが、さあっと失せていく感覚を彼女は味わっていた。彼女の世界にいるのはピアースだけ。頼もしい大きな背中に腕を回し、強く自分からも抱き寄せると、二人の体が溶け合うように思える。

今、自分たちはいったいどんな世界にいるのか不思議な気分で、彼女は薄目を開けてみたのだが、すぐに閉じていた。開けてはいられない。目を閉じると、彼に集中できる。彼の筋肉が自分の肌の下で動く感触、彼の体から放たれる熱量、彼の下腹部が自分に押し当てられる様子。巨大なサイズになった彼のもの。

いつの間に、ここまで勃起したのだろう？　ほんの一分ほど前まで、周囲を警戒しながら逃げていたはずなのに。しかし、自分もまさに同じ状態だった。今すぐにでもセックスできる。何時間も前戯を楽しんだかのように。

何らかのスイッチが入り、恐怖が欲望へと形を変えたのだ。一瞬で。強いエネルギーを伴って。今自分が生きているのは、この熱い欲望のためだけ、とでも言うように。その他に必要なものなどない。

彼女は夢中で彼のシャツを引きはがしていた。自分で何をしているのかも気づいていなかった。最後のボタンが外れず、彼女はそのままボタンを引きちぎった。ボタンが飛んで、コンと床に落ちる音が聞こえた。彼の肌に直接触れると、うれしくて喉を鳴らしてしまった。

自分の肌が、直接彼の裸を感じているのはどうして？　そう、知らぬ間に、着ていたコットンのニットシャツとキャミソールを脱がされていたのだ。いつ脱がされたのかもわからないが、彼の大きな手が、ブラの下へ入り、乳房を持ち上げる。そのままブラも脱がされていた。彼女の首筋に唇を這わせながら、彼は自分のズボンの前を開け、ブリーフも一緒に床に落とす。二人は裸で抱き合いながら、ゆっくりと体を揺らし、互いの肌の感触を楽しんだ。

「あっ、しまった」唇を重ねたまま、彼がつぶやく。

頭がぼうっとして、何も考えられなくなっていた彼女も、ついたずねた。「何があったの？」

少し離した彼の顔で、唇が赤く、少し腫れぼったくなっていた。自分の唇も同じようになっているのだろうと、彼女は思った。

「ブーツだ」ああ、なるほど。編み上げるタイプのブーツがまだ残っていたのだ。彼女はすぐにしゃがみ込み、ブーツの紐を緩め、ひとつずつ彼の足から脱がせた。はだしになった彼を、しゃがんだまま見上げる。

「まあ！」思わずそう叫んでいた。

背筋を伸ばして、彼の男らしさをじゅうぶんに見る。本当にすてき。完璧な男性像とは、このことだろう。細身の体をしなやかな筋肉が包み、力が入るたびに筋肉が波打つ。ギリシャ彫刻みたいな、完璧な姿だ。驚愕すべきは、彼の中身も完璧であること。おおらかな心、高潔な人格。言行一致。友人を助け、祖国を愛する人。何もかもがそろった、ほれぼれするような理想の男性。

その男性が、私のものなのだ。

彼女は彼の体に触れ、ゆっくりと立ち上がった。彼の肌に手を滑らせ、ふくらはぎ、腿……そして彼のペニスを手に取る。男性器をたくさん見てきたわけではないけれど、彼のものは……男性美の象徴だ。手に伝わる熱と力がうれしくて、そっと撫でる。そして次に、強くしごくように。もういちど。すると彼が痛みに耐えるように、鋭く息を漏らした。なるほど、これは刺激が強すぎたようだ。

彼女のほうも、興奮が激しい。体の中心に太陽があるみたいで、ちょっとした刺激でも昇りつめてしまいそう。彼の手がその部分に触れたら、間違いなく絶頂に達する。

彼女は手を彼のお腹のほうへと上げた。硬く引き締まった腹部から胸筋へ。彼はじっとしたまま、彼女のすることを見守る。されるがまま、という感じだ。ところが、彼女が彼の首に腕を巻きつけたとたん、彼はうめき声をあげて、彼女を床に押し倒した。床にはふかふかのカーペットが敷いてあったのは幸いだった。彼はそのまま自分のものを彼女の中に入れると、猛烈に腰を打ちつけ始めた。力のかぎり、という感じで激しく突き立てられ、これほど濡れていなかったら、痛かったかもしれない。彼女のほうも強い興奮状態にあったため、痛みはまるでなかった。

彼の激しい動きに応じて、彼女も腰を高く突き上げた。もっと刺激が欲しい。もっと中まで、これ以上無理という奥の奥まで、彼を迎え入れたい。勢いのある激しく、濃密なセックス。こんなセックスが長らく続くはずはない。彼女は腕も脚も彼の体に巻きつけ、彼に体を密着させた。彼の硬い筋肉に爪が食い込む。指で彼の筋肉の動きを感じる。背筋を使って、強くヒップを押し込んでいるのだ。嵐の海で、救命ボートにしがみついている気分。そのうち、彼女は体が燃え上がるのを感じた。下腹部の筋肉が強く収縮するのは、脚のあいだが痙攣《けいれん》するかのように彼を激しく自分の中に引き込もうとしているからだ。

彼が、ああっと低く叫び、絶頂に向かい始めた。ヒップを猛烈に押し引きし、彼女を強く抱きしめる。息ができない。でも、呼吸なんて要らないと思った。彼の近くにいたい。もっと近くに。彼のハートのそばに。彼が自分の中で動くのを感じていたい。彼の鼓動と自分の鼓動が激しいリズムで呼応するのを聞いていたい。

次の瞬間、二人は同時にぴたりと動きを止めた。彼の首筋に顔を埋めたライリーは目を閉じ、その静止状態に含まれるすべてを慈《いつく》しんだ。

二人ともまだ息が荒い。覆いかぶさる彼の体がすごく重い。彼女の体の半分はふかふかのカーペットに載っているが、残りは硬くて冷たい床材の上だ。ピアースは床に手を置き、体を起こす準備をした。しかし彼女は、彼の体に巻きつけた腕と脚に力を入れて、動かないで、と無言で訴えた。確かに、体は窮屈だ。けれど、彼に覆いかぶさられている感覚がうれしくて、もう少しこのままでいたい。しっかり守られている感じがある。オーガズムが完全に収まっていなくて、体はまだ震えているので、守られている感覚がありがたい。窮屈だろうが、我慢できる。

彼が、小さく荒く息を吐き、彼女は首筋に彼の息を感じた。耳元の髪がふっと揺れ、彼女の背筋がぞくっと反応する。どうしよう。かなりまずい状況だ。このまま、またセックスできそうだが、さすがにもうエネルギーが残っていない。

「大丈夫か？」

ライリーは手先やつま先を動かしてみた。ピアースに押さえつけられていて、他の場所は動かせない。とにかく、ちゃんと動く。全身、どこにも悪いところはなさそうだ。うまく言葉にできなかったので、ん、とつぶやいてうなずいた。

「悪かった、普段の俺なら、こんなことは――」

「私も同じよ」どうにか言葉を絞り出す。普段の彼女では考えられないことを、今、してしまった。もしかしたらこの体はエイリアンに乗っ取られてしまったのかも。ああ、この前、そういうゲームをしたばかりだ。虫に寄生するキノコ菌の一種が感染症を起こし、世界がパンデミックで混乱する。そこでのサバイバル・ホラー。『ザ・ラスト・オブ・アス』だ。

「でも本当は、悪かったとは思っていないんだ」彼が付け加える。

「私も同じよ」さっきの言葉を繰り返す。すると彼がクスッと笑った。二人とも危うく死にかけた直後で、しかも世界大戦の危機を回避できたわけではないのだから、笑い出すのは不謹慎な気もしたが、それでも笑いたくなる彼の気持ちはわかった。

ふん、と鼻息も荒くライリーが彼の言葉を受け止めると、彼はついに大笑いし始めた。笑い病にかかって回復しない、みたいな感じで笑うと、そのウィルスが伝染し、彼女も笑い出した。お腹の底から笑いが噴出し、どうにも抑えられない。彼女はピアースの首に顔を伏せて、彼ならではの匂いを吸い込もうとしていたのだが、笑いが止まらず、息が吸えない。笑いすぎて体が震える。するとまた、大きな鼻息が響いて、またピアースが笑い出す。手が付けられない状態だった。

ピアースは彼女を抱きかかえたまま床に寝転がった。彼女は半分彼の上に載り、半分は床に触れる状態になった。笑うたびに、彼の筋肉が収縮するのを感じる。

ほんの一瞬、彼女はこの姿を天井から見下ろしたら、どんなふうに見えるだろうと想像してしまった。笑い転げる自分たちの姿は、本当にばかみたいに見えるはず。それを思って、また新たな笑いの波に乗ってしまった。

ああ、笑いすぎてお腹が痛い。涙が出る。

でもすてき。片方の手を彼の胸に、史上最高の、世界一すてきな胸に置き、彼の手を自分の体に感じる。彼の胸が上下するのに合わせて、自分の手も上下に軽く動く。

笑い合っているあいだ、時間は止まった。その笑いの中で、二人が感じていた恐怖や怒りは消えていった。他の世界など必要ない。今この瞬間、二人は笑い転げているだけ。気持ちの凝りがほぐれていく。しばらくして、彼女はやっと普通に呼吸できるようになっていた。涙を拭いながら、ゆっくりと息を吸って、吐く。ピアースのほうを見ると、彼も目元を拭っていた。

彼がそっと下半身を離す。二人とも、下腹部がひどく濡れている。ピアースは彼女の脚のあいだを手で覆い、唇を重ねた。

「コンドームを使わなかった。だが、いつもすごく気をつけているから、健康状態には何の問題もない。しばらく誰とも寝ていないし」

「私も、健康には問題がないし、かなり長いあいだ、セックスしていない。それから、タイミングとしては当たり、というか、まあ、見方によっては、外れね、妊娠する時期でもない」彼の頰に手を添える。二人の子どもを持てるかもしれない。ただ、今はできていない。それは断言できるが、いつか持つことはできる。

他の男性が相手なら、そんなことを考えた瞬間、パニックになっていただろう。けれどピアースとなら、考慮の価値のある論題だ。二人はセックスした。妊娠の可能性はいつだってある。ただ、今はできなかっただけ。

彼女は頰杖をついて、彼を見た。「ちょっと聞くけど、隠れ家のベッド脇テーブルにコンドームがあるって、どうして知ってたの？」

彼がにやっとする。「ジェイコブから聞いた」

「えーっ！　私たちがセックスするって、知られていたのね？　恥ずかしい」

「いや、そういうわけではない。心配するな。そんなこと、わかるはずがないし、これからも秘密だ。ただあの人は、俺が君に見ほれているのに気づき、コンドームなら用意してあるぞ、と言っただけさ。ＳＥＡＬｓでは、常に万一の備えを怠るな、と教えられるからな。身についた癖みたいなもんだ」

彼女は仰向けに寝そべり、天井を見上げた。「ふーん」

「そう言われたときは、君をどうにかして口説き落とす方法を考えていた。きちんとステップを踏んで、時間をかけて」ピアースは、ライリーの手を取り、手のひらにキスする。「でも実際は、あっという間にこういうことになった。おかしなものだよ。俺は女性を押し倒したりするような男じゃないんだ。初めてのときは、欲望が膨れ上がり、我慢できなかった。今回のは——たぶん、生きている喜びを分かち合いたかったからだな」

彼女はほほえみながら、彼の目を見た。「そうなの？」

彼はライリーの体を抱き寄せ、額に口づけした。「ボディーガードとしては失格だな」頬にもキスする。「君は、爆弾で吹き飛ばされるところだった」

「そうともかぎらないわ。だって、死なずに済んだもの。違う？」横目で彼の顔を見ていたが、ほほえんでリラックスしていた表情が、いっきに険しくなった。

「かろうじて、だけどな。やっと大切な君という人と出会えたのに、もう少しで失うところだった」

「あなたたちの世界では『もう少しで』という言葉は意味がないんじゃなかった？ 実際、危ういところではあったけど、もう少しで、というのは勘定に入れないんでしょ？ もう少しで、は……」

「……蹄鉄《ていてつ》と手りゅう弾《グレネード》を投げるときだけに使う言葉」ピアースがその先を引き取って言った。これは昔、野球選手が〝惜しい、なんて、野球では意味がないんだ〟と言う際に使った表現だ。「実際、あの爆弾はグレネードランチャーから発射されたものだ。あんなのが車に当たっていたら、ひとたまりもなかった。君がコンピューターで調べてくれたから助かったけど、もし――」

「私はコンピューターで確認した。もし、していなかったら、は存在しないのよ。ところで、あれが私たちの車列だと、どうしてわかったのかしら？ 正確に狙いをつけていたわ。情報漏れがあったに違いない」

彼は深く息を吐いた。「ああ、俺もそのことを考えた。だからこそ、隠れ家には帰らず、ここに来たんだ。情報が漏れる可能性があるのは、ブラック社だけだからな」

「そう考えるのは悲しいけど、それしかないわね。本当に辛いわ」

彼女が同意するのを見て、ピアースの顔も強ばる。「本当に、嫌になるな」眉をひそめてライリーを見ると、昂然《こうぜん》と言い切った。「ジェイコブ自身ではないからな」

彼女はびっくりして、少しのけぞった。「まさか。それはない。ただ……」

「ただ……そうだな」

あきらめたように息を吐き、ピアースは立ち上がり、彼女に手を差し伸べた。実際、彼女は筋肉に力が入らず、体がぐにゃりとしたままだったので、ありがたく彼の手を取った。この男性と一緒にいると、絶え間なくホルモンが分泌されるみたいだけれど、筋肉は役に立たなくなるみたいね、と彼女は思った。今、いつものジムでウォール・クライミングをしたら、最初のホールドポイントまでも到達できないだろう。

彼女が立ち上がるとすぐ、ピアースは彼女の肩に腕を回し、しっかりと抱き寄せた。二人とも全裸なので、恥ずかしさや気まずさ、みたいな感覚が生まれるのが当然なのだが、何も感じなかった。ただ、彼がそばにいてくれることがありがたかった。それに、何だか体の中に熱が生まれてくるような……世界が粉々になるみたいな強烈なオーガズムを体験したすぐあとだから、そんな気が起きるはずがない。けれど、実際に体の奥が不思議にうずく。

ほうっと息を吐き、彼にもたれかかる。背の高いたくましいこの体は、もたれかかるためにあるのだ。

これまでの人生で、彼女は誰かに寄りかかったことなどなかった。特に母親には。

父親にいたっては、その存在すらなかった。だから彼女は、誰とも深くかかわりたくないし、自分は誰も必要としていないと強く信じていた。大きな間違いだった。今回のような窮地に、自分ひとりで立ち向かわねばならないとしたら……。きっと頭がおかしくなるだろう。今の彼女は、冷静にものごとを判断できる。もちろん不安はあるが、ピアースの存在のおかげで心を強く持てる。どんなにひどい状況になっても、彼は必ず自分のそばにいてくれると信じられるから。

その信頼感が、彼女の中の冷たく空っぽな部分を満たしてくれた。自分にそんな部分があるのさえ、これまで気づかなかったのに。

彼の胸に頭を預けているので、彼が話すと、声による振動を直接感じられる。

「ハニー。ジェイコブと連絡を取る必要がある」

振動は妙にセクシーで、同時に心を落ち着かせてくれた。言葉の内容は右耳から左耳へと通り過ぎた。

「ん？」

彼は少し体を離して、彼女の両肩に手を置いて向き合った。「ジェイコブ・ブラックと話す必要があるんだ。話して、計画を新たに練り、これまでよりうまくやるんだ」

その言葉に、ぼんやりと恍惚《こうこつ》感に浸っていた彼女の頭が、しゃきっと目覚めた。何度か瞬きをして、彼を見る。そう、大きな問題に直面しているが、彼がいる。ひとりじゃないのだ。

彼が、顔に落ちてきた髪をかき上げて耳にかける。

「そこで質問だ。携帯電話を使わずに、彼に連絡を取る方法はあるか？　絶対に、どこかで誰かが俺たちを追跡しているはずだから」

「方法がひとつある。もし敵に少しでも有能なやつがいたら、それでも居場所が知られるだろうけど」彼女は自分の姿を見下ろし、部屋の向こうに落ちている外れたブラ、脱ぎ捨てられた服を眺めた。「でもまずは、お互い服を着たほうがよくない？」

11

またか。社員の誰かからの電話は、すなわちライリー・ロビンソンを取り逃がしたという報告になる。もう習慣みたいなものだ。

俺には他に考えなきゃならんことがあるんだ、とソマーズは思った。もっと大事なことが。契約書がどんどん降ってくる。自社の戦闘員を増やさねばならない。海外での売り上げを隠す口座を作らねばならない。今や彼は、国を動かす権限を与えられたも同然だ。くだらない動画にかかわり合っている暇はない。ロビンソンのやつがあの映像をあちこちに広める前に止めればいいだけだ。

あの女を始末すれば、すべては解決する。そう思っていた。そこに電話が入った。呼び出されたのは、台湾にある世界最大の半導体製造工場の警備のため、大部隊を派遣する計画を話し合っている最中だった。この仕事を請け負えば、数億ドルもの売り上げが懐に入る。

その話し合いを邪魔してまで連絡を入れてくるのは、大きな問題が発生したからだ。

それぐらいすぐにわかる。ライリー・ロビンソンを始末するためのチームまで作ったのに。これで終わりにするはずだったのに。電話はチームのリーダーからだった。チームはドローンを使うことに決めた。彼女が乗るのはどの車両かという情報は得ていたので、車列がペンタゴンを出ると同時に追跡を始めた。ドローンにはグレネードランチャーを搭載し、攻撃性能にも問題はなかった。簡単な仕事……のはずだった。ちくしょう！　どうやって失敗するんだ？

「ボス、悪い知らせです」

そう聞いた瞬間、体に稲妻のような怒りが走るのをソマーズは感じた。悪い知らせとは、ライリー・ロビンソンがまだ生きているということだ。他にはあり得ない。そしてあの女はまだ毒をばら撒《ま》き続けている。事前の準備として、ソマーズはちゃんと手を回しておいた。陸軍総司令官を抱き込んだのだ。退役後の仕事として大金を提示したら、飛びついてきやがった。他にも募集をかけてあるので、そこそこの大物を釣り上げられる予定だ。しかし、そんな準備をあざわらうかのように、女は逃げおおせた。これからも動画鑑賞会を開き、彼の行く手をはばむ。こっちは今、事業拡大の最中なのに。

「逃げられました。全員です」

「何でそんなことになった？　ドローンを使ったんだろうが、この間抜けが！」

普段の彼は、自分の部下と良好な関係を築くことにしている。ソマーズ・グループの戦闘員は、法的にも倫理的にも問題のあることをするよう求められる。そういう場合、やさしい言葉をかけ、たっぷり報酬をはずむと、彼らの気持ちも収まる。しかし現在のソマーズは、どうしてもやさしい言葉を口にする気分にはなれなかった。頭から湯気が出そうに激怒している。こいつらは、若い女のひとりも始末できないのか？

国家偵察局の本庁から逃げる際にも、あの女を助ける人間が現われた。ものすごく運転のうまいやつ、という話だった。彼氏か？　そうかもしれないが、彼女にはボーイフレンドがいないと、多くの証言を得ている。とすれば、その男は何者だ？　その男をとらえた映像もない。

その後、女は姿をくらませた。自宅にも戻っていない。アパートメントの前で張り込みをさせたので、これは間違いない。調べたかぎりでは、泊めてくれるような友人もこの近辺にはない。ＤＣから逃げようにも、飛行機も、列車も、バスも使っていない。ホテルの宿泊記録に彼女の名はなく、民泊を利用した形跡もない。いったい、どこに行きやがったんだ。

マクブライドの話では、女はペンタゴンにはジェイコブ・ブラックと一緒に現われたらしい。ふむ、そのあたりに秘密があるのか。ブラックのやつは、いつもソマーズ・グループを羨んでいるからな。いやあっちの会社のほうが規模は大きいのだが、俺の会社には本ものの男がいるからだ。とにかく、ブラックのやつならソマーズ・グループを悪く言える口実があれば飛びつくだろう。俺の評判を落としたくてうずうずしてるんだから。

ブラックがロビンソンを助けているという話は噂になりつつある。ふん、これをブラック社凋落《ちょうらく》のきっかけにしてやる。ブラックは自社の競合相手だから、ソマーズ・グループを貶《おとし》めようとしている、誰もがそう思うはず。ロビンソンとどうやって知り合ったのかまではわからないが、あいつの情報網はピカイチだ。あの女の存在、そして女がソマーズ・グループの名前に傷をつける動画を持っていることをどこから聞き出したのだ。そしてすぐさま、女をブラック社側に引き入れた。

ちくしょう、ジェイコブ・ブラックめ。目にもの見せてやる。

ソマーズ・グループはブラック社を吸収し傘下に置く。最終的には、ブラックとかかわったすべてを消し去ってやる。あんなやつ、何もできないじゃないか。契約を結ぶ前に、あれこれと注文をつけるんだから。あの会社には、できないことが多すぎる。いずれソマーズ・グループが、ブラック社の現在の契約も奪い取る。

近い将来、ジェイコブ・ブラックをこてんぱんにやっつけるつもりだったが、ペンタゴンで説明会が開かれたのはまずかった。いろんな意味で。唯一の救いは、ロビンソンのくそ女が示した証拠というのが技術的に高度なもので、軍上層部の人間には理解できなかったことだ。理解していたのは下っ端のやつだけ、とマクブライドが言っていた。

これまでの経過を考えると、ブラックがあの女をかくまっているわけか。そう結論づけたソマーズは、社員のひとりが持つ情報に頼ることにした。この男はブラック社を最近クビになったばかりで、ブラック社に関する情報はまだほとんどが最新のものだった。さらにブラック本人が、女を隠れ家まで送り届ける車列の一台に乗り込む予定であることまで確認できた。

よし、千載一遇のチャンスとはこのことだ。中国製のグレネードランチャー搭載ドローンを四機用意した。ドローンは撃墜《げきつい》されるだろうが、証拠として残るものが示唆するのは、中国が米国内でも火器を使用した可能性。国内世論は対中国強硬論が圧倒的多数になる。ここでロビンソンとブラックは退場し、残るは中国。一致団結して中国をやっつけよう、という話になる。すべてが丸く収まる。

ドローンはペンタゴン上空を飛行できないので、敷地内を出てから追跡を開始し、すぐに爆撃した。

当初の目的はロビンソンの抹殺だったが、一緒にブラックを始末できるのなら、最高だ。死なないかもしれないが、大怪我でも負えばもう社長としてブラック社を率いるのは無理だろう。そう思った。

その状況をドローンのカメラで確認したかったが、Ｚｏｏｍミーティングの予定があった。台北にいる半導体メーカーの社長と話さなければならない。大口の顧客になってくれそうな大事な人だ。だから、彼自身はドローンを追わないことに決めた。会議に集中すべきだ。そして話し合いは、非常にうまくいき、巨額の警備費用が支払われることになりそうだった。これで、ソマーズ・グループは、世界一の軍事会社になれるな、と思った。自分の体内をアドレナリンが駆けめぐるのを実感した。電話が鳴ったのはそのときだった。彼はなごやかな別れの言葉もそこそこに、Ｚｏｏｍを終了した。

そして電話で、ロビンソンとブラックの両方がドローンによる攻撃から逃げおおせたと報告された。さらにロビンソンはどこに消えたか、まったく行方がわからないらしい。報告を受けて、彼は全社に緊急指令を出した。ライリー・ロビンソンをつかまえろ。

その後すぐ、数億ドルもの売り上げになるシンガポールでの事業契約書にサインし、戦闘員の数を増やすために社員を新規採用し、パナマに新たな銀行口座を開き、クアラルンプールに開設するソマーズ・グループのオフィスのお披露目計画を考えた。ああ、この本社の拡大も考えなければ。

ちくしょう。俺は忙しいんだ。今、本当にキングになろうとしているから。ロビンソンにはかかわっていられない。あの女には死んでもらう。

ピアースは友人のクローゼットから普段着を捜し出して身に着けた。友人はかなりおしゃれなほうだが、人目につく服装は避けたほうがいいし、何より高級ブランドだと落ち着かない気分になる。外に出るつもりはないが、万一の場合でも、浮いて見えるような格好はするべきではない。そもそもライリーほどの美人だと、何もしなくても男性の目は引き寄せられる。女性だって羨望の目で彼女を見てしまう。

任務の最中に、さかりのついたウルバリンみたいに警護対象の女性にとびかかってしまった自分を、恥ずべきだ。実際彼は、自分の行動を恥ずかしく思っていた。頭の片隅では。しかしその小さな一部を除けば、最高の気分だった。世界の頂点に立ったような感覚。もう少しで死ぬところだったから、生きている実感を得ようと性的な交わりを持つのは、非常に原始的かつ、人間の本能みたいなものだ。そのことについては納得している。ただ、これまで命の危険のある任務を何度も体験し、その直後セックス相手を求めたことなど、いちどもない。いや、そういう問題ではないのだ。今回は例外、すべてにおいて、何もかもが普段とは異なる。ライリーに対する気持ちも、これまでに感じたことのないものだ。

だが、生きている実感を確かめ合い、死にかけたことを過去に追いやった今、前に進まねばならない。

このアパートメントは広々とした流行のコンドミニアムのような造りではないが、それでも内部は豪華だ。主寝室、書斎、それに来客用の小部屋、申しわけ程度の流しとコンロのあるダイニング・キッチンがあり、大きなバスルームの他に、来客用の洗面所も用意されている。ライリーが大きなバスルームに入って行き、シャワーの音が聞こえた。超豪華なシャワーブースは、最近〝森の中でラベンダーの雨に洗われる〟という広告で有名な、香りつきの湯が出るシャワーヘッドが六つもあるものだ。しわを伸ばそうとしてか、ライリーは服をバスルームのドアにハンガーで吊《つ》るしていた。シャワーから出てきた彼女はすっきりした感じで、あたりを見回してピアースに気づくとにっこりした。満面の笑みがその場を明るく照らす。曇り空から、太陽がのぞいた瞬間みたいだった。彼の胸の中で、何かが音を立てた。彼は、どんとこぶしで心臓を叩いた。

痛かった。

「おう」静かに声をかける。

「おう」彼女が答える。

彼女のほうに歩き始めた彼は、ＴＶモニターの前で足を止めた。ケーブルＴＶのニュース専門チャンネルに合わせていたのだが、ミュート状態にしてあった。映像が気になり、音声を流してみる。

いつもの盛り髪の女性が、心配そうな表情でニュースを伝えている。

中国危機の最新情報をお伝えします。中国軍戦闘機により、我が国のMQ - 9ドローンが撃墜され、その後拿捕《だほ》された事件の続報です。報告によると、リーパーという愛称で知られる最新型無人ドローン、MQ - 9が通常の監視任務中に東シナ海上で中国軍によって墜落させられ、その後奪取されました。これらはすべて国際法に触れる違法な行為ですが、中国側は、リーパーが『領海侵犯をして、国際法上許されない不正な偵察活動』を行なったとして、問題の原因は米国にあると主張しています。

米国は中国によるこの行動を強い言葉で非難するとし、ドローンの即時返還を求めています。国防総省によるプレスリリースでは、ドローンの撃墜は危険な行為かつ、奪取は違法であり、この地域での緊張を煽《あお》るものだと、中国を牽制しています。中国との緊張関係は、コンゴ民主共和国で人民解放軍兵士がエボラウイルスの調査を行なっていたアメリカ人研究者を殺害した事件をきっかけに、高まっていました。

しかし、中国政府は自軍の行動の妥当性を主張、当該地域でいたずらに緊張感を煽っているとして米国を非難しました。中国外務省から発表された声明で、中国政府は『南シナ海での、国際法に違反した好戦的な活動を今すぐやめるべきは米国である』としています。また米国は、中国の主権と領土保全を尊重すべきであるとしています。

今回の事件は、中国と米国との緊張関係が続く中、しかも中国が自国の領土であると主張して紛争になっている島々やサンゴ礁の多く存在する東シナ海で起きたわけですが、米国はこれまでどおり、この地域での監視活動を継続する予定です。ただ中国はこの監視活動についても、繰り返し、主権の侵害であると米国を非難しています。米国のドローンを中国が拿捕したことで、二国間の緊張はさらに増すと考えられます。これまでにもコンゴでの事件をきっかけに緊張は高まっていたのですが、これから、貿易をめぐる多くの未解決事項、人権問題、台湾問題など、対立の激化が予想されます。

以上、定時のニュースでした。中国危機については、新たな情報が入り次第、引き続き当チャンネルがお知らせします」

ピアースとライリーは、顔を見合わせた。

「MQ‐99リーパーの費用は千七百万ドルだ」ピアースは損害額を概算してみる。「さらにヘルファイア空対艦ミサイルを複数個搭載しているはずだが、ミサイル一ユニットあたり、十五万ドルはかかる」

「次回、ドローンが人民解放軍のジェット機と遭遇《そうぐう》したときは、こちらに時間的な余裕があり、実際にミサイルを発射してしまうかもしれないわね。そうなれば、東シナ海には多くの中国兵の死体が浮くことになるわ」

二人は互いの認識を確認し合った。一触即発の状態ではあるが、今のところどちらにも死者は出ていない。どちらかに戦死者が出た瞬間、状況はいっきに悪化する。そこから最終局面へと発展するのはあっという間だ。

「そうね、あなたの言うとおりだわ。そろそろジェイコブ・ブラックと話さないと」

ピアースの中で、葛藤《かっとう》が起こる。こうやって心を決められないのは、普段の彼らしくない。いつもは敵味方の区別ははっきりしていて、敵対するか、仲間としてすべてを打ち明けるかなのだが、今は……。

「ジェイコブとは話す必要があるが、俺たちの居場所は知られないようにしよう。ジェイコブを信用していないわけではない。だが、情報漏洩《ろうえい》があり、それはどう考えてもブラック社で起きている。漏洩した人間の正体がわからない以上、危険を冒すわけにはいかない。俺たちの命がかかっているんだから」

「そうね。安全に話す方法を考えついたわ。正確には、私の親友たちに頼むんだけど。ホープとエマに連絡を取り、二人からジェイコブにつないでもらうの。私たちは月にいるとさえ、ジェイコブに思わせられるわ」

「うちの女王様たちを使うのか?」ピアースが笑みを浮かべる。「うむ、フェリシティ、ホープ、エマは会社では女王様として扱われている。だからそう呼ばれているんだ」

ライリーも笑みを返した。「女王様？　何だかいい響きね」彼女の指は高速でキーボード上を動いている。あまりに速いので、指はキーに触れずに、空中を動いているだけかと思うほどだ。もちろんきちんと操作していたのだろう、すぐにホープの顔が画面に出た。続いてエマ。どちらも美人だ。

「ああ。心配してたのよ」ホープが口を開く。「大丈夫なんでしょうね？」

ライリーはピアースの顔を見るが、彼は君が話して、とジェスチャーで伝えた。これまでの状況を説明するのは、彼女のほうが適任だろう。

「あなたたちも知っているとおり、午前中、軍の上層部の人たちへの説明会が開かれた」ライリーが話し始める。「出席したすべての関係者が、私の説明を理解してくれたとは思えないけど、部下として同行していた若手の技術部門の人たちは、わかってくれたと思う。問題は上層部ね。ディープフェイクの映像を本ものだと信じきっていて、実際のできごとを記録したものではない、なんてどうしても思えないみたい。ただ、問題はそれだけではないの。隠れ家に戻ろうとする帰り道、車列が攻撃されたのよ」

「え？」ホープとエマが、同時に声を上げた。

「何だと？」太い声が横から割って入り、ラウール・マルティネスがホープとエマのあいだから顔をのぞかせた。かなり怒っているみたいだが、まあ当然だろう。ピアースがライリーの肩に手を置き、彼女は彼を見上げた。彼が指で合図する。ここから先は自分で話すつもりのようだ。

「俺たちは三台の車に分乗し、車列を組んだ。ライリーの勘がすばらしい働きをして、三台の順序を変え、俺とライリーの車は最後尾を走ることになった。ジェイコブは二台目、真ん中の車に乗っていた。どこでどうやって情報が漏れたのかはわからないが、会議のあと俺たちがどの車に乗るかを嗅ぎつけたやつがいて——そいつはすなわちエイドリアン・ソマーズなんだが、俺たちを攻撃してきやがった」

ホープとエマはショックでぼう然としているが、ラウールはさほど驚いているようにも見えない。ピアース同様、ラウールも世の中がどういう仕組みで動いているかを知っているからだ。

「ライリーは、自分のコンピューターでドローンの追跡に気づいた。攻撃のほんの数秒前に、車は三台とも脇によけてグレネードランチャーの餌食《えじき》にならずに済んだ。ソマーズの野郎、車列の真ん中の車を狙いやがったんだぞ。ライリーの乗った車は真ん中だと知らされていたんだな。実際、直前までその予定だったんだから。とにかく、グレネードランチャーが爆発してすぐ、三台の車は別の方向に猛スピードで走り出し、ドローンはブラック社のエージェントに撃ち落とされた」

ホープとエマは言葉を失い、口元を押さえている。ラウールはもちろんショックを受けてはいないものの、見るからに激怒している。

「犯人はエイドリアン・ソマーズなんだな？　ジェイコブ・ブラックを殺すところだったわけか」

ピアースもラウールの発言の意味を理解し、薄笑いを浮かべる。「ああ、何を血迷ったんだかな。ライリーを殺そうとして、ジェイコブとブラック社の人間が乗った車を狙ってミサイルを撃ち込むとは。そこで、だ。俺たちはジェイコブと連絡を取る必要があるわけだが、俺たちの居場所を知られたくない」それ以上は説明しなかった。その先は口にしたくない。

だが、ラウールは当然、その先を正確に推測した。「理由は、ブラック社に裏切り者がいるからだな」

そのとき、ラウールの背後で物音がして、エマが叫んだ。「わかったわ！」ラウールが声のほうを振り向く。婚約者に向けるでれっとした親友の顔に、ピアースは驚いた。こいつがこんな顔をするなんて。普段のラウールは、基本的ににこやかな男だ。しかしその裏に、世間を皮肉な目でしか見られない彼の本質があることを、ピアースは知っている。世の中とは厳しいものだと、マルティネス家の歴史が証明しているから。そして信じていた海軍でも、ピアースと一緒にひどい目に遭わされた。そのため、ラウールはいいニュースを聞いてもすぐには喜ばない。本当にいい話なのかを確かめてから喜ぶ。

だが今のラウールときたら……。『この素晴らしき世界』を口ずさみそうな、でれっとした表情。こいつがこういう顔をしているのは、何だか気味が悪いな、とピアースは思った。不自然と言うか。

しかしエマの顔がモニターに現われると……うむ、確かに彼女のいる世界はすばらしいのだろう。本当に美しい女性だから。まあ、俺に言わせればライリーほどではないがな、とピアースは心でつぶやいた。口にはとても出せない。それに、エマはきれいなだけでなく、内面も本当にすてきな人なのだ。仕事熱心で、ラウールを心から愛している。だからまあ、ラウールがでれでれするのも仕方ない、とは言える。

ただし、今の彼女は愛する人を熱い眼差しで追っているわけではない。今はただ、眉をひそめてモニターを見つめている。そして、ボタンを押してから、カメラのほうを向いた。真剣な面持ちでピアースを見る。仕事のときの彼女はいつもこうだ。ふざけたところなどない。

「ピアース、情報がどこから漏れたか、わかったかも。今、ファイルを送ったけど、サミュエル・K・ラファティという男の人事書類よ。この男は、二ヶ月前までブラック社のマイアミ支社でエージェントとして働いたのち、解雇されている。理由は書類には記されてないけど、場所がマイアミだから、ドラッグ絡みのことでしょうね。ここからが本題よ。ブラック社を解雇されてすぐ、ソマーズ・グループに採用されたの。ファーストネームを省略し、キース・ラファティと名乗っているわね」

なるほど、話が見えてきた。ＡＳＩ社でもそうだが、ブラック社も三ヶ月ごとに認証コードやパスワードを変更する。二ヶ月前まで在籍していたのなら、ブラック社の内部情報を入手することもできただろう。当然、どこにどういう隠れ家があるかも知ることができる。やはり、あの隠れ家に帰らなかったのは正解だった。今いるのはピアースの友人のアパートメントだから、ソマーズ・グループはもちろん、ブラック社の人間も知るはずがない。さっとライリーを見る。彼の考えがきちんと伝わっているのがわかった。

「よし、わかってよかったよ。ジェイコブにも伝えよう。追跡不可能な方法で、ジェイコブにつないでもらいたい。できるか？　背景はぼかしを入れて、どこだかわからないようにしてもらいたいんだが、いいか？」

ホープの顔が映し出されたが、どことなく不満そうな表情だ。「あたりまえでしょ」鼻先を右手で、肩を左手で同時にさわれますか、ぐらいの質問をされたような気分なのだろう。ピアースとライリーが映る画面の背景が薄いグレー一色になり、室内にあるものや明かりなど、場所の特定にかかわるものはすべて消えた。ピアースとライリーの顔だけが、鮮明に見える。

ホープがキーを叩くと、ジェイコブ・ブラックの顔が現われた。色黒で細面の顔が、非常に不機嫌そうに見える。

彼のほうから話し出そうとしたが、ピアースが先んじて口を開いた。「無事で何よりだ。言っておくが、この接続は追跡不可能だ。友人たちが確約してくれているから、間違いない」

「そちらの女王様たちが追跡不可能だと言うのなら、追跡しようとしたって無駄だな」ジェイコブの頰の筋肉が波打つ。思うところはいろいろあるようだが、どうにか感情をコントロールしているのだ。「そもそも、ライリーが警告を発してくれなかったら、俺は今こうやって話をすることもできなかった」そしてまっすぐにライリーの目を見る。「ライリー、君は命の恩人だ。このことは、しっかり心に刻んでおく」

ライリーは慌てたように応じた。「いえ、とんでもない。あなたの乗った車が爆撃を受けたのは、私が車列の順序を変えるように言い張ったせいよ。単純に統計学的にそのほうがいいと判断したから。でもそのせいで、あなたを失ってしまうところだった。何とお詫《わ》びすればいいか、言葉もない」

「今はただ、俺たちが二人とも生きていることを喜ぼう。しかし、厳しい現実に対処しなければならない。ピアース、今、どこにいる?」

うーむ、何と答えようか。言葉にするのは勇気が要る。「申しわけないが、それは言えない。セキュリティ上の問題があり――」

「俺の会社に、情報を売ったやつがいる――そういう意味だな？」ジェイコブはうなるように言うと、深く息を吸い、そして吐き出した。彼は抱え込んだストレスを他人に知られるようなまねはしないが、今回は最低、深呼吸ぐらいしないと我慢できなかったのだろう。「ブラック社の人間が、俺を裏切ったわけだ。こんな言葉を口にするのも辛い。そいつが誰かを突き止めるまで、気を休めることなんて、できないな」

「実は」エマのよくとおる声が会話に入ってきた。すぐに彼女の顔が映し出される小さな四角い枠が現われる。メインの画面には、大きくサミュエル・ラファティの写真が広がる。「この男は、サミュエル・キース・ラファティ。ブラック社のマイアミ支社で等級Aのエージェントとして働いてた。二ヶ月前に彼の上司に解雇された。上司の名前は、ニコライ――」

「ガーリン、うちの副社長だ」ジェイコブが説明する。

「ええ、そのガーリンさんが、この男をクビにした。報告書には理由が書いてなかったけど、マイアミという場所柄、ドラッグ関係のことかもしれない」

「俺からニコライに聞いておこう」

「クビになった理由はさておき、ラファティはブラック社を解雇されてすぐ、ソマーズ・グループに採用されているわ」

「はん、こいつが内通者と考えてよさそうだな。解雇前のエージェントとしての等級を考慮すれば、多くの情報のアクセス権を持っていたはずだから。ブラック社所有の車両登録情報、主要なパスワード、潜入捜査をするうちのエージェント――」

「そして、ブラック社所有の隠れ家の場所も」

ピアースの言葉に、誰もが言葉を失った。今ジェイコブの頭の中では、車両の全面的入れ替え、隠れ家のシステム変更など、面倒な事務作業実施の段取りが練られているはずだ。ブラック社の隠れ家に身をひそめたつもりが……隠れたことにはならないのだから。

「俺たちは、安全な場所にいる」ピアースはそれだけ答えた。

「場所は言うな」ジェイコブは手のひらを見せて、ピアースを制するように言った。

「ああ、言わない」何だか悲しくなる。ジェイコブ・ブラックと彼の会社を信用できないなんて、心が痛む。

さらなる沈黙。

「さて」やがてジェイコブが重い口を開く。「ともかく、気をつけて。ライリーはすべきことを完璧にしてくれた。よくやった。だが、もう彼女を人目にさらすことはない。今後俺は、さらにいろんな人と話してみる。わかってくれる人の数を増やし、コンセンサスを得る。そして、反撃計画を練る」

誰に対しての反撃かは言わなくてもわかる。ソマーズ・グループをやっつける準備を始めるのだ。

「あの、すみません」ライリーは気持ちを抑えきれなくなったのか、手を挙げて発言の許可を求めた。許可なんて必要ないのに。

「ジェイコブと呼べと言っただろ？　それから君は、いつだって、好きなときに発言すればいいんだ」

「あ、ええ」彼女は呼吸を整えてから、話し始めた。「あの会議のとき、マクブライド陸軍総司令官は、技術的なことについてあまり知識がないように見受けられた。そうだとすれば、簡単に騙されるのも当然だな、と思って」

「マクブライドのやつは大バカ野郎だ。あの地位に就けたのも、政治的にうまく立ち回ったからだ。実際の戦場なんて、ほとんど体験していないんだ」

「ええ、そうでしょうね。でも、彼の部下の大佐は違った。私の説明を完全に理解していたわ。あの大佐と連絡を取り、こちら側についてもらったらどうかしら。もちろん、大佐の同意は必要だけど、同意してくれない場合は、ＡＳＩ社の女王様たちに知らせて。彼女らを経由して、私とコンタクトは取れるから」

「わかった。大佐や他の人たちと話した結果がどうなったかは、女王様たちに送る。彼女らから、君へ転送してくれるんだな。そのことについて、また明日話し合おう。

戦争の足音が刻々と近づいている気がする。どこかで止めないと」

「同感だ」ピアースはそう口をはさんだ。戦争に行ったことのある人間——彼やジェイコブ・ブラックは、その悲惨さを嫌と言うほど目にしてきた。だから何としても戦争をやめさせたい。嘘の動画が原因で、本当の戦争が始まるなんて、あってはならない。ピアースたちが経験した戦争は、アフガニスタンやイラクなど、さほど軍事力が高くない国が相手だった。中国のような軍事大国と米国が戦争になれば、世界全体が崩壊しかねない。「戦争の靴音は、金の気配のあるところでは大きくなる。だから金の流れを追えば、誰が味方かわかりやすい」

「確かにな。戦争によって、経済的な恩恵を受けるやつがいるわけだ。戦争で世界が焼け野原になっても、いっこうにかまわないやつがな。ソマーズのやつ、どこか海外にでも隠し資産があるんだろう」そこでまた、ジェイコブの顔が緊張する。「俺のほうの状況は、ＡＳＩ社を通じて聞いてくれ。またこちらに攻撃があった場合、君たちにもすぐに知らせが行くようにしておく。しかし、敵の本来の狙いはライリーだからな。これからいろんな人たちに会い、ライリーの情報はすでに公表され、誰でも入手できるようになったから、彼女に何をしても無駄だと強調しておこう。それでも、ピアース、彼女をしっかり守るんだぞ」ジェイコブの視線を肌に感じる。視線が集中した場所に穴が開くのではないかとピアースは思った。

もちろん、ライリーのことは俺が守る。「ああ、そのつもりだ」

「以上。通話終了」ジェイコブが映っていた四角い画面が真っ黒になる。

ライリーとピアースは同時に、ふうっと息を吐いた。そして顔を見合わせて、にっと笑う。

「指揮官とはまさに彼のことね。あの威厳に立ち向かうのは無理だわ」

ライリーの言葉に、ピアースも同意する。「ああ、あの人が悪人側にいなくてよかったよ。あんな人を敵に回すなんて、想像するだけで怖い。地獄の果てまで追いつめられるんだろうな」

「あの、ちょっといい?」ホープの声に、二人ははっと振り返ってモニターを見た。

「今、サマーのブログが報じたわ。航空母艦カール・ヴィンソンが台湾海峡に到着し、F／A‐18E／Fスーパーホーネット戦闘機の艦載配備を整えた。リーパー・ドローンのさらなる撃墜を防ぐ目的だそうよ。これって、まずい展開よね」

「ああ、まずい。緊張は高まる一方だな」スーパーホーネットはモンスターみたいな戦闘機だ。機体腹部から20ミリM61A2ガトリング砲を撃てるが、空対空ミサイル、空対地ミサイル、その他必要に応じてさまざまな武器を搭載可能だ。戦闘中でも空中給油できるから、パイロットが意識を保っていられるかぎり、ほぼ永遠に飛行を続けられる。

ライリーが身を乗り出す。「サマーって、サマー・レディングのこと？　私、以前、彼女の『エリア8』のファンだったの。彼女、報道ブログを再開したの？」

ホープがほほえむ。「今は、サマー・レディング＝デヴローだけど、ええ、政治をテーマにしたジャーナリストとして、報道ブログを再開したわ。今回のことを世間に広めてもらうよう、知らせておいたの。彼女、あちこちで信頼を得ているすばらしいジャーナリストだから、コネや情報源をいっぱい持っているのよ」

「そうでしょうね。今回のことで技術的な質問があれば、いつでも説明するから、連絡するように言っておいてちょうだい」

「わかった」

「で、フェリシティの様子は？」

ホープが笑う。モニターの端で見切れているエマの顔の半分から、彼女も笑っているのがわかる。「やっと、出産にこぎつけられそうだって。メタルは史上最長の妊娠期間と呼んでるけど、彼にしたら、まさにそんな気分だったでしょうね」

メタルの気持ちは痛いほどわかる。彼にとってフェリシティは最高の妻で、人間的にすばらしいだけではなく、ものすごく頭がいい。その妻が、この数ヶ月、朝昼夜の区別なく、とにかく吐き続けたのだ。だれもがかわいそうに、とは思うものの、どうしてやることもできない。彼女の体をおもんぱかり、仕事の負担を減らそうとするのだが、最初はホープ、次にエマがチームに加わり彼女の仕事を肩代わりしても、フェリシティはまた新たな仕事を見つけ出す。愚痴を言わないのは無論のこと、彼女が体の不調を訴え、弱音を吐くこともなかった。代わりにメタルが十歳は老けた。子どもは男の子の双子だとわかっているのだが、誰もが、一刻も早く生まれて、惨めなメタルを助けてやってくれ、と思った。

双子はASIというファミリーの中で生まれ、たくさんのおじさんやおばさんから、たっぷり愛情を注がれ育っているのだ。

幸せな子だな、とピアースは思った。アメリカにはそう多くの親戚がいない彼も、ジョーダン家の出身地であるアイルランドには、今もたくさんのおじさん、おばさん、いとこなどがいる。ファミリーのルーツである地域を訪れたときには、ちょっとした軍隊ができそうなちびっこたちが、祖父の実家のドアを開けた瞬間飛びついてきた。彼の脚にまとわりつき、お空に投げて、とせがむのだ。

こういうの、いいものだな、と彼はそのとき思った。

「何か新しい情報があれば、教えてくれ」そう言って、彼は会社との通話を切った。ライリーを見ると、にこにこしている。フェリシティの出産を喜んでいるのだ。また他の親友二人も、幸せそうなのがうれしいようだ。

考えてみれば、彼女から家族の話はまったく聞いていない。エマの話では、両親とかかわることもなく、いわゆる天涯孤独、といった状態らしい。こんな美しい女性が孤独というのも不思議な気がする。しかも美人を鼻にかけるところがない人なのに。一般的に美人と言われる女性は、お高く留まって扱いに困ることが多いが、彼女は違う。生きるか死ぬかという場面でも、ヒステリックになることなく、逆にこちらに気を遣わせまいとしていた。どうにか自分でも役に立とうとした。女王様たち全員がそうだ。

だが、家族はいない。ボーイフレンドも。

そんなはずがあるか、と彼は思った。これほどの女性に目を留めない男はいないはずだ。どこかに奪い去って、自分のものにしてしまいそうなものだが。世の中というのは、本当に理解できない。

彼女にとってこの数日は、本当に大変なことの連続だっただろう。だから、俺が彼女の面倒をみてやる。なぜなら、他に彼女の面倒をみるやつがいないから。

そこでふと彼は気づいた。自分が彼女の面倒をみてあげたいと、望んでいることを。彼女の心から不安を取り除き、安全だと思ってもらいたい。彼女を傷つけようとするやつが現われたら、まずは俺が相手だ。ジェイコブ・ブラックも彼女の安全には気を配ってくれるはず。もちろん会社を挙げて。ただ、彼女を守るのは俺だ、という強い気持ちが彼の中に芽生えていた。もう仕事でも任務でも責務でもない。ただ彼女を守ることがうれしい。

これは俺だけに与えられた特権だ。

今彼女は、リビングの机に向かい、頰杖《ほおづえ》をついて何か調べものをしている。こんなことばかり続けさせてはいけない。ほんのしばらくでも、殺人や嘘や戦争とは関係のないことで彼女の頭をいっぱいにしたい。彼女の肩に手を置くと、改めて華奢な骨格だな、と思う。

「なあ」声をかけて、スウェーデン製の机の上に、真っ黒のクレジットカードを置く。

「ここにどれだけのあいだ隠れていなきゃならないかわからないし、君はアパートメントにも戻れず、隠れ家にあったものも取りに行けない。二度もそんな目に遭わされたんだから、少しぐらい散財しろ。服や身の回り品も必要だろ？　このカードを使って、好きなものを何でも買うといい。カシミアだのシルクだの高級素材、アルマーニやディオールみたいなブランド品をそろえるのもいい。何でも、どんなものでも、つま先から頭のてっぺんまで、新しい品物を身にまとえ。洗面具や、必要なもの、いや必要でなくても、欲しいものすべて。盛大にショッピングを楽しむんだ」

彼女は不思議そうな顔で彼を見上げたあと、クレジットカードを見た。ヒューゴ・ダ・シルバという名義になっている。

「ヒューゴ・ダ・シルバって誰？」

「存在しないやつさ」このカードを入手したいきさつを思い出して、にやりとする。「ASI社は、少し前にとある麻薬カルテルを撲滅する仕事を請けた。撲滅したあと、カルテルの資産はスイスの銀行の秘密口座に預けてあることがわかったんだが、パスワードが複雑で、しかも顧客の依頼が絶対とされるスイスの銀行だ。カルテル撲滅を依頼した国の政府は、資産没収はおろか、口座凍結さえできなかった。担当者として俺たちの窓口になってくれた政府高官は、カルテル撲滅が目的だったから、資産没収には興味がない、パスワードを破ることができれば、中身は撲滅に協力してくれた君たちに進呈する、と言ってきた。実際のところ、事務処理があまりに大変だから、資産にはかかわりたくなかったんだろう。そこで我が女王様たちの登場となった。ほんの数時間でパスワードを突き止め、ボス二人は架空名義のクレジットカードを作って、そのカードで資産を使えるようにしてくれた。身元を明かさずに、何か買い物をする必要があるとき、たとえばこうやって任務中に身を隠す場合だな、そういうときにこのカードが役に立つんだ。資産はその後もうまく運用されていて、基本的には増えるばかりだ。だから、君もショッピングを楽しめばいい」

彼女がうれしそうな顔をした。「すごい話だわ。そうね、着替えは必要だし、ちょっとした身の回りのものもそろえないと……でも、アルマーニとかは、あまり趣味ではないの。欲しいのはヨガパンツとか動きやすいカジュアルな服、材質もシルクとカ彼は彼女の肩をつかんだ手にそっと力を入れた。「どんなものでも、好きなだけ買えばいい。数日分の着替えは必要だから、たっぷり時間をかけて。届け先はここでいい。このアパートメントの持ち主の名前はハリソン・マーチ、彼宛にしておけばいいだろう。エレベーターホールの反対側にコンシェルジェがあるらしいので、そこで受け取ってもらおう。届くまでは、ハリソンのパーカでも借りておけばいい。冷凍庫には彼の作った料理がいっぱいあるそうだ。何を食べてくれてもいい、と言われている。確か君は、ベジタリアンとかヴィーガンとかじゃなかったよな？」

「当然よ」菜食主義なんて、彼女にとっては笑い話のようだ。「お肉大好きなの。ただ、シーフードはそうでもないかな。それからゲームの『ザ・ラスト・オブ・アス』をしたあとでは、キノコ類には触れたくない。キノコが入っているものはダメ」

ああ、まさに俺好みの女性だ。「了解。魚はなし、キノコは入れない。君がオンラインショッピングしているあいだに、俺は料理を温め、テーブルに並べておく。ショッピングが終わる頃には、食事の準備も整っているだろう」

「あなた、料理が得意なのね」

「驚かないのか？　俺と料理なんて結びつかないはずだけど。俺の家はアイルランド系で、基本的に肉でも何でもやたら煮込むんだ。おふくろはポットローストより、アシミアより、コットンがいい」

イルランド風ビーフシチューをよく作ってくれたけど、肉を煮込む前に野菜を茹《ゆ》でておき、最後には形もなくなる。俺が料理をするようになったのは、食べるためには自分で何とかするしかなかったからなんだ。ただし、ここでは冷凍庫のものをチンするだけでいいんだが。君のほうは？　料理はするのか？」

「いえ、まったく。冷凍食品の解凍はできるし、デリバリーでの注文はすごく得意だけど。でも朝食はちゃんと作る」

「そうか。まあ、いい。君はショッピングを楽しめ。何度も言うが、好きなものを好きなだけ買うんだ。長期間ここにいてもいいように」

「あなたの着替えはどうするの？」

「ハリソンのを借りる。まあ体のサイズも、そう違わないから。あいつなら気にしないはずだ。ただし、撃たれてあいつの服に穴を開けたら怒るだろうな。気をつけないと。あいつのは、高級ブランドばかりだから」

ライリーは頭を起こし、室内を見回した。インテリアすべてが非常に洗練されており、家具類も高価なものばかり。主寝室は、普通のリビングより広い。大きな浴槽のあるバスルーム付きだ。住居全体が、ものすごくお金がかかっている、と強く主張している。

「あなたの友だちって……」

「ハリソンのことか？」

「ええ、何をしている人なの？　銀行強盗でもしてるわけ？」

ピアースは笑って答えた。「ある意味、正しい表現だな。ヘッジファンドだか何だか、そういうので、金を使って、もっと金を儲ける、みたいなことだ。具体的な仕事の中身も説明してくれたんだが、右から左に聞き流した」

「エマが前に働いていた会社も、そんな感じ。でも、そういうところって頭のおかしい人ばかりで、人間らしさのかけらもなかったたって」

「うーん。ハリソンは大学のルームメイトだったんだ。頭がおかしいなんてことは絶対ないし、すごく人間らしいところのあるいいやつなんだ。ただ、元々、すごく貧しい家庭の出身でね。生活費も含めた奨学金をもらうために、あいつの知性からすると少しランクを落とした大学に通い、当時から、絶対に贅沢な暮らしができるようになってやる、と心に決めていた。大金を扱うヘッジファンドでの仕事をしてると、あいつは特別のパワーを得たような気分になるんじゃないかと思っている」

「なるほど、それならその人にとってはよかったわけね。だって、見るからに成功している感じだもの。あと、参考までに言っておくと、私は――その、お金にはまったく興味がないほうなの。住むところがあって、着心地のいい服が着られ、シンプルでも味わいのある食事にありつく、それで満足よ。あんまりブランドものとかには興味はないし。できれば、質のいい食事と趣味にお金をかけ、友だちと仲良く暮らしていくのが理想かな」

「うむ、まさに俺も同じだ。うちの会社は非常に給料がいいから、収入面での不満はない。だが、ASI社で働くいちばんの理由は、あの会社で働きたいからだ。ボス二人に対して、本当に恩義を感じているが、他の社員もみんな同じ、互いに信頼し合い、ボスたちも俺たちのことを信じてくれてる。まったく、大違いだよ——」そこで彼は、はっと口を閉ざした。しかし、ライリーはじっとピアースの次の言葉を待っている。こんな言葉を口にするのは辛い。だが、真実だった。「軍隊とは、大違いなんだ」

硬く口を結び、自分の言葉を嚙みしめる。海軍は、俺とラウールを見捨てた。指揮官はサイコパスの殺人者で、民間人を的にして撃つのが趣味なのだ、と報告すると、軍法会議にかけられたのは、ピアースとラウールのほうだった。

ASI社で全体の指揮を執る二人のボスは、あのサイコパス指揮官とは根本的に異なる。創業者のジョン・ハンティントンもその右腕であるダグラス・コワルスキも名誉を重んじる人だ。部下を信じる彼らには、こちらも絶対の忠誠を誓える。

報告書を提出したとき、ラウールと自分の軍でのキャリアは終わった。それはわかっていた。除隊するとすぐに、ASI社が二人を温かく迎え入れてくれた。ASIは社員を大切にしてくれる。この感覚は海軍時代には味わえなかった。

あれこれと、もの思いにふけっていた彼だったが、ライリーの手が重ねられるのを感じて、はっと現実に戻る。

「残念だったわね」彼女の口調がやさしい。「あなたがそんな目に遭うのは間違いだった」

自分の手の上に置かれた彼女の手は真っ白で、ほっそりと華奢だった。彼女は全身が白くてしなやかだ。彼女の感触が、ピアースの全身に広がっていく。腕から胴体に達したところで、少しばかり勃起してしまった。だめだ、今はそういうことをしている場合ではない。

彼は体を近づけて軽く彼女の額にキスしてから、その場を離れた。

「じゃあ、俺は食べものを担当するから、君は好きなだけ散財してくれ。そうだな、三十分後にキッチンで」

彼女が見上げて、笑みを投げかけてきた。「デザートを忘れないでよ」

12

値段を気にせずに何でも買えるとは言え、ショッピングは思ったほど楽しい体験ではないと、ライリーは知った。実際、手間のかかる退屈な作業だった。二十分ほどですっかり飽きてしまった。自分が欲しい服なら、最初からわかっているし、それがどのサイトで入手できるかも知っていたからだ。

お気に入りブランドのヨガパンツを十枚、カジュアル・パンツも十枚。そのすべてが自宅にあるものとまったく同じだ。コットンのニットシャツを五枚。同じデザインの色違いでそろえた。タンクトップを五枚、薄いニットのカーディガンを一枚、パーカを五枚、レインコート、それに地味なコットンの下着、綿の長袖パジャマ、フラットシューズを二足、ブーツを二足。洗面具として、お気に入りのシャンプーとコンディショナー、保湿クリーム、下地用ファンデーションと口紅、アイライナーも買った。

何の特徴もないくすんだグレーのキャリーバッグ。

そこでショッピングを続ける気力はつき果てた。

きれいな夏用ワンピースが目につき、ふと迷った。キーボードの上で手が止まる。しかし、ばかばかしい、と思い直した。こんなすてきなドレスを、いったいどこに着ていくの？　ワンピースなんて、まず着ることはない。そもそも外に出るのはランニングのときだけ。こんなドレスで猛ダッシュする人はいない。

でも、とってもすてきなドレス……。

どのサイトでも、当日配送を確約していた。なるほど、夕方には届くのか。

ピアースは、三十分したら食事の用意ができると言っていた。そのため彼女は残りの十分、何もせずに待ち、三十分過ぎてからダイニング・キッチンに向かった。ちょうどテーブルセッティングを終えようとしていたピアースは、彼女の気配を感じて顔を上げた。驚きの表情を見せる。「もう終わったのか？　ずいぶん早いんだな」

そう言われて、彼女のほうも驚いた。「あなたが三十分と言うから、来たのよ。ぴったり三十分後でしょ」

「いや、実のところ、服を選ぶのに何時間もかかると思っていた」信じられないと、彼が首を振る。「いくら使った？　だいたい、わかる範囲で」

「端数までわかる。千八百五十ドル三十八セント」質問されて、急に不安になってきた。「使いすぎたのね？　いくら使ってもいい、という話だったもので」

ピアースは、大笑いし始めた。テーブルのこちら側にやって来て、彼女の髪に口づけし、彼女を椅子に座らせる。

「前にデートしたモデルは、バッグひとつに、その倍以上は払ってたよ。彼女に、ショッピングしてこい、なんて言おうものなら、三十分もしないうちに十万ドル以上は簡単に使う。欲しいものはそろえられたか？　まあ、買い忘れたものがあっても、いつでもあのカードを使って買えばいいから」

「私たちは、いわば危ない橋を渡る日々を過ごしているわけよね。つまり逃亡生活。そういうときには、できるだけ持ち物は少ないほうがいいと思って」それだけ言って、テーブルに視線を投げる。「それで、何の料理？」

テーブルにはさまざまな料理が並べられていた。湯気が上がり、おいしそうな匂いが漂う。ああ、お腹が空いた、と彼女は実感した。最後にきちんと食事をしたのは、ずいぶん前のような気がする。そしてこの一日、いろんなことがあった。

ハリソンというピアースの友人は、鮮やかな色合いで評判のブランドものの食器をそろえていた。この食器だけでもひと財産使ったのだろうと推察できる。そのカラフルな食器に、食べものが山盛りにされていた。色彩や匂いなど、その料理の皿を前にするだけで、五感が喜んでいる気がする。普段の彼女の食事とは、大違いだ。特にこの数日は、ディープフェイク映像の謎解きに頭を悩ませていたので、食べることにまで気が回らなかった。

通常、彼女が用意する食事には、目を愉しませる要素がない。そろった食器がないのは、いつも家具付きのアパートメントを借りてきたから。そのほうが引っ越しなども楽なのだ。そういう場所で用意されている食器は、だいたいセットから外れた皿やボウルのセール品だ。昼は職場の休憩室か、近所のファミリーレストランで食べる。インスタントのカップ麵《めん》、ヨーグルト、オートミール、袋入りのしなびたサラダ――メニューはそんなところだ。多くの場合、自分が何を食べているか、気づいてさえいない。

目の前に広がるのは、そんな普段の食事風景とは、まるで異なる世界。人生を象徴するかのように、鮮やかな色合いがあふれ、これまで出会った中で最高にかっこいい男性が、料理を盛りつけてくれている。今は逃亡生活の最中のはずだが、こんな毎日が続けばいい、と思ってしまう。

食べものをあまり受けつけてこなかった彼女の胃が、突然、たくさん食べものを供給するようにと訴える。早く、早く、と。本当に空腹だったし、今なら何だって食べられそうに思えた。悪者に命を狙われ、戦争が間近に迫っているのに、このばかばかしいほどお金のかかった家に一歩足を踏み入れたら、外の世界は消えてしまった。これまでの毎日が、コストを極限まで削減して作られたインディーズ映画だとしたら、ここは莫大《ばくだい》な予算を組んで贅沢のかぎりをつくしたインドの――ボリウッド映画みたいだ。

「ハリソンは最高だな」ピアースが彼女と並んで座り、彼女の取り皿に食べものを取り分けてくれた。「嫌いなものが目についたら、教えてくれ」

「今見たところでは、嫌いなものはなさそう。みんなすごくおいしそうだわ。ハリソンが最高って、どういう意味で？」

「とにかく几帳面《きちょうめん》なところが第一。俺も整理整頓《せいとん》は得意なほうだが、きちんと整理されているのは仕事に必要な器具に関してだけで、食べるものは買ったらそのまま、みたいなところが多い。ここには冷凍庫が二つあり、中に何が冷凍してあるのか、リストがある。リストには、冷凍した日も記されているが、ここで調理したのか、どこのレストランから注文したのか、なども記録してあった。冷凍庫の中は、タイプ別に料理が収納してある。肉、魚、パスタ、米、パン、野菜、スイーツ、それぞれにセクションがあるんだ。ほとんど強迫性障害みたいなものだが、こうやって食事としてまとめるのが非常に簡単だ」

「ただの食事、というより、パーティのご馳走《ちそう》みたいね」テーブル全体のさまざまな皿に視線を移す。「どれどれ、何があるのかな？　チキンの胸肉……」

ピアースが順に説明する。「ジェノバ風リングイネ、チキンマルサラ、ポテトのスティック・フライ、ナスのパルメザン焼き、ズッキーニのフリッタータ、ローズマリー風味のライスボール、サワードウのガーリックブレッド。他にもいっぱいあったんだが、イタリア料理にした。昨日もイタリア料理だったけど、君はこういうのが好きみたいだったから。まあ、イタリア料理にしておけば、失敗することはないからな」

　ライリーは強く何度もうなずいた。言葉で答えられなかったのは、口いっぱいにパスタを頬ばっていたからだ。おいしい。そのままピアースの前の皿を示し、それは何？　とジェスチャーで伝える。

「これか？　カボチャのリゾットだよ。すっごくうまい。ほら」彼が黄色いリゾットをスプーンいっぱいにすくうと、ライリーの口元に差し出した。彼女が口を開けると、そっとスプーンを傾ける。むせることもなく、熱すぎることもなく、見事に彼女の口に入った芳香を放つお米は、本当に旨味があっておいしかった。

「あなた、他人の口にスプーンで食べものを流しいれるのがじょうずね」

　彼が一瞬、勘弁してくれ、という顔を見せた。「まあ、得意にもなるよ。何十人もの赤ん坊のお食い初《ぞ》めを手伝ってきたんだから。幼児ぐらいになっても、食べさせてくれとうるさかった」口では文句を言っているのだが、表情はうれしそうだ。

「何十人もの赤ちゃん？　きょうだいがたくさんいるの？　名前を覚えるのだって大変でしょ？」

「そうでもないさ。俺の祖父母は元々アイルランド出身で、こちらには血縁者はいなかったし、俺自身も姉と弟がひとりずつの三人きょうだいなんだが、向こうの親戚には子どもがごろごろいる。元気いっぱいの子たちでね。自己主張も強いから、名前はすぐに覚えられる」そして探るような目つきでこちらを見た。「君には、甥《おい》や姪《めい》はいないのか？」

「いない」ライリーは、つい視線をそらした。彼女の世界には〝家族〟などというものが入り込む余地はない。法的には父母と子という関係が存在はしたが、三人とも独立した個人だった。職場の同僚にはきょうだいがいるのか、親はどんな人なんだろう、などという〝家族〟にまつわるあれこれについても考えたことはなかった。みんな卵から孵化《ふか》でもしたのだろう、それぐらいの認識だった。今になってやっと、自分の世界がどれほど奇妙なものか、わかるようになってきた。

「ご両親は？」

ああ、やめて。でも、この人はどうしても知りたいのだ。これまでの彼女なら、嘘でごまかし、話題を変えていた。あるいは、この話題が出たところで、相手の男性と別れるとか。逃げて、他の場所に行った。しかし今、他に逃げ場所はない。ピアースとの絆は強く、彼と離れることはできない。この人のそばより、すてきな場所はない。

そして何より、彼に嘘はつきたくない。

覚悟を決めよう。辛いことを先延ばしにはできない。

「えっとね、ぶっちゃけて言うと、私は完全な崩壊家庭出身なの。私の精神が崩壊しているわけではないんだけど、いえ、まあ、少なくとも、私自身は、壊れていないと思ってる。うちの母はいわゆる非行少女で、十代の頃からドラッグ漬け、アルコール依存だった。私の妊娠期間も含めて、完全にどちらもクリーンな状態にはなれなかったんじゃないかしら。私を育ててくれたのは母方の祖母で、ちょっとした資産家だったから、学費の心配はなかった。それに奨学金をもらってたし。私が十八歳のとき、その祖母が亡くなった。その後私がパリに留学しているあいだに、母も死んだ。何の連絡もなかったわ。理由は、あの人に娘がいるだなんて、誰も思わなかったから。母の死を私が知ったのは、死後半年経ってからよ」

話しながら、彼女はピアースの様子をうかがっていた。この話をした人の数は限られているが、人それぞれに、異なる反応を見せた。ひどい、そんな家庭出身の子とはかかわりたくない、かわいそう。ピアースは、いっさいの感情を押し殺している。ただ彼の目は温かくやさしかった。途中で重ねられた手からも、温もりが伝わる。

「辛い思いをしたんだね。でもお父さんは？」

ああ。「こちらも悲しい話ね。母は、一夜限りの過ちっていうやつで妊娠したの。その頃母は実家に戻り、自分の母親――つまり私の祖母ね――からの、厳しい監視の下で暮らしていたから、珍しくドラッグやアルコールと縁のない日々が続いていたみたいなの。私がしつこく問い詰めたら、祖母はしぶしぶ相手のことを話してくれた。ロサンゼルス郊外に住む弁護士だったわ。私が電話すると、まずまず愛想よくて、私はたまらずその人に会いに出かけた。飛行機に飛び乗り——」そのときのことを、目を閉じて思い出す。この体験を懐かしく感じるのは、初めてだった。「——私、すっかり舞い上がっていたのね。だって、〝家族〟なのよ。やっと私にも〝家族〟ができるんだと思うと、興奮した。父親のことも少し調べてみたの。ミュージシャン志望で、三十歳を前に音楽でのキャリアに見切りをつけて大学院に戻り、法律を専攻したらしいけど、今では成功し、ロサンゼルス界隈ではそこそこ活躍しているらしかった。弁護士なんて、その当時の私にしてみれば、もっとも安定した職業、理想の仕事みたいに思えたの。法の番人だなんて、何だか……安心だと思えた」そこでふっと笑いを漏らす。「弁護士といて安心だと思えるのなんて、当時の私ぐらいのものよね」

ピアースはじっと彼女の表情をうかがっていた。耳を澄まし、触れ合う手から彼女の体温を感じ、この内容を視覚からも聴覚からも触覚からも完全に理解しようとしている。彼の手が、温かく、頼もしかった。

「父は空港まで迎えに来てくれたわ。そのまま、一緒に高級レストランに食事に行った」その夜の記憶が鮮明によみがえり、彼女はそこで言葉を切った。ぴりぴりするような興奮、ここから自分の新たな人生が始まる予感、自分にもまともな家族ができるのだという期待。

高級レストランでは、きちんとしたテーブルマナーを叩き込んでくれた祖母に感謝した。マナーは心得ているから、恥ずかしい思いをしなくて済むのはわかっていた。気軽なおしゃべり。父は話が感傷的な方向に進まないよう、細心の注意を払っていた。そして母の死を告げたときにも、何の感情も見せなかった。

「食事が終わり、父は私が泊まっていたホテルまで車で送ってくれた。次にいつ会おうか、と父が言ってくれるのを待ったわ。今考えると、頭がおかしかったんだと思うけど、私ったらカリフォルニアに住むことまで考えたのよ。奨学金はたくさんの大学からオファーされていて、カリフォルニア州立大バークレー校もかなりの金額を提示してくれていたの。たったひとりの肉親のそばにいるためなら、転校したって構わないと思った。でも別れ際、父はおでこにキスして、明日の帰りの便には空港まで送っていけないから、と言ったの。重要な会議があるからって。さらにその次の日には、シアトルに出張で当分家を空けるって」

そのときの自分の気持ちを思い返してみる。この作業はいつも、歯茎にメスを入れるような覚悟が必要だった。その後何年も、あの夜のことを思い出すと心が鋭く痛んだ。けれど今、記憶を探ってみても痛みはなかった。大昔に遭遇した自動車事故の傷痕に触れる程度の感覚だ。

「つまり」いちばん辛い事実を、ピアースが代わりに言ってくれた。「その男は、もう二度と君には会いたくなかったわけだな」

「その表現でも、まだやさしいぐらいね。『君のことを大切に想うだなんて、あり得ないだろ、そんなこと期待されたのが驚きだな』と言われた。私はどうしても――あきらめきれずに、出張から戻るのを待つって伝えたの。するとあの人はぼう然として私を見つめた。そしてぽつんと言ったの。『私に何の恨みがあるんだ?』って。そのまま私を降ろして車を出した。それ以来いちども会っていないし、連絡もない。でも、別にいいのよ、それで」

こんな言い方をすると、ずいぶん無関心に聞こえるだろう。彼女自身、自分の言葉に驚いていた。でも、本心だった。もう、いいのだ。あれから十年が経った。この十年のうち、最初の数年は勉学に没頭し、それから、非常にやりがいのある職に就いた。父のことなど頭の片隅にさえ入り込む余地はなかった。当時の彼女は、何ごとにもびくびくして、誰かに頼ることばかり考えてしまう女の子だったが、今はまったく違う。成熟し、自立したおとなの女性になった。

あの男のほうが、そんな立派な〝娘〟を持つ機会を失っただけ。損をしたのは彼のほうだ。お父さん思いの、やさしい娘を持てたはずなのに。あの男が拒否したのだから、それでいい。私はあんな男とは関係なく、幸せな人生を送るの、と彼女は思った。

「くだらない男だな」ピアースがぼそりと言ったので、ライリーも、鼻を鳴らした。

「ふん、そのとおり。くだらない、最低男よ。でも、私たちみんな――エマもフェリシティも、さほど親族に恵まれているほうじゃない。それでも親族最低競争をしたらホープには勝てないわね。何と言っても、実のおじいさんに殺されかけたんだから」

ホープの父方の祖父は、権力を持つ政治家だった。息子がホープの母と恋に落ちたことを許せず、ホープを産んですぐの母の運転する車を、事故を装って崖《がけ》から転落させた。ホープの母は命を落とし、赤ちゃんだったホープはかろうじて助かったが、彼女が生き延びて成長したことを知り、再度殺害を計画した。

「まあ、ひどい親族ってのはいるかもしれないが、俺のところは違う。両親ともに教師で、姉も教師なんだ。弟は生物学者だ。全員が善良で、今でも仲よく行き来している。両親と激しく口論になったのは、俺が海軍に入る、と言い出したときだけだな。親戚じゅう捜しても、銃を持ったことのあるやつなんて、ひとりもいないんだ。俺も教師になるものだと期待されていたんだが、俺には学術的なところなんてまったくなくて」彼がにやっと笑う。「俺が本当にやりたかったのは、悪いやつを完膚なきまでに叩き潰すことだった。当然、自分のキャリアとして軍隊を選ぶことになったが、両親とも、自分の息子が軍人になるなんて考えてもいなかった。口論のあと、母は丸一週間、俺に口をきいてくれなかった。あれは辛かったなあ」

「でも、今はもう軍を退いたから、問題ないんでしょ?」

「まあ、そうだが、ＡＳＩ社でエージェントをしているかぎり、銃を携行する。家族のあいだでは、この話はタブーと言うか、極力避けている話題だな」

ライリーは、彼を見つめた。整った顔立ちだけでなく、すばらしい人間性がその奥に見える。他の人の重荷を肩代わりする、分厚く広い肩。何でもできる大きな手には、自分の命を預けられる。

「あなたが拳銃を携行してくれていて、よかった。そうでなければ、私は命を落としていたもの」そう言うと、そっと体を倒し、彼にキスした。

13

彼女にキスされるまま、ピアースはじっとしていた。やさしさのこもった、感謝のキスだった。キスの効果は絶大だった。食事のあいだも、ずっと興奮していた彼は、テーブルにうんと近づいて座り、下半身を隠していた。しかし彼女が父親の話を始めると、興奮はいっきに鎮まった。ひどい話だった。

けれど、このキス。いっきに興奮が戻ってくる。ここからが、二人の本当の時間だ。しばらく、やさしく唇を重ねるだけにしていた彼は、そのあとライリーの頭をしっかりとつかんだ。やわらかな髪からいい匂いが漂ってくる。キスが濃密さを増し、首筋に指を這わせる。すると彼女が、はっと反応し、あえいだ。

ふむ、これは興味深い。

彼は顔を上げた。「考えてみたら、いろんなことがありすぎて、君は体のどこを触れられると感じるのか、これまで探ってこなかった。新兵訓練のとき、俺は地図を読むのが得意で、どこに何があるか、すぐに探り出せる能力があると言われた」

彼女がうっとりとした眼差しを向けてくる。何度見ても、どきっとするようなきれいな目だ。長く濃いまつ毛が、夜明けの空みたいな色の瞳を縁取っている。これから一日が始まると伝える太陽を見ているようだ。彼女がほほえみながらたずねた。

「そうなの？」

「ああ」彼女の頭をつかんだまま立ち上がると、彼女も一緒に腰を上げた。ここでもういちどキス。長く濃密なキスをしながら、片目を少し開けて、主寝室までの距離を確認する。爆発しそうな勃起状態で歩くには、寝室のドアまでが遠い。この距離を我慢して歩くのは無理だ。

しかし、俺はSEALじゃないか、と彼は自分を励ました。我慢できない辛さなどない。不可能な任務も存在しない。ものすごく頑張れば、寝室にたどり着けるはず。

辛いことをものすごく頑張って成し遂げる。これこそが、SEALの本分だ。よし、まず足を一歩前に。次に反対の足をまた前に。

リビングに敷かれた絨毯《じゅうたん》に、やっと足がかかった。マットレスみたいにふかふかな東洋製の毛足の長いラグだ。ここでもいいんじゃないか、という考えが彼の頭をよぎる。キスしているうちにどんどん興奮が高まり、この脚のあいだにそびえるものの大きさが、ちょっと恥ずかしいぐらいだ。大きいだけでなく、石みたいに硬い。

そのときライリーが舌を絡めてきた。うう。ズボンをはいたままの状態で果ててしまうのではないかと思った。そんな情けないことだけはしたくない。自分を完全にコントロールできることで有名だったのに。ズボンの中で果ててしまったのなんて、高校生のときが最後だ。彼女の舌が、自分の口の中を動く感覚に、背骨から睾丸《こうがん》へと、電気のような衝撃が走る。ああ、だめだ。

彼はヒップをぎゅっと締め、ちくしょう、負けてたまるか、と心でつぶやいた。さっと彼女を腕に抱き上げる。彼女はお姫さま抱っこだと、ロマンティックに受け取ってくれるだろうが、実際はリビングで醜態《しゅうたい》をさらしてしまう、という切羽詰まった状況を避けるための苦肉の策だった。

抱き上げた瞬間、彼女は驚いたのか小さく、きゃっと言った。しかしすぐに彼の腕の中でとろけていった。そのまま、どうにか寝室の入口にたどり着く。ここまでは、果敢な行動だった。そしてぐっと足を踏ん張り、ベッドに向かう。頑張った自分に、最大限の賛辞を与えたい。ここまで持ちこたえられたことが信じられない。彼は腕に彼女を抱いたまま、ベッドに倒れ込んだ。彼の腕の中が本来の居場所のように、彼女はすっぽりとその場所に収まっている。ほっそりしていて、でも女性らしさがあり、やわらかい。

どうにかベッドに寝そべることはできたが、次にどうしようか悩む。彼女を抱きしめている感覚があまりにすばらしいので、このままじっとしていたい気もする。本当に。しかし、彼女の体を激しくむさぼりつくしたい気持ちが強い。力いっぱいに。

そうだ、忘れていた自己コントロールを試してみるのもいいだろう。

ピアースは、彼女の顔全体に短いキスを浴びせ、ところどころで歯を立てながら、話しかけた。「教えてやろう。戦場で地図を読むのは、なかなか難しいんだ」

「ん？」彼女はほほえみながら、質問するような声を出した。目を閉じ猫のように丸くなって彼の体にすり寄っている。なるほど、顔にキスされるのは好きなようだ。いい情報を得た。

首はどうだろう。

「君の全身を戦地に見立てて、地図を読んでいこう、君の体のマッピングだ」細く長い首に、舌と歯を交互に滑らせてみると――当たり！　彼女は、はっと息をのんで、体を震わせた。「このエリアは、感度よし」そうささやきながら、軽く嚙み、舐める。午後も遅くなり、ひげが伸びてきて、彼女の肌を刺激しているのは計算済みだ。

顔を下ろしていき、乳房に唇を押し当てる。世界一美しい乳房だ。適度な筋肉を感じ、白い肌に淡いピンクの乳首がきれいな対比を作る。その乳首を口に含み、吸い上げ、最後に軽く嚙むと、彼女がびくっと反応した。「ここも、感度良好」

「私の全身が性感帯になってるわ。感じないところなんてないの」彼女はものうげにつぶやいてから、付け加えた。「まったく予想外よ」

「感じやすい体質だと、知らなかったのか？」

「実のところ」ライリーは彼の胸筋の上で手を組み、そこに顎を載せた。「あなたと出会うまでは、自分の体で感じるところなんて一箇所、せいぜい二箇所あるかないか、みたいなものだと思っていた。でも今は、体じゅうのどこでも、あなたに触れられたらそこから快感が全身に広がっていく。だから、私の体をマッピングする必要なんてないと思う。どこでも触れれば、必ず体は反応するから」

「それはいいことを聞いた」彼女の言葉に、胸の中で情熱が弾けそうになる。「だが、俺は科学的探究心を失わないんだ。あらゆる仮説を試してみたい。すべて確かめておくべきだ、と教わったから」

「私もそう教わったわ」彼女が笑顔を見せる。「数学と物理で。科学的探究心を失ってはいけないわよね」

「そうなのか？」

「そうなのよ」

彼女の目を見ながら、彼はピンクの乳首の周囲を指でなぞった。中心部が硬く大きく尖り、淡かった色が真っ赤に染まってきた。

ライリーも同じことをこちらにしてくる。彼女の指が、彼の乳首を中心に円を描くと、先端部が硬く立ち上がった。ペニスのほうも、すでに硬く大きく屹立《きつりつ》している。

彼女が顔を近づけて、乳首を舐める。すると直接ペニスを舐められたような衝撃を感じた。ぴくりと動き、さらに長くなった。

「興味深い反応ね」ライリーの声は低くかすれ、どうしようもなくセクシーに響く。「他に何が動くの?」

「自分で確かめたらどうだ?」

するとと彼女は、手のひらをお腹に当て、ペニスが左右に揺れるのを見た。彼のほうも彼女の白いお腹に手を置く。

「思うんだが」彼女の目を見ながら言う。「こういう場合は、女性のほうが有利だよな。男が興奮しているかどうか、明らかにわかるんだから。目に見えるし、はっきりとした証拠になる」ライリーがペニスを握る。彼の食いしばった歯から、息が漏れた。ああ、もう爆発しそうだ。「だが、女性の場合は、なかなかわかりにくい。それでも、どこをどう捜せばいいかを知っていれば、わかる方法もある」

そう言って、彼女の大事な部分を手で覆い、少し左右に動かして彼女の脚を開かせようとした。彼女は膝を立て、大きく開く。こんなにきれいな脚は見たことがない。長距離を走る習慣のある人の脚だ。長くて、贅肉がなく、強そうだ。その脚のあいだを自分の大きな手が覆っている光景は、何とも言えないぐらいエロティックだ。手で覆った場所は、俺のものだ、と主張しているように見える。

実際、そうだ。これは俺のもの。

「よし、ではここで何が起きているか調べてみよう」ピアースは、彼女の体の入口の周辺を撫でた。濡れている。人差し指を入れてみる。奥へ引き入れるように、彼女の肉が指を締め上げる。「うむ、君もじゅうぶん興奮しているようだ」

「ピアース」彼女の顔からは、軽い会話を面白がっていた表情が消え、深刻そのものだった。酸素が足りないのか、口を半開きにしている。「早く、お願い」

指で入口を大きく開きながら、彼は自分のものを彼女の中へ沈めた。二人の口から、同時に安堵したような息が漏れる。これでいいんだ、こうなるべきだったんだ、という感覚が、二人の心を強く動かす。彼女が感動しているのが、キスから伝わってきた。肌からも、心臓からも。彼女が、ものすごく、本当にうれしい、と感じているのがわかる。二人の体がつながることが、正しかったのだ。

体だけでなく、もっと大きな何かを、二人は分かち合ったのだ。

うとうとしながら、私はもうすぐ目が覚めるのね、とライリーの頭のどこかが気づいていた。海に飛び込んで、ゆっくりと水面へ浮き上がっていくときの感覚だ。ものうげに顔を上げると、光が見え、明るいほうに向くと、五感が戻ってくる。けれど、今のままでもじゅうぶん心地よい。

横になり、ほんのりと熱を放つ頼もしい体に寄り添っていると、海辺で寝そべっているような気分になる。海水で湿って固まった砂地に太陽が降り注ぎ、その上でうたた寝する気持ちよさと同じ。バリ島だとかシチリア島だとか、この世の楽園みたいなところで長期休暇を楽しむのは、こんな感じなのだろう。肩の力が抜け、体の芯までゆっくりと温かさがしみわたる。

幸せでリラックスした気分。

大きな手が頭を撫で、ゆっくりと頭皮をマッサージしていく。ああ、これぞファンタジー。バリ島に来たからには、ヘッドスパも楽しまなければ。夢の世界とは、こうあるべきなのだ。

すると、ぐうっとお腹の鳴る音が、温かな砂地から聞こえた。続いて、彼女のお腹も、ひもじさを声高に訴える。

そこで、はっと目が覚めた。完全に意識がはっきりして、ここがどこかを確かめ、即座に状況を理解した。ここはハリソン何とかさんの豪華アパートメントで、一緒にいるのはピアース・ジョーダン。昨日の夕方からほぼ夜じゅうずっと、彼女を愛してくれた人。彼の与えてくれる快楽で恍惚状態のまま意識を失い、眠りに落ちた。そのときのことを思い出し、現実は夢の世界よりすてきなことを実感する。

また彼の胃が鳴り、彼は笑った。「おはよう」少しかすれた低い声。おとぎ話の巨人がしゃべっているように聞こえる。

「朝ね」うーん。目を閉じたまま、一日の始まりを感じる。朝なんて嫌。たくさんの問題を、いっぱい思い出さなければならないから。夜、暗いあいだは、ただ愛し合う二人が無人島にいるのだと思っていられた。すべてから隔絶された、二人だけの世界にいるふりをしていられた。でも朝になると、現実がいっきに押し寄せてくる。重大な問題、不穏な情勢、危険な世の中、そんなことを考えざるを得ない。

仕方なく目を開けると、ピアースの紺色の瞳が自分を見つめていた。

朝まで一緒に過ごした恋人は、これまで何人かいた。情事の翌朝、というのは常に非常に居心地の悪いものだった。以前付き合った男性たちは、すべて著しく社会性に欠けており、会話のキャッチボールがスムーズにできる相手ではなかった。とりわけ体の関係を持ったあと、そういう男性とどういう会話をすればいいのか途方に暮れ、二人だけの空間が苦痛に感じられた。朝になってシャワーを浴び、身支度をするわけだが、その前の夜は二人とも全裸だったにもかかわらず、朝になっても肌を見せるのは慎ましさに欠けるような気がした。そんなことを思いながら朝食を摂るのも、気恥ずかしかった。

ところが今朝は、そんな戸惑いなどいっさい感じない。ただ、気分爽快。

ピアースがほほえみかけてきたので、彼女もすぐに笑みを返した。彼に腕を撫で上げられ、そのまま肩をつかまれる。そしてキス。しかし彼はさっとシーツを引きはがし、立ち上がった。ああ、すてき。筋肉が彼の全身に見事な陰影をつけている。ミケランジェロ作のダビデ像みたい。いや、実物だから、こちらのほうがはるかにすてき。「あなたって、服を着ないほうがいいわ」冗談ではなく、感想を述べたのだが、ピアースに笑われた。「本気で言ってるのよ。裸のまま、このあたりを歩き回ったらどうかしら。『いいもの見せてもらった』って、大勢の人に感謝されるわよ、きっと」ライリーのほうはわき腹を下にして横臥《おうが》していたので、足元にシーツが絡まっている。

彼がじっくりとその姿を眺める。足先から頭まで、そしてまた脚を見て、すばらしい、とでも言いたそうな顔で言った。「その最後の言葉は、俺から君にもかけるよ。ただ、君のそんな姿を見るのは、俺だけだからな。俺だけのために、神様が創ってくれた芸術品だ。つまり、観賞できるのは、俺だけ、ということだ」

「あなただけね」ライリーは笑顔になり、彼の言葉を確認した。これまで、数は多くないがベッドをともにした何人かの男性のことなど、今はまるで思い出せない。覚えているのは、全員がピアースと正反対で、へなっとして白い体だったことだけ。

「そうだ」ピアースの顔から笑みが消えていた。「本気で言っているんだからな」長い指を立てて、顔の前で振る。「絆と言うのか、俺たちのあいだに生まれつつあるものが何なのか、はっきりとはわからない。でも、他のやつが、俺たちのあいだに入り込むのは嫌だ」

彼は両足を広げて、少し背をかがめ、ボクサーが、かかってこい、と挑発するような姿勢で言った。彼女に反論されるとでも思ったのだろうか？

もちろん反論するつもりなどない。こんなふうに改まって言われなくても、彼女も同感だった。もう彼以外の男性と体を重ねることなど、想像もできない。

「もちろん、そうね」急いで言うと、彼がはっと顔を上げた。

「そうなのか？」

「まあ、あなたが私に我慢できるなら、だけど」

「君に我慢する？」ピアースが、本当に意味がわからない、という顔をする。「君は完璧じゃないか」

軽く鼻を鳴らすつもりだったが、とてもレディとは言えない音が出てしまった。これまで付き合った男性たちなら、彼女が完璧でない例をいくつでも挙げられるはずだ。

「そんなことはないわ。まず、仕事をし始めると没頭して他のことに注意が向かなくなるでしょ。それに料理がまるで――」

「そんなことはいいさ」ピアースが首を振る。「料理の話が出たところで、朝食を用意するつもりだけど、俺にまかせてくれるな？　昨日も言ったとおり、冷凍庫はいろいろなセクションにわけてラベルが貼ってあり、朝食セクションもあった。もしかしたら、クロワッサンがあるんじゃないかな。マフィンはきっとあるだろう」彼はそう言うとかがみ込んで彼女の首にキスした。彼女がぶるっと震えると、彼がにやりとする。「首は間違いなく、最高に感じやすいスポットみたいだな」

確かに、今全身を電気が貫いた。「む、うん」

「次にそのスポットが反応する場面を考えておいてくれ」彼はすばやくジーンズとTシャツを身に着けた。彼が体を隠すのは実に残念だが、いずれ外にも出なければならないだろうし、ピアースが全裸で歩き回れば、交通渋滞が起きてしまう。あるいは、彼の行くところだけに女性が集まり、その周辺地区には人がいなくなるとか。

彼女はシャワーを浴びることにしたが、自分の行動の変化に驚いていた。普段はシャンプーしないときなら、朝のシャワーはだいたい五分から八分。手際よく体を洗い、何時のバスに乗れるかを考えて、さっさとシャワーを終える。ところが今朝は、熱い湯がカーテンのように自分の周囲に落ちるのを見ながら、夢見心地でいつまでもシャワーブースに立っている。体に泡を滑らせ、ああ、ここにピアースが触れてくれた、と前夜を思い出す。全身、いたるところに触れられた記憶が残っているので、次の場所に移っても、また同じようにうっとりする。ごつごつした大きな手が、本当にそっと、その場所を愛撫したことを思うと、また全身が震える。お湯で体はすっかり温まっているのに。

一緒に暮らしたら、ベッドから出られなくなりそう。

そんな考えが頭に浮かび、彼女ははっとした。一緒に暮らす？　何だってまた、そんな先走ったことを考えてしまったのやら。体の関係を持った、それだけのことだ。情熱的な付き合いとは言えるものの、今はそれ以上の関係ではない。もちろん、さっきの彼の言葉『他のやつが、俺たちのあいだに入り込むのは嫌だ』とは、つまり付き合っているあいだは、互いに忠実でいよう、つまり他の人と体の関係を持たない、というだけの話。ライリー自身は、ピアース以外の男性と関係を持つことなどもう想像すらできないので、忠実でいるのは、何ら問題はない。しかし、男性との交際から、その男性との同棲《どうせい》に至るまでには、かなりのプロセスが必要になる。夢みる乙女みたいに、同棲を理想化した形でだけとらえていたのでは、彼に申し訳ない。自分にとってもフェアではない。

だから一歩ずつ先に進もう。彼女は厳しく心に誓った。

何かが欲しいと強い憧れを抱くのは構わないが、それはその何かを入手したことを意味するわけではない。彼女はかなり幼い頃に、その事実を学んだ。

彼女は体を拭き、新しく買って届けられたばかりのコットンのカジュアルな上下を身に着けた。その間もずっと、勘違いしてはいけない、と自分を諫《いさ》め続けた。服はすてきな色合いの水色で、前日、買おうか悩んだワンピース・ドレスのブランドだった。

今回のごたごたが完全に終わっても、おそらく職はないだろうから、このブランドの服を売る店でも立ち上げようか……。

今回のことが、完全に終わったら。そしてそのときまだ自分が生きていて、彼の気持ちも変わっていなければ、あのドレスを買おう。ちゃんとヒールのある靴も。バックパックはやめて、ハンドバッグを腕にかけよう。きちんとドレスアップして、彼の前に立ってみたい。

この先、もうしばらく死なずに済んだら、男性ときちんとした関係を築き、将来的なことも考えられるようになるだろう。きちんとした関係とはすなわち、一緒に映画やコンサートに出かけるとか、週末を一緒に過ごすとか、そういう普通の付き合いを続けること。

その上で、セックスも。絶対に、それは必要だ。

目の前に突然、未来が明るく広がった気がした。確かに、彼はポートランド、こちらはDCと、アメリカ大陸の両岸に離れて暮らしてはいる。だが国家偵察局での職を失う可能性は高い、いや、間違いなくクビになるはず。倫理的には当然のことをしただけなのだが、極秘映像を外部の人間に見せたのは事実で、政府職員の職務規定に抵触するのだから。そもそも、政治的な道具として、あちこちから利用され、あるいは必要以上に貶められるはず。DCにいないほうがいい。うんと離れた——西海岸にでも移り住もう。たとえば、ポートランドとか。だって、だって――親友全員がポートランドに住んでいるから。仕事については、そう心配してはいない。西海岸でもいい職に就けるはず。これまで、仕事探しに苦労したことはなかったし。それに、これまであまりお金を使ってこなかったこともあり、貯金もかなりある。しばらくゆっくりするのもいい。

そう思うと何だかうれしくなり、笑みを浮かべてダイニング・キッチンに入った。テーブルに並べられた皿を見て、いっそう幸せになる。超高級ホテルの朝食ビュッフェなみに、ありとあらゆる料理がそこにあった。さらに紅茶とコーヒーの両方が用意されている。

クロワッサンとマフィンは無論のこと、全粒粉パンのトースト、ジャムが数種、輸入ものの発酵バター、おしゃれなエッグスタンドに載せられたゆで卵、ギリシャヨーグルト、ミューズリー、焼き立てのワッフルと熱々のシロップ、先週一週間に彼女が口にした朝食すべてよりも、たくさんの量だ。

「卵は俺が茹でたんだ」ピアースが誇らしげに言って、彼女を席まで案内した。大きな麻のナプキンを彼女の膝に広げてから、自分も座る。「ちゃんと時間を測った。茹で時間は八分にしたが、もっと半熟のほうがよかったか？」

「いいえ、それでいいわ」彼が用意してくれたのなら、二十四時間茹でた卵だろうと構わない。

「コーヒー？　紅茶にするか？」彼の手がポットの上で彼女の返答を待っている。

「俺の大好きな〝レディ・グレイ〟があったから、紅茶はそれにした」

「じゃあ、紅茶に。私も〝レディ・グレイ〟は好きよ。でもあとでコーヒーももらうわ。ちょっと、しゃきっとしたいから」

「よし」彼はまばゆい笑顔を見せてから、彼女の頬にキスした。「では、さっそく紅茶をお入れします」

「あら、ずいぶん上機嫌なのね」

「実は、そうなんだ」彼がウィンクする。「普段の俺は、朝からこんなに機嫌よく会話するほうじゃないんだが、昨夜がすばらしすぎたから、気分爽快なんだ」

「実はね、私も同じ」彼女は手に取ったクロワッサンをいちど皿に戻し、しっかり彼の顔を見た。「私も気分爽快よ。朝起きてすぐ、これほど快活におしゃべりできたりしないのに」

「まずは、炭水化物とコレステロールをたっぷり摂ることだな」彼がマフィンを彼女の皿に置く。マフィンにはバターがたっぷり載せてある。それから彼女の手を取って、真剣な口調になった。「本当のところを言うと、俺たちのあいだには――」

彼の言葉は、ライリーのコンピューターが発する特徴のある音で中断させられた。

HERルームの警告音だ。エマたちからの連絡とあって、二人はすぐに仕事モードになり、コンピューターの画面を見る。醜いゴブリン王が画面で踊っていた。

安全で穏やかなこの場所で、二人は夢のような十数時間を過ごした。だが世の中は二人をほうってはおかない。牙をむき、かぎのついた爪を見せながら、二人に迫ってくる。悪いことがいっぱい起こり、二人を傷つけようとする世界がそこにある。

ライリーは皿を脇にどけ、コンピューターを正面に据えた。食欲はすっかり失せていた。ピアースのほうを振り返る。名残惜しくて、彼の姿をこの目に焼きつけておきたい。彼はまぶしい太陽のような存在で、暗い闇があたりを覆う前に、最後の陽光を確認しておきたくなったのだ。この瞬間をこのまま止めてしまいたい。いつまでもこうしていたい。けれどそれは、太陽の光を握りしめようとするようなものだった。

HERルームからの連絡が、いいニュースであることはまずない。

ライリーがHERルームを開くと、ホープの顔が映し出された。

「朝早くからごめんね。ジェイコブ・ブラックがあなたとピアースに話があると言ってるの」

ジェイコブからの電話を直接受けることができない事実を思い出し、また悲しくなる。逆に言えば、状況がいかに深刻か、という証明でもある。

「つながったわよ。さ、話して」ホープの言葉のあと、画面はジェイコブ・ブラックの細面の顔に変わった。深刻な表情だ。

「ライリー、そこにピアースもいるか？」

「はい、あ、ええ、ジェイコブ」彼女は少し椅子をずらし、ピアースも画面に入るようにした。コンピューターのカメラが二人をとらえたところで、ピアースが口を開く。

「ここにいる」彼の体全体の雰囲気が変わっていた。ライリーもそうだが、もうリラックスしたところなどない。座ってはいるが、気をつけの姿勢を取っているのと同じだ。彼女も背筋を伸ばし、体を固くした。「状況に変化があったのか？」

ジェイコブが疲れた息を吐く。「変化はあるが、いいほうにではない。あれからずっと軍や政府の要職に就く人間との会議の連続だった。カーヴィル少将とナバロ大佐は、こちら側についてくれた。当然のことながら、まともな技術者は全員俺たちの味方だ。しかし、それ以上にはなかなか説得が進まない。まず、軍の上層部は技術的な説明が理解できないやつばかりだ。だから、俺たちが言いがかりをつけているだけだと考える。ひどいやつは、ライリーの失敗や罪をごまかす手段だとさえ言い出す始末で――」そこで彼は視線をそらし、ぐっと歯を食いしばった。その表情に切迫感がみなぎり、威圧されそうで、ライリーは一瞬、恐怖を覚えた。そして改めて感じた。

この人は、恐ろしい人なのだ。敵に回すと危険な相手だ。

だが、こちらの味方であるかぎり、敵にとって危険な存在、つまり頼もしい人だ。

彼女は感情を出さないようにしていたが、彼が激怒しているのは伝わってきた。

「さらに、現在の状況を好機だと考えるやつがいる。そいつらは、エイドリアン・ソマーズに感謝さえしているんだ。だから、そいつらが担当する軍の仕事を、ソマーズ・グループに請け負わせている。ソマーズのやつは、存在感を増しているアジア地域で、いざこざを起こしたくてうずうずしている。ソマーズが、ちょっとぐらいもめても、エスカレートしないようにコントロールできますから、となじみの軍関係者に訴え、軍関係者はソマーズを信じきっている。中国軍の戦力を過小評価しているんだ。正気とは思えない。キューバ危機が実際に戦争に発展していたら、ミサイルの撃ち合いになっていただろうが、今回は、あの当時よりはるかに規模が大きな戦争になる。すぐに激しい攻撃を受けるだろうし、核兵器による被害も考えねばならない事態なのに」

ライリーは大きく目を見開いてピアースを見た。誰にとっても悪夢のシナリオ、核戦争だ。しかし、これを悪夢だとは思わない人もいるらしい。

「核戦争に勝者はいない」ピアースが重々しく口を開く。ジェイコブの頰の筋肉が波打ち、何か苦いものでものみ込もうとしているようだ。

「政策決定に関与するやつに言ってくれ。実際の戦場に行ったことのないやつばっかりだからな。核だろうがミサイルだろうが、あいつらにとってはビデオゲームと一緒だ。画面で示された点と線を見るだけなんだ。まったく、子どもと一緒さ」

ジェイコブとピアースが画面越しに視線を交わすのがライリーにも見えた。険しい表情の二人とも、戦争がどれほど悲惨なものか、身をもって学んでいる。

「話はこれで終わりじゃない」ジェイコブの眉間のしわが深くなる。

「核戦争が現実味を帯びること以上に、ひどい話があるの？」ライリーの問いかけに、彼が、ふうっと息を吐いた。

「君が提出した証拠映像は、逆再生したものだと言い出すやつがいて……戦争推進論者だけでなく、それが一般的な受け止め方になってきている」

「何ですって？」ジェイコブの言葉はきちんと聞こえていたが、それでも自分の聞き違いである可能性を祈った。

「うむ、中国軍がアメリカ人研究者を殺害した映像を、君が手を加えてフェイク映像に仕立て上げ、真面目に仕事をするソマーズ・グループの戦闘員に罪をかぶせようとした――誰かがそう言い出し、この説があっと言う間に広がったんだ。これこそライリー・ロビンソンが中国のスパイである証拠だ、こんなフェイク映像を作ったことで、さらに金をもらうんだろう、と」

彼女は激しい胸の動悸を意識しながらつぶやいた。「それって、国家反逆罪だわ」

「まさに、そのとおり」ジェイコブがうなずく。「終身刑を言い渡される罪だ。これが原因で実際に武力衝突が起これば、死刑は免れない」

「ちょっと待てよ！」彼女の隣で、ピアースが不満の声を上げる。「そんなばかな話があるか？　ライリーのことを知っている人間なら、それがどれほどばかばかしい――」

彼女はさっと指を立て、ピアースの言葉をさえぎった。「映像にはタイムスタンプがあるわ」平板な調子で告げる。「時刻を見れば、ソマーズ・グループの戦闘員による襲撃の映像が先に記録され、その後、中国軍の映像が記録されたとわかる」

「フェイク映像を作れた君なら、タイムスタンプも偽造できると反論されるだろうな」

「それは無理よ。タイムスタンプは偵察局内で刻印され、データはキャッシュ――」

そこまで言って、彼女は気づいた。「そんなこと、どうだっていいんだわ」

「ああ、そういうことだ。君の説明に耳を傾ける者はいないだろう。君も、もちろん俺も、真相を知っている。だが、それを説明するのは難しいし、さらにそれを理解させるのは、いっそう困難だ。やつらの説明は簡単で、実際、ありそうな話のように聞こえる。少なくとも表面的にはな」

「誰にでもわかるような、単純な話に書き換えたわけね」〝やつら〟の作り上げたシナリオを、ライリーは整理してみた。「まず、中国系のヘンリー・ユーは、長年中国のスパイとして国家偵察局内で目を光らせてきた。偵察衛星が拾った映像に、中国軍がアメリカの民間人を虐殺するところが記録されていた。これはまずい、と思った彼は、映像を修正することを思いついた。そこで不倫関係にあった部下を呼び出し、彼女なら自分のために何でもしてくれると考えてフェイク映像を作らせた。ユーとその部下のロビンソンには、その技術もあるし、機会もあった。しかし、自分のしたことの責任に耐えかねて自殺した、あるいは金の取り分でロビンソンともめて、殺された。このあたりはどっちでもいいわ。何にせよ、私は国家反逆罪の共犯者なのよ」

ライリーはそう言ってふうっと息を吐いた。相当ストレスがたまっている。手を重ねてきたピアースが、指を絡めてつなぎ合わせる。彼とつながることで、気持ちが落ちつき逆上して失っていた理性も戻ってきた。自分はしっかりと守られている。彼の手は、温かく頼もしい。彼自身が温かくて頼もしい。彼の会社が自分を支持してくれる。ジェイコブ・ブラックの会社も、自分を支えてくれる。親友たち、ASI社のIT女王様たちも、自分の味方だ。独りじゃない。頭がよくて、強い人たちが大勢、自分を守るために力を尽くしてくれるのだ。

そう考えると力がわいてきて、同時に怒りがこみ上げてきた。ライリーが怒ることはめったにない。意識のない母親をベッドに寝かしつけ、自分を車から降ろして走り去る父親を見送ったのだ。あの男と二度と会うことはない、と理解しながらも、振り返ることなく前に進んできた。そんなときも、かわいそうな人たち、と思うだけで、怒りは感じなかった。

NSA勤務のときの地獄の使者みたいな上司に対しては、できるだけかかわりを持たないようにしようと思っただけ。怒ったところで、得るものはない。親友たち――フェリシティ、ホープ、エマ、そしてライリーの四人全員が、同じ考えだった。その上司が権力を握っているかぎり、職場を去ることしかできなかった。そして四人とも世間に対して距離を置くようになった。

要するに、これまで怒りというのは彼女の生活に無用のものだったのだ。

しかし、今は違う。全身に怒りが満ち、細胞のすべてが憤怒で赤くたぎり、どくどくと脈打つのがわかる。よく考えれば、世の中に悪い人間が存在するのは当然ではある。新聞を広げれば、うじゃうじゃと悪人がわいてきているのがわかる。しかし、今問題なのは、そういう種類の悪人ではない。自分の利益のためなら、戦争でもしてしまう人間だ。お金を儲けるだけでなく、戦争によって昇進できるから、と考えているやつもいる。中には、メンツを潰すのが癪だから、という理由だけで、リスクには目をつむる者さえいる。開戦を正当化するためなら、何だって利用する人たち。その邪魔をするライリーの人生をめちゃめちゃにして、ライリーが暴いた真実を隠蔽した結果、何百万、ひょっとしたら何億もの人命が奪われることになっても、気にもかけない。

戦争というのは、どんな展開になるか、予想のつくものではない。開戦論者は、〝ちょっとした軍事衝突〟みたいなものを考え、うまく戦況をコントロールするつもりでいる。新型の武器のテスト、ごく少数の人間が莫大な金額を儲ける、地政学的パワーバランスを変える――それで終わりにするつもりなのだ。しかし戦争は、人のコントロールを離れ、勝手に拡大していく。そして、第三次世界大戦、と呼ばれるようになる。それは文明の終焉《しゅうえん》を意味する。それでもやつらは、どうだっていいと思うのだ。

そう思うと、腹が立って、腹が立って、キレそうになる。

彼女は横のピアースを見た。真剣な表情で、こちらの様子を見守っている。自分の命を懸けても、ライリーを守るつもり――いや、つもり以上の、絶対的な決意が伝わってくる。次に画面に視線を戻すとジェイコブ・ブラックがそこにいた。間違いなく正義の味方で、今回のことに協力してくれるのも、それが正しいと信じているからだ。それだけの理由で、資金も労力も提供してくれている。

「では」口を開くと、ピアースもジェイコブも、彼女に注目する。「私たちからも反撃しましょ」

14

「だめだ！」ライリーが反撃〝計画〟を話したあと、ピアースはいきなり立ち上がった。椅子はひっくり返るし、髪をかきむしる彼の目が血走っていた。

計画は大雑把《おおざっぱ》に言えば、エイドリアン・ソマーズをおびき出して、これまでやったことを自白させ、その内容を記録し、証拠とするというものだった。ライリーが囮《おとり》になって、ソマーズの口を割らせる役目を担当する。

「絶対にだめだ。そんなことを考えるのもやめろ。正気か？　君の計画がうまくいくには、何百万もの要素が思ったとおりにかみ合う必要がある。その上で、エイドリアン・ソマーズが、真実を述べることを期待するわけだぞ。あんなやつと会う危険は言わずもがなだ。ジェイコブ、あんたからも何とか言ってくれ。彼女を説得してほしい」

画面のジェイコブは、考え込んだまま何も言わない。

「おい！」ピアースは、かなり乱暴な口調で、ジェイコブに声をかける。ジェイコブ・ブラックにこういう口のきき方をする人は、そう多くないだろう。だが彼は怒った様子もなく、じっと考えている。「くそ、何とか言えって！」

　激高するピアースを横目で見ながら、ライリーはジェイコブに話しかけた。「あいつらはすっかり調子づいていて、私を始末するだけでは終わらないわ。このままでは、戦争に突入してしまう。最終的には良識が勝つのはわかっているけど、それまでに起こる被害を無視するわけにはいかない。それに、私の人生はもうめちゃめちゃよ。何の行動も起こさないでいれば、刑務所に入ることになる」

「そうだな」ジェイコブが軽くうなずく。

「だから、私の計画がうまくいけば、戦争を止められるだけではなく、私もまだ人生に展望が持てる。そうでしょ？」

「そうだな」一瞬とまどってから、ジェイコブは口を開いた。

　ピアースから、ぴりぴりしたエネルギーが放たれている。指先から稲妻を撃てそうだ。「うまくいけば。いけば、だろ？　仮定の話じゃないか」

　ピアースの腕に手を置くと、放電しているような感覚がそこにあった。彼の言い分はもっともだとは思う。ピアースだけでなく、他のみんなも、彼女の正気を疑っているのかもしれない。そう思って、分割された別の画面を見ると、ホープとエマが何も言わずにこちらを見ていた。

彼女は呼吸を整え、穏やかに話し始めた。「ねえ、ピアース。順序だてて、いろいろな可能性を考えてみましょうよ。その中から成功の確率が高い方法を選ぶの。技術的な問題の場合、私はそうするし、あなただって任務にあたる場合、そうやって作戦を組み立てるでしょ? だから計画の詳細を、順を追って、ステップごとに説明させてほしいの」

ピアースが口を開いたが、ジェイコブがぴしゃりと制止した。

「ピアース・ジョーダン」いつものジェイコブの声よりうんと低音で、命令に服従せざるを得ない圧迫感があった。こんな威圧的に命令された場合、私なら縮み上がってしまう、とライリーは思った。ピアースにも効果てきめんだった。彼がはっとして口を閉じ、かくん、という音が響いた。「座れ」ジェイコブの声はまるで神様からの命令みたいに聞こえた。ピアースはほとんど崩れ落ちるように椅子に腰を落とした。

「では」逆にライリーは立ち上がった。プレゼンテーションするときは、立ち上がるのが好きで、習慣みたいなものだ。「状況の進展は予想をはるかに超えている。これは全員、意見が一致するわよね。状況の進展に大きくかかわるのは二者。世界で一、二を争う軍事超大国よ。けれど、すべてのきっかけを作ったのは、エイドリアン・ソマーズ。そこで私なりに、この男のことを調べてみたの。ソマーズがオーナー経営者となっているソマーズ・グループは軍事会社で、本質的にはＡＳＩ社やブラック社と同業と言えるけど――」ジェイコブが抗議するような音を立てたが、そのうなり声は聞き流して、話を続ける。「――請け負う任務を遂行するための方法は、まったく違う。ソマーズ・グループについて、その営業方針や運営について、詳しく調べてみた。そうすることで、そのオーナー経営者についても、よく知れると考えたから」そこで臭いものでも目の前にぶら下げられたように顔をしかめる。「本当にひどい会社。結局わかったのは、エイドリアン・ソマーズは金のためなら何でもする、誇りとか正義とか、そういうものは一切持ち合わせていないやつってこと。まあ、こういうやつって、どこにでもいるけど、要は、お金を餌《えさ》にすれば、この男を釣り上げられるってこと。彼については、メールをハッキングしてわかったことがある。とにかく、ものすごくお世辞に弱いの。おだてられるとすぐその気になる。さらに自分に自信がない。セキュリティを万全にすることが業務の根幹のはずなのに、オーナー社長本人はいつも不安だなんて、笑い話よね。軍事・警備会社の人たちって、あなたたちもそうだけど、もろく繊細で傷つきやすい、ってイメージはないから」

彼女は横目でちらっとピアースを見てから、画面を見据えてジェイコブと目を合わせた。どことなく、面白がっているような表情がうかがえる。

「一方、エイドリアン・ソマーズは、ほんのちょっとでもばかにされた、と思ったら、それが彼の勘違いだったとしても、ひどく動揺し、怒りという形で体裁を保とうとする。でもそれをなだめるのも簡単。お世辞のひとつでも言えばいいの。それも歯の浮くようなおべっかが効果的よ。これは覚えておいて損はないわね」

「こんな話をしても――」苛立ちを吐き出そうと口を開いたピアースを、ライリーは人差し指を立てて牽制した。すべての理由をいちどに、いっきに説明するしかない。ピアースはソマーズをやっつけたくて、うずうずしているが、話を聴いてもらわねば。

「計画の第一段階はあの腰抜けをうまくおびき出せれば、成功と言える。勘だけど、あいつのエゴをくすぐるのが効果的でしょうね。私が連絡を取り、これまでのあいつの戦術が見事だと褒めるの。私は怯えて、何もできないと訴える。私はあなたの意のままです、と。私が所有する映像は武器になるはずだったけれど、実際は何の役にも立たなかった。それでもなお、あなたにとっては厄介なもののはず。そんなもの、私はさっさと手放したい。私は偶然、足を踏み入れてはいけない魔宮に迷い込んでしまったようなもの。私が間違っていた。私はただの技術屋で、たまたまこの映像を見つけてしまっただけ。そのせいで、私の人生はめちゃめちゃになった。元の生活に戻りたい。怖くて仕方ない。あなたの欲しいものなら、何でもあげる――そう告げるのよ」

ジェイコブが軽くうなずく。「だが、あいつの自白をすべて録音しなきゃならないんだぞ。録音装置を身に着けていないか、君は徹底的に身体検査される。探知機ぐらい、用意してるだろうからな。それに遠くから集音マイクを使って録音しようとしても、屋外のさえぎるもののない空き地でしか会わない、と言い張られたら、対応できない」

「ねえ、ホープ」ライリーはジェイコブの意見に、すぐさま反応はせず、横を向いてポートランドにいる元同僚に話しかけた。「ラネーシュを覚えてる？」

「ええ、よく覚えてる」ホープが笑顔を向けてくる。ＭＩＴで学んだことのあるホープとライリーは、学生の頃からこのインド出身の天才に好感を持っていた。ひょろっとした体で、腕や脚がやけに長く、少々ドジなところも含めて愛嬌《あいきょう》があり、その天才ぶりはＭＩＴでも群を抜いていた。「ラネーシュはね、〝アンツ〟を完成させたの」

「すごいわ！」ホープが驚きに目を見開く。「なるほど、これが計画の根本にあったわけね。それにしても、よかった。ラネーシュにとってもすばらしい話よ。今後彼は億万長者になるんでしょうね。十年以内、いえ、もっと早い時期に、世界の大富豪リストに入るわね。いい人の努力が報われるのって、本当にうれしい」ラネーシュは、インドでいわゆる不可触民として生まれた。幼少期の体験を語ってくれたことがあるが、その内容に心が痛んだ。

おっと、思い出にふけっている場合ではない。話の続きを待っているピアースとジェイコブに説明する。

「つまりね、今話した〝アンツ〟というのが、この計画の鍵を握ってる。学生の頃からの友人に、インド人のラネーシュという天才がいるんだけど、彼が開発した〝アンツ〟とは、虫のような、基本的には蟻《アンツ》ほどのサイズにした、超小型ドローンなの。近くに飛んでいても見えないし、音も静か。対象者が万一気づいても、ハエかハチがいる程度の意識しか持たれない。ところがこのドローンには高性能カメラとマイクが搭載されている。数十個一緒に飛ばすこともできるけど、その場合、ハエの群れがいるな、と思うぐらいよ。〝アンツ〟の群れを作る理由は、いろんな角度から対象者をとらえ、画像や音声を拾えるからなの。その数十の画像や音声を統合するプログラムがあり、プログラム処理の結果、きわめて鮮明な映像と明瞭な音声を持つ動画が記録される。自分がやったことを白状する際、そんな超小型ドローンが自分を撮影・録音しているなんて、ソマーズは思ってもみないでしょうね。だから、あいつは自分が何をしたか、ぺらぺらしゃべる。間違いない。私のことを取るに足りない女だと思いたいから、自分の知性をひけらかそうとするのよ」

ソマーズみたいな男がしそうなことはよくわかっている。これまでに嫌になるくらい何度も経験済みだ。女性よりも高い位置にいることを確かめたい男。自分が目の前の女性より頭がいいと証明したい男。実際は頭が悪くても。むしろ、頭の悪いやつはなおさら、マウントを取りたがる。女性に見下されると思うと、いてもたってもいられなくなるのだ。そういう経験が彼女には何度もある。フェリシティにも。ホープにも、エマにも。歪んだ精神で妙な理論を組み立て、自分は頭のいい女より上の存在だと安心したいのだ。HERルームの四人とも華奢な体つきなので、男性として非力であっても、力で圧倒できるのはわかっているから。ASI社の男性やジェイコブ・ブラックは、そんなくだらないことはしない。

「いや、そういうことじゃなくて」ピアースは激しいストレスに耐えているのだろう。首の腱がくっきりと浮き上がって見える。何としても穏やかに話そう、感情的になっているところは見せないようにしよう、と彼は非常に気を配っているが、手はしっかりと握りこぶしを作り、紐でも嚙み切ろうとしているかのように、頰の下あたりが何度も波打っている。「君が相手にするのは、米国政府が税金を使って殺人のための訓練をさせた男だ。本来その際には、厳しい倫理規範も一緒に叩きこまれることになっているのだが、こいつは殺人技術しか学ばなかった。俺の元上官も同じタイプのやつだった。その話はしたよな？　こういうやつは良心の呵責をいっさい持たずに人の命を奪う。君を消し去るチャンスがあれば、エイドリアン・ソマーズがためらうことはない。おそらく、君を殺すことを楽しみさえするだろう。絶対に他のやり方があるはずだ。君が自分の命を投げ出そうとしているのを、俺は黙って見ていられない。自分のことを、生贄《いけにえ》のヤギみたいに思っているんじゃないのか？」

「うまく交渉するわ。生かしておいてくれたら、あなたにも損はない、と。それに、私が殺されるところを、あなたは指でもくわえて見ているだけのつもりなの？　私を警護してくれるんじゃなかったの？　あなたやブラック社の人たちは、ただのお飾り？」

ピアースは興奮した牡牛《おうし》のように、鼻をふくらませる。「ソマーズ・グループだって、君を狙う殺し屋を周囲に配置させるだろうからな。身をひそめたやつらに、四方から撃たれるぞ」

ライリーは、彼の頰を撫でるように、そっと手を添えた。ライリーが怪我をする、もしかしたら死ぬかもしれない、と思うと、居ても立っても居られなくなり、心に生まれた恐怖を抑えておけないのだ。手に伝わる彼の体温。病気なのかと思うほど肌が熱い。

「私を狙うスナイパーが配備されているのは、間違いないわ」淡々と自分の考えを伝える。「私の警護にあたる人は、グラフェン素材のボディースーツを着て。薄くてぴったりと肌に密着し、熱を透過させないやつ。赤外線で探知されずに済むように。絶対に敵に存在を察知されないまま、こちらから敵のスナイパーをひとりずつ片づけていく。さっき言ったドローンの映像があるから、敵の位置はすぐにわかるはずだし、逆に敵は〝アンツ〟の存在を知らないから、監視されてるとは思いもしない。私とソマーズが話し始めたら音声でわかるから、その内容を聞きながら、いつ突入すればいいか、タイミングを図れる」

「どんなすばやい反応も、銃弾のスピードには勝てない」ピアースが勢いよく反論した。

「でもね――」ライリーが彼を説得しようと口を開いた瞬間、ジェイコブの声が聞こえた。

「ピアース・ジョーダン」またもや、彼がジェイコブ・ブラックとして誰からも畏怖《いふ》される存在であることを思い出させる声だった。「ライリーに危害が及ぶところを見たい人間など、俺たちの中にはいない。君は無論のこと、俺も同じだ。それでも……他に方法はあるか？　ソマーズはやりたい放題を続けるだろう。あの会社で、現在任務にあたれる戦闘員は八十五名いると考えられる。そいつら全員が、ライリーを追いかけるんだ。彼女が死ぬまで、追跡は続く。彼女を守るため、こちらは二十四時間、三百六十五日、徹底した警備体制を敷かねばならない。永遠に。それでもいつか、ほんのささいなミスで、すべては水の泡と消える。彼女を取り戻すことはできなくなるんだ。こんな状況を一刻も早く終わらせたいと彼女が考えるのも、もっともだとは思わないか？　こちらから攻めの姿勢で対抗すれば、彼女を守るだけでなく、戦争を回避できるかもしれないんだ。積極策にはプラス面が多い」

「そんなことが言えるだなんて、あんたはずいぶんお気楽なものだな!」ピアースの怒鳴り声に、切迫感がにじむ。「他のみんなにとっては、彼女の存在なんてたいした意味を持たないかもしれないが、俺にとっては、彼女がすべてなんだ!」

全員がショックを受け、言葉を失う。ピアースは興奮のあまり口走ってしまったのだろうが、それでも謝ろうとはしない。

「ねえ」ライリーは、彼の腕をさすった。彼の言葉に感動したのだ。自分がどれほど危険なことをしようとしているかは、彼女自身もわかっている。だから怖い。ただ恐怖以上に、普通の生活がしたい、という気持ちが強いのだ。人目を恐れて逃げるのではなく、自由に外を歩き回れるようになりたい。普通の生活の先には、将来というものがあり、そこでピアースとの……関係がどうなっていくのかを知りたいのだ。「大丈夫だから」

「大丈夫じゃない」ピアースは膝に置いたこぶしに寄りかかるようにして、コンピューターのカメラに顔を近づけ、ジェイコブに訴える。「俺を使え。ライリーがソマーズのやつと会う手はずを整えたら、俺が行く。彼女本人が危険に身をさらす必要はない。万一のことがあっても、彼女には対応ができない。戦う訓練を受けてないからな。俺はじゅうぶん訓練してきた」

ああ、ピアース。彼の言葉に、ライリーは感動した。熱いものがこみ上げる。だが、感情に流されてはいけない。「だからこそ、あなたじゃだめなの。戦闘訓練を受けた人のそばに、あいつは近づかないわ。自分を守るすべを持たない、かわいそうな女じゃないとだめなのよ。自分の勝利を確信しなければ、得意になってこれまでのことをしゃべったりはしないから。あいつは、あなたを恐れるはずよ。それも当然よね。だから、あなたが現われた瞬間、自分の持てるすべてを使って、あなたを叩き潰そうとする。それでは、自白は得られない。戦争に向かって突き進む今、この流れを止められるのはあいつの自白しかないの。さらに言えば、私が人生を取り戻す、死なずに済む唯一の方法が、あいつの自白を記録した動画になる。一生怯えながら逃げ続けるのなんて、生きてる意味がない」

彼はくるっと向きを変えて彼女を正面から見据えると、両手をつかんだ。「こんなことを君にさせるわけにはいかない」厳しい口調に、感情を隠している。「君を失うことに耐えられない。やっと見つけた人なのに。君を愛しているんだ」

彼女の瞳に涙があふれてきた。これまで、彼女に愛を伝えてくれた人はいなかった。迫りくる戦争の危機を回避しようと懸命になっているそのときになって、誰かがやっと愛を打ち明けてくれた。これも運命というものなのだろう。

「ちょっと！」ホープがパニックに満ちた叫び声を上げた。「オンライン・ニュースのサイトをチェックしてみて。今すぐ」

ライリーはニュース・サイトを開き、その報道内容に呆然とした。

アジア系の女性がどこかから中継している。画面の下に、速報が流れている。〝中国軍、攻撃態勢整える〟

「シンガポールからお伝えします。中国の人民解放軍の大規模な戦闘部隊が台湾の防空識別圏に侵入しました。国防省からの発表では、ジェット戦闘機、偵察機、空中給油機などを含む八十を超える軍用機が確認されています。さらに四十二機の中国軍用機が、台湾と中華人民共和国との事実上の国境中間点を越えたことも、国防省は確認しています。米海軍ジョージ・H・W・ブッシュ航空母艦からF‐16ジェット戦闘機が十二機、緊急発進しました。それぞれには六機のAIM‐9サイドワインダー・ミサイルが搭載されている模様です。国防省は次の声明を発表しました。『米国政府は台湾の防衛にコミットし、中華人民共和国からのいかなる敵対行為に対しても、積極的な対応を取る』」

そこで記者は声明文が書かれた紙から視線を戻し、まっすぐにカメラを見た。

「複数の情報筋によると、対中戦争に向けての計画が、国防総省の上層部で話し合われている最中だということです。以上、お伝えしました」

どうしよう。ライリーは心臓がどきどきするのを意識した。このままでは、戦争へ突入してしまう。もう制御が利かない状態だ。その先に待つのは地獄。世界全体を火の海にしてしまう、恐ろしい戦いだ。

それを止めるために、少しでも役に立つことがあるのなら、しなければならない。

今すぐに。彼女はさっと電話に手を伸ばした。

15

ライリーが着々と計画を実行に移す様子を、ピアースは見つめるだけだった。電話で話す彼女の声が、横で聞こえる。「は、はい。ええ。このまま待ちます、と伝えてください」彼女は小声でぐずぐずとわけのわからない言葉をつぶやく。心ここにあらず、といった感じで、声だけなら、打ちひしがれた人だとしか思えない。しかし、実際の彼女は、すっくと立ち、瞳に怒りをみなぎらせていた。きらきら輝く瞳に、決意がみなぎる。

電話は、ＩＴ女王様たちが、発信源を特定されないようにした上で、ソマーズ・グループにつないでくれた。彼女は電話をスピーカーホンにしてみんなに会話が聞こえるようにしている。電話はソマーズ・グループの受付から総務、秘書から副社長へと次から次に転送され、そのたびに彼女は同じ言葉を繰り返した。私はライリー・ロビンソンです、エイドリアン・ソマーズ社長とお話ししたいんです、社長も私と話をしたいとおっしゃるはずです、と。

最終的に、やっとソマーズらしき太い声が響いた。

「社長だが、どちらさん？」ソマーズは苛立ちを隠そうともしない。俺は忙しいんだ。おまえなんかとしゃべっている暇はない。

ライリーは、やさしく、そっと語りかける。「ソマーズ社長？　ああ、やっと話せた！　私はライリー・ロビンソンと申します」

「は？　誰？」

ライリーは天を仰いで、何なのよ、こいつ、という表情をしてみせたが、声は打ちひしがれた感じのままだ。「ライリー・ロビンソンです」

「そんな名前の人間は知らないな」彼女が言い終える前に、彼の声がかぶさってくる。電話を切ろうとしているのだ。

「待ってください」

「何だ？」

「私の名前までは、覚えてらっしゃらないかもしれませんが」彼女はわざと大きく息を吸う音を出す。電話では、彼女が勇気を振り絞って、ようやく覚悟を決めたかのように聞こえるはずだ。「私は、あなたの会社の人たちの、コンゴでの行動を記録した映像のオリジナル版を見つけた者です」

何の返答もない。

「それを、上司のヘンリー・ユーに報告しました」

「いったい何の話をしているのか、さっぱりわからんが、まあ、君の話を最後まで聞いてやろう」

彼女は話し始めるとすぐ、大きく鼻をすすった。完全な涙声で、泣きじゃくっているように聞こえるが、実際には目はかっと見開いたままだ。「私は、元の生活に戻りたいんです。どうか、お願いします！　あの映像をダウンロードしてからというもの、散々な目に遭い続けているんです。私があの映像を見つけたのは、本当に偶然のことでした。なのに、そのときから毎日が地獄みたいになってしまった。ああ、もう嫌！お願い、私を助けて！」

彼女の演技に、ピアースは感嘆した。声を聞いているだけなら、若い女性が、自分の手には負えない状況に陥ってしまい、なすすべもなく切羽詰まっているのだと信じてしまう。絶望的な状況から逃れようと、あがいている女の子、自分の話の正当性など、もうどうでもよくなっているに違いない。聞いているうちに、ピアースでさえ、そう思いかけた。

ところが、彼女の顔を見ると、まったくそうではないとわかる。体全体から闘志がにじみ出ている。目は輝き、顔は引き締まり、ぴっと背筋を伸ばすその姿は、戦士そのものだ。

またしばらくの沈黙のあと、ソマーズの声が響いた。

「俺には関係ない話だろ？」

彼女が、ぶるっと体を震わせる。彼女の水色の瞳が、銀の稲妻を放ったかのように思えた。激しい怒りがエネルギーとなって放出されたのだろう。見ているこちらが痛みを覚えるほどだった。

じっとしていられなくなった彼は腰を上げた。戦おう、このくそ野郎を撃ち殺してやろう、彼女がこうしてくれ、と言ってくれさえしたら何でもするつもりだった。しかし、彼にしてもらいたいことなど、ライリーにはないのだ。今となっては、彼が何をしても彼女の役には立たない。

できることなら、ソマーズを撃ち殺してやりたかった。喜んでそうするが、今はできない。そもそも、ソマーズをこの地上から消し去ったところで、ライリーの助けになるのかもわからない。あいつを殺せば、自分がすっきりするだけのことだ。この、全方位を敵に囲まれたような状況下では、ソマーズ・グループだけでなく、軍の上層部にも、彼女の存在を目障りに思う人間は多いはずだ。だから今は、ただ彼女のそばにいて支えるだけ。自分が役に立つときに備えておこう。ＡＳＩ社もブラック社も、彼女の味方になってくれるのはわかっている。一緒に戦うのだ。

ただし、現在、この瞬間は、彼女ひとりにまかせるしかない。

「い、いえ——あると……思います」

ライリーの演技はアカデミー賞ものだった。想定した役柄をこれ以上完璧に演じるのは無理だ。怯えて、おどおどしながらも、自分の見つけた事実に間違いはないと信じている。だから決意は固い。思いもよらず泥沼にはまってしまったITのことしかわからないオタク。必死の思いでその沼から抜け出そうとしている感じ。ソマーズは、怯えきったオタクの女の子を巣穴に呼び込んだ気になっているだろうが、実際にはドラゴンを招き入れようとしている。

「私の言う意味を、あなただってわかっているはずです。私が証言すれば、どういうことになるかを。でも……私は、そんなことなんてどうでもいいの！　とにかく、こんな暮らしが続くのは耐えられない！」彼女の声がヒステリックな叫びになる。「こんなの、もうたくさん！　あなたに何もかも差し出すから、だから……私にはもう構わないで」

ピアースはライリーのすぐ横にいたのだが、今の話を聞いているだけでは、丸ごと信じてしまいそうだった。人畜無害な女、ただ、今の状況から抜け出したいだけ。しかし、その姿を見ると、彼女の決意がわかる。怯えてもいないし、おどおどしているわけでもない。勇敢で、ものすごく、ひどく怒って不機嫌なだけ。

「ふーむ」スピーカーから、鼻を鳴らす音が聞こえた。ソマーズのやつは、どう対応すべきか考えているのだろう。「そうだね、えっと……ロビンソンさんだったかな?」

ソマーズの目の前には、ライリー・ロビンソンに関する身上調査報告があるはずだが、とぼけた野郎だ、とピアースは思った。

「いや、君が何を言っているのか、さっぱりわからないんだが、まあ、いいだろう。話ぐらい聞くよ」

「ああ、よかった。本当にありがとうございます!」心の底からの感謝の言葉らしく聞こえた。神への祈りが届いた、みたいな。「私はただ、元の暮らしに戻りたいだけなんです。こんなごたごたに巻き込まれたくないの」

「ほう、具体的にどれほどの『ごたごた』なのか、こちらでも調べてみよう」ソマーズの口調が、やさしくなった。権力のある老人が、若い女性を手助けしてやろう、といった雰囲気だ。助ける義務はないのだが、親切心で。

ピアースは奥歯を嚙みしめた。ライリーを何度も殺そうとしたくせに。

「そのためには、直接会って話をしたほうがいいね」

「ええ、ええ。ぜひ!」すすり泣く声でライリーが応じる。「人目につかずに会える場所を知っています。ロック・クリーク・パークなら、開けた場所だから、誰にとっても危険はないわ」

「だめだね。君がうちのオフィスに来れば――」

「嫌よ！」彼女の声に恐怖がにじむ。「公共の場じゃないと、会わないわ。パーク内のピクニック場、ネブラスカ通りを曲がって、バイナム・ドライブに沿ってすぐのところの11番グリル。私は週に何度かこの周辺を走るから、よく知ってるの。慣れた場所じゃないと、安心できない」

しばらくソマーズから反応がなかった。その場所を調べているに違いない。ピアースもライリーが提案した場所を調べてみた。首都近郊のレクリエーション施設、自然豊かで、観光客にも地元民にも人気の公園だ。ピクニックできるエリアは周囲を小川に囲まれていて、11番グリルはバーベキュー用石窯《いしがま》がある。小川からはだいたい四、五十メートルある。

「三十分後に、11番グリルで待ってるわ。何もかも持っていくから。とにかくこんなことは終わりにしたいの」彼女は早口で言い終えると、急いで電話を切った。

そのあと彼女が猛スピードでコンピューターを操作すると、画面に男性の顔が現われた。東南アジア、あるいはインド系の顔。画面越しにも、オタクっぽい雰囲気を感じ取れる。ちょろっと生えている口ひげが情けなく、メガネが鼻の下のほうにずり落ちていて、大きな茶色の瞳を聡明そうに輝かせ、真剣な表情でこちらを見ている。

「ラネーシュ、久しぶり。あまり時間がないの」

「了解。ホープから状況は聞いている。これから、アンツとコントローラーを持って集合場所に向かう。集合場所の正確な座標値を教えてくれ。その悪いやつを、みんなでやっつけよう」

「恩に着るわ。この人、ピアース・ジョーダンが座標値をあなたに知らせる。集合場所には、ピアースの他に、ジェイコブ・ブラックとブラック社の人たちもいるから」

沈黙。

「ジェイコブ・ブラックって、あのジェイコブ・ブラック？」

「ええ、嚙みつきはしないわ」ライリーはそう言って画面を暗くし、ミュートボタンを押す。「今の聞こえた、ジェイコブ？」ジェイコブが映る画面を見ることなく、話す。「私の友人に嚙みついたりしないでね。センシティブな人なの」

「ああ、約束する」不機嫌そうなジェイコブの声が響く。

また画面を戻して、彼女はラネーシュに話しかけた。「大丈夫よ、ラネーシュ。さて、あなたにまかせるからね。私の命はあなたの発明にかかっている、と言っても過言じゃない」

「まかせてくれよ、ライリー」声は震えていたが、強い決意がそこにある。

ライリーは振り向いて、ピアースをしっかりとハグした。全身から彼女の緊張が伝わってくる。

「ピアース、ジェイコブ、ドローンを用意して。静かなのにしてね。そのドローンがピクニックエリア周辺にいる、ソマーズ・グループの戦闘員を見つけたら、彼らがこちらの邪魔をしないようにあなたたちで無力化させて。音は立てないように、それから殺すのはだめよ。ドローンの操作はエマにしてもらって。彼女がいちばんうまいから」

エマのドローン操縦の腕の見事さをラウールが自慢していたのを思い出す。そのおかげで二人は命を落とさずに済み、事件が解決できたとか。あんな凄いドローン操縦は、見たことがない、と言っていた。

「わかった」

「それからグラフェン素材のボディースーツは用意できているんでしょうね、ジェイコブ？　みんなそのスーツを着るのよ」彼女はモニターカメラの前に顔を突き出し、ジェイコブがうなずくところを確認した。そのまま二人に言う。「こちら側のドローン以外は、エマがすぐに無力化するわ。敵のドローンが撮影した映像をリピート再生させておく。ピクニック・テーブルの後ろ、小川から五十メートル付近の茂みが、いちばん枝が密生して上からは見にくい。そこで待機していれば大丈夫なはず。ソマーズが茂みのほうを向くよう、うまく位置取りをする。ラネーシュはアンツを操作し、会話のすべて、さらに映像もオンラインで流す予定。ＹｏｕＴｕｂｅとインスタグラムにはリアルタイムで流す。テレビ局の全米ネットワークにも同時に乗せられるようにして。これはホープに頼むわ。できれば、複数のネットで流したい。ライブ中継を見ながら、これはフェイク動画だ、と言う人はいないはずだから。ただ、もちろんそう言う人はいるでしょうけど。ああ、何とかここで戦争への潮流を止めたいわ。それから小川の反対岸から、スナイパーライフルでソマーズの心臓に狙いをつけて。照準器のレーザーを当て、自分が狙われていることをあいつにわからせるの」

彼女は矢継ぎ早に命令を下した。通常であれば、一般人から一方的に戦術命令を受けるのは気分のいいものではないし、ジェイコブが憤慨しても不思議ではないはずだが、彼女の命令は実に的確なものだった。彼女の言うとおりにするしかない。

「さて、これでいいわね。ピアース、また車をどこかから盗むか、ブラック社から迎えの車を出してもらって。私はUber《ウーバー》を頼む」

「えっ?」驚いたピアースが画面を見ると、ジェイコブも同様にぽかんとしていた。

「私のほうが、先に到着するとは思うけど、監視カメラがチェックされている可能性もある。私は、頼る人もなく打ちのめされた女性として見られる必要があるの。Uberでやって来たら、本当にひとりなんだな、と信じ込ませることができる」彼女はそう言うと、パーカのファスナーを下げた。ぴったりしたタンクトップが見える。次に足首を上げ、ヨガパンツの下にあるのはきれいな脚だけだということを見せる。

「こうやって身体検査をされると思う。録音機器がないと確認したいはずだから。私の持ち物は、ウエストポーチに入れた少しばかりの現金、それからもちろんUSBメモリスティック、これだけよ。メモリにはオリジナルの映像が記録されている。ソマーズ・グループの傭兵が殺戮を繰り広げている映像は、あともうひとつコピーがあり、それですべてだと話す。このコピーは安全な場所に保管されていて、私を元の生活に戻してくれるなら、そのコピーは破壊するようにメッセージを送る、とソマーズに信じ込ませる」

「その場所を教えろと、拷問されるかもしれないぞ。あいつはそういう男だ」ジェイコブが感情を込めずに言った。

「ええ、でも拷問するには、私の体を拘束する必要があるでしょ。その間、あなたたちは何をしているの？　お飾りじゃないんでしょ？」

もちろんだ。ピアースは無論のこと、ジェイコブも、数合わせのためにその場に行くわけではない。しっかり武装し、必要とあれば、いつでもソマーズのやつの頭をぶっ飛ばしてやるつもりでいる。本当にそうできれば、どれほど気分爽快だろうという考えが頭に浮かんだが、やはり自白させるべきだな、と思い直した。完全に面目を潰し、彼の人生は終わるのだから。何より、確実に戦争を回避できる。

それでも、ソマーズに対する殺意を消すことは難しい。あいつは何度もライリーを殺そうとした。彼女ひとりなら、実際に殺されていた。

緊張のせいか、ライリーの足取りが妙に軽い。「ああ、どうか、神様」同じ言葉を繰り返す。「成功しますように、お願いします」

そうだ。みんなが成功を願っている。向こう二時間で多くのことが起き、未来への道筋が変わってしまう。自分たちの将来だけでなく、地球の命運さえ違ってくるかもしれない。

携帯電話が信号音を発し、彼女は画面を見た。「Ｕｂｅｒが着たわ、さ、行くわよ」

そう言うと彼女は駆け出した。ピアースが見たときには、ドアが音を立てて閉まるところだった。

ロック・クリーク・パークまでの道中、ライリーはひどく緊張していた。別に構わない。緊張して、冷静さを失っていることになっているのだから。そわそわ、びくびく、おろおろ——そういう風に見えるべきなのだ。こんな女、すぐに威圧できるぞ、簡単に操れる相手だ、と思わせたい。緊張しているのは本当だ。しかし、緊張より怒りが勝《まさ》っている。だから、気をつけなければならないことは二つ。怯えているように見せることと、怒りを隠すこと。

恐怖を感じているのも事実だ。ソマーズの自白を全米じゅうに知らしめる計画は、かなり急いで練り上げた。計画の詳細のうち、どれかひとつでも予想外の事態に直面すれば、全体の計画が頓挫《とんざ》する。

計画の大きな部分は、ラネーシュの開発したアンツの働き次第だ。試験運用はうまく行ったらしいが、実戦で使われるのはこれが初めて。膨大な数のアンツを空中に飛ばし、またテーブルの近くに這わせ、会話と映像を録画するのだが、これが成功しなければ、何にもならない。さらにピアースとジェイコブが、ラネーシュとうまく協働できるかという問題もある。ラネーシュは地上に存在する最高にオタクらしいオタクで、アルファ・メールというか、押しの強い男性は苦手だ。最貧の下層民に生まれた数学の天才が、クラスの力の強い男の子にどれだけいじめられたかは、想像がつく。けれど、そんな過去を持つ彼に対し、ピアースもジェイコブも気を遣って接してくれるはず――と信じよう。

ライリー自身はイヤホンなどの通信機器を身に着けない。彼女に、ブラック社をはじめとする精鋭チームの支援があるなど、ソマーズは想像もしていないだろう。それが、彼女にとっての優位点ではあるが、通信機器は必ず見つけられるだろうし、警戒を招く。その代わりにアンツがある。ラネーシュのおかげで、チームは彼女の声を聞くことができるのだ。それでも、自白を引き出せるという確証はない。結局、何も得られずに、自分の身を危険にさらしただけで終わるかもしれない。そして世界は崩壊する。あるいは、まずライリーが頭に銃弾を受けることになるかもしれない。

そんなふうに考えちゃだめ。彼女は自分の弱気を叱った。きっとうまくいく。成功させてみせる。

Uberの車内で、ニュース・サイトをチェックしてみた。中国が、極超音速滑空体を弾頭に持つ弾道ミサイルの実験に入ったと報じられていた。これなら米国のミサイル防衛システムに感知されないらしい。

ほんのちょっとした武力衝突でさえ起きてほしくない。やっと、生きる意義が見つかった今、心から思う。現在、彼女は人生最大の危機にまっしぐらだ。狡猾《こうかつ》で邪悪な男のもとに向かっている。この男の狡知を、上回らなければならない。この男に自分を殺す意思があるのは、じゅうぶん承知している。それでも、自分の背後には、これまで会った中でいちばんハンサムでかっこいい男性がいて、見守ってくれている。彼は見た目がすてきなだけでなく、魅力にあふれ、親切で、なぜかわからないが、自分に好意を寄せてくれている。そんなことは小説やロールプレイングゲームでしか起きないと思っていた。互いが同じように惹かれ合うなんて、魔法だとしか思えない。それに、ああ、彼はベッドでも最高だ。彼のおかげで、セックスがこんなにすばらしいと、初めて知った。

そして、さっき、愛している、と言ってくれた。

ライリーのためなら、平然と命を投げ出してくれる人。

が。

百万人にひとりの男性。夢でさえ登場してもらうことがかなわない相手。こんなセクシーな人が存在すると知っていれば、官能的な夢のひとつもみられたかもしれないが。

世界の軸がずれたのだ。以前考えていた彼女の未来とは、不満もない代わりに、特段すばらしいこともない、といったものだった。どれほど未来に満足できるかは、次々と開発されるソフトウェア次第で、いいアプリでも見つかれば、そこそこ面白くなるかも、そんなふうに考えていた。そしておしゃれなレストランに行き、いい映画を鑑賞する、そんな日々が過ごせるのなら、きっと幸せ。しかし今考える未来とは、毎分、毎秒が目のくらむような快楽に満ちた、魔法のような日々だ。ソファに座って手をつなぐだけで、脳内からエンドルフィンが分泌される。目が覚めたら横にピアースがいれば、どんなにうれしいだろう。

そんな日々を手に入れられないなんて、耐えられない。輝かしい未来が目の前に開けた、と思ったばかりなのに。これまで、本当に愛した人なんていなかった。この命を失うかもしれない、さらに戦争が始まるかもしれない——そういう大変なときになって、やっと愛する人を見つけたのだ。愛を失いたくない。

車が目的地に近づくにつれ、彼女の中で覚悟ができあがっていった。いつもランニングで走る、見慣れた道路を過ぎ、この先がロック・クリーク・パークだ。この自然公園に来ると、心が落ち着く。だからこそ、この場所を選んだ。ここでしなければならないことは多い。これまで見たこともない男と会うが、そいつは悪党で計算高くて、力では絶対に勝てない。彼女が有利な点は、この地域をよく知っていること、そして何より、頼りになるすばらしい仲間たちが支えてくれること。彼らは全員、それぞれの分野でのプロであり、有能だ。

さらには、アンツがある。今回が、実際の現場での初めての運用となる。アンツを操作するのはラネーシュ。彼ほど頭のいい人はいない。そして、いい友人でもある。

公園に到着し、車を降りて料金を支払うと、彼女はゆっくりと入口に向かった。ここからはハイキングコースになるが、ピクニックエリアはそう遠くない。小高い丘を越えると——ああ、見えてきた。

たいして景色がいいわけではなく、テーブルも古くてひび割れが目立つ。バーベキュー用の窯も長く使われていない感じの上、最後に使った人たちがきれいに掃除をしていかなかったようで、煤だらけだ。

彼女は警戒しながら、周囲を見た。こちら側のチームの準備は、もう整っているはずだが、姿が見えないのでわからない。Ｕｂｅｒの運転手より、はるかにスピードを出したと思われるので、先に着いているはずだ。

ふと、目の前がかすむような気がした。薄いガーゼが目の上に置かれたような——

と思ったら、さっときれいになった。あれ？　と思ったあとすぐに気づいた。アンツだ！　ラネーシュの発明が実際に使われている。すばらしい。個々のアンツはまるで認識できず、ごく小さな虫のようなものが群れを作り、それが霞《かすみ》のように見えるだけだ。よく見るとピクニック・テーブルの上にも。こちらも、あらかじめこういったものの存在を知っていなければ、完全に見過ごすだろう。テーブル自体は古くなり、あちこちが割れて、もろくなった木材が腐っている。ここでアンツ――つまり外見上はただの小さな虫――が動いたところで、誰も不審には思わない。テーブルの下にあるアンツは、おそらく音声を拾うプログラムが仕込まれているのだろう。まだあたりには誰もいないので、彼女はそっとつぶやいてみた。「聞こえる？」

小さな茶色い手が向こうの茂みから上がるのが見えて、彼女はほほえんだ。

「ラネーシュは大丈夫よね？」両手が上がり、親指が立てられた。オーケーだ。

ラネーシュがその茂みに潜んでいるとは、まったくわからなかった。これなら敵にも見つからないだろう。ピアースとジェイコブはラネーシュと一緒にいるはず。ブラック社のエージェントたち何名かも戦略的な位置取りを終え、それぞれに準備できているだろう。ここからは彼らの姿を確認できないが、心配は要らない。ソマーズが配置したスナイパーを無力化してくれる。そのことには絶対の信頼を置いている。そうでなければ、かなりまずいことになる。

ソマーズは悪漢だ。その事実に疑問の余地はなく、彼の会社で働く者にも良心なんてものはない。だからこそ、ヘンリー・ユーを殺害し、そのままライリーを殺そうと追いかけてきた。エイドリアン・ソマーズという男を信じてはいけない。忘れないで、ライリー――彼女は自分に言い聞かせた。そのとき、ソマーズ本人らしき人影が小径に見えた。自分が所有する場所であるかのように、威張った歩き方だった。

近づいてくるソマーズを目で追う。会社案内などに掲載された彼の写真は見たことがあったが、どうやらかなりの修正が加えられていたようだ。実際の彼は、写真よりもずっと太っているし、しわも多い。対外的には、もっと若い頃に撮った写真を使っているのだろう。それでも、見ようによっては男前だと言えなくもない。上背のある堂々とした体軀《たいく》に、整った顔立ち。見た目をよくすることにすごくお金を使うタイプのようだ。こんな自然な髪の流れにするには、カットに最低でも三百ドルはかけなければならない。シルクのシャツ、麻のズボンといった服装は、二千ドルでは手に入らないだろう。さらにぴかぴかのブーツも千ドルはする。ただ、宝飾品類は身に着けていない。軍事関連業界の人間は、ブレスレットやネックレスなどは仕事に邪魔だとして、着用を控えるのが常識なのかもしれない。

ソマーズがテーブルから五メートルほど離れたところで足を止めたので、何か勘づかれたかと、ライリーはどきっとした。隠れている人影を見られたか、アンツに気づかれたか……。

「テーブルから離れろ！」強い言葉でソマーズが命令する。気のいい親切な人、という電話でのイメージはすっかり消えている。強硬姿勢で行くつもりらしい。「こっちに来い！」

「あ、はい」彼女はテーブルから離れ、彼に少し近づいた。

「インカムとかを身に着けてないか、俺に見せるんだ」

彼女は、とぼけて、ぽかんと彼を見た。「イン……カム？ 何のこと？」

「わかるだろ、イヤホンとマイクだよ」彼女が引き続き、きょとんとした顔を見せたので、彼は言い直した。「録音機器がないと、証明するんだ」

そんなことなど考えてもいなかった、と言うように驚いて見せる。「あ、ああ。そうですよね。ごめんなさい」

服装も注意深く選んだ。スポーツブラにタンクトップ、前開きのパーカ、ストレッチ素材のヨガパンツだ。まずパーカを脱ぎ、タンクトップの裾を上げてお腹を見せたまま、くるっと一周する。次に脚を片方ずつ順に上げ、裾を膝までたくし上げる。見せ終わったら、そのままストンと裾を落とす。いかに妄執的な人間でも、ライリーが録音機器を身に着けているとは思わないはずだ。

ただし、テーブルの近くで、小さな何かが光を反射した。そう、身に着けているのではなく、周囲に録音機器が配置されているのだ。

「ポケットは？」

「パーカにはポケットがあります」

「裏返して中を見せろ」

言われたとおりにポケットを裏返す。

「それ、そいつだ」彼がテーブルを示す。「ちっちゃいバッグみたいなの」

「ウエストポーチのこと？」さっき、テーブルの上に置いたのだ。

「ああ」

小さなポーチを手に取り、ファスナーを開けて中身を出す。二十ドル札が三枚、そしてUSBメモリスティックだけ。ソマーズの視線がメモリスティックに釘付《くぎづ》けになる。彼女はさっと手を伸ばして、お札とメモリスティックをすくい上げ、ウエストポーチの中に収めた。

まだよ。こちらの望むものを得るまでは、これは渡さない。今の態度で、こちらの意図は言葉よりはっきりと伝わったはずだ。

ソマーズは、鷹揚《おうよう》に手を広げ、座るようにと彼女を促した。すごく時代がかったしぐさ、たとえば大広間で開かれたお茶会に出席したみたいだった。お茶を飲みに来たわけではなく、命がけの交渉を始めるのに。

彼女は座り、この模様がライブ中継されていることを意識した。アンツは彼女の顔も撮影するが、実際のストリーム映像では、ソマーズの顔しか見せない。彼女の声も変える。ソマーズの声はそのままだ。

彼女の背後にピアースとジェイコブとラネーシュがいる。ブラック社のエージェントもあちこちにいるのはわかっている。ソマーズの後ろにも、数名が配置されているはずだ。

彼女は、木の椅子が割れて、切れ端が痛かったふりをして、ソマーズの真正面ではなく、少し体をずらして座った。理由は、スナイパーがソマーズを正面から狙う場合、自分の体で邪魔をしたくないこと、そしてソマーズの背後からの銃弾が、彼の頭を貫通して自分に当たるのは避けたかったからだ。

出発前に、スナイパーの持つライフルは、火力の高い強力なものだと言われた。

ここから先は、生死を分ける騙し合いだ。

会話の口火は自分が切るべきだと思い、彼女のほうから口を開いた。「えっとですね、ソマーズさん――」

「ソマーズ大佐と呼んでもらおう」言葉をさえぎられてしまった。

「あ、はい、ソマーズ大佐」おとなしく彼の指示に従う。惨めったらしい様子を見せるのだ。頭を少し垂れ、震える手をテーブルの上に置いて、しっかりと組み合わせる。

「ここに来たのは、もうやめにしてほしいと訴える——お願いするためです。私は名もない偵察局の職員で、偶然に衛星画像を見つけただけなんです。目を付けていたとかではなく、私の職務が中国軍の監視なので、ふと目にした、という感じです。中国軍はコンゴでは活発な動きを見せているので」顔を上げたが、ソマーズに対する嫌悪感を隠しておくのは、とても難しい。「最初に見た映像には、中国軍兵士の姿はありませんでした。映っていたのはソマーズ・グループの制服を着たアメリカ人で、彼らがエボラ出血熱の新種を調査するためにCDCから派遣された研究者を惨殺するところです」

「言いがかりだ」ソマーズは動揺の色も見せない。「名誉棄損で訴えてもいいんだぞ」

ライリーは心の中でほっとしていた。うまく重要な部分に話題が向かっている。

「いいえ、訴えても無駄だし、そもそもあなたは、これを裁判沙汰《ざた》にはしたくないはず。理由は、私の持つ映像がオリジナルで、これがディープフェイクにより、変更されたからです。将来的には、修正箇所を見破れないレベルのディープフェイクを作る技術ができるかもしれないけれど、今はディープフェイクか本ものか、調べればわかる。一般大衆の目はごまかせても、法廷で専門家が見れば嘘と本ものの区別はつく。だからあなたは、私を訴えはしない」

彼がにやりと笑い、唇が横に大きく広がる。感じのいいビジネスマンといったイメージとはまったく逆、笑みで残忍さが強調される。食物連鎖の頂点に立つ捕食動物が、獲物を追い詰めたときの顔だ。彼はスマホを取り出し、画面を彼女に向けた。

アンツが、このスマホのモニターまできちんと録画できていますように。彼女は祈るような気持ちだった。

「これは何?」動画らしきものが映し出され、よく見ようと彼女は少し前に出た。暗がりで撮影されたようだ。公園みたいなところで、女性と男性が話をしている。するとカメラが、男性のほうにズームインする。それが誰かわかって、彼女は息をのんだ。ルディー・フィルモア、汚名にまみれた反逆者だ。この男は機密情報を盗み出し、相手構わず売り渡した。この数ヶ月、この男はメディアを騒がせ、ニュースだけでなく、ドキュメンタリーでも特集された。その上、ネットフリックスが事件をドラマ化し、シリーズとなったそのドラマは何話にもわたって配信された。

カメラが向きを変え、彼女は再び息が止まるかと思った。私だ! ライリーが何らかの情報を、悪名高きルディー・フィルモアに渡しているのだ。映像の女性はどう見ても自分だ。プラチナ・ブロンドの髪が、街灯を反射して輝いている。ランニング用の服装をしていて、ちょうど今の格好と同じだ。振り向いた顔も、まさしくライリー・ロビンソンだ。自分としか思えない人物が、自分ではまったく記憶にないことをしている。不思議な感覚だった。これは誰ですか、と問われれば、私です、と証言せざるを得ない。ただ、実際は違う。彼女はルディー・フィルモアに直接会ったことなどない。見かけたこともないのだ。

「フェイク映像だわ」険しい表情になった。

「うまくできてるだろ？　実によくできたフェイク映像だ。これがニュース配信各社に送られる。フリーの政治ブロガーやジャーナリストにもな。ライリー・ロビンソンは、以前から国家反逆罪を犯していた、というニュースで全米が埋めつくされる。メディアはしばらく、この話でもちきりだな」

彼女は論理的な欠陥を見つけ出そうとした。ルディー・フィルモアは、半年ほど前、突然姿を消した。そして一週間後、モスクワに現われた。ロシアに亡命を求めているとのことだった。

「この動画の撮影日は？」ソマーズは画面を自分のほうに向け直し、目をすがめた。

「今年の一月六日だ」

「その日、私はカンクンで開かれた会議に出席していたわ。裁判所はこんなものを証拠として採用しない」

「そうかもな。だが、反撃しようとしたって、その頃にはもうお前の評判なんて地に落ちている。国家を裏切った最低の女の言い分を、誰が信じるんだ？　おまえが、自分の持つ動画が本ものだ、なんて話を広めようとする前に、こちらは手を打てる」

「あのディープフェイク映像をオリジナルだと言い張る気？　あれって、モリス・サータンに作らせたんでしょ。私は上司である分析課長のヘンリー・ユーに衛星画像について報告した。ヘンリーは、そのまた上司である情報運用部長、つまりモリス・サータンに相談すると言ってたわ。モリスなら当然、ディープフェイクを制作できる。あなたにはそんな技術はないから」

彼がにやっと笑う。「そんな技術、俺には必要ないからな。俺にはもっと重要な技術があるんだ」

「ヘンリーまで殺す必要はなかったはずよ」涙がこみ上げてくるのを感じる。本ものの涙だった。「あの人はただ、報告しに行っただけなのに」

「あいつには消えてもらわねばならなかった。おまえも同じだ。しかし、何も言わずにどこかに消えてくれるのなら、見逃してやってもいい。そもそも、話が大きくなりすぎて、俺のほうでも手に負えなくなってきてるから」

「あなたのせいで、戦争が起ころうとしているのよ」彼女の頬を涙が伝い落ち、涙声になる。「ただ、自分の評判を守るためだけに、あなたがしたことのせいで」

彼は肩をすくめた。なるほど、これで話は終わりってことね。彼女を黙らせておけると確信したようだ。もし彼女が真実を暴こうとすれば、彼自身の手で彼女の人生を破滅させられる。自分にはその力がある、だから、動画を収めたＵＳＢメモリも、この女は自分に渡さざるを得ない。話し合いはうまく行った、望むものは手に入れられた――ソマーズはそう思って、勝ち誇っているのだろう。

そのとき、ライリーは大きな声を上げた。「みんな、今の録画できた？　これ以上何か必要？」

「いや、これでじゅうぶんだ」太い声があたりに響いた。飛び回る数百もの虫から発せられた音は、驚くほど明瞭に聞こえた。「動画も音声も、しっかり記録できてるぞ」ジェイコブからの応答だ。彼はソマーズにも話しかける。「ソマーズ、おまえはもう終わりだ。これから死ぬまで監獄で暮らすんだな」

ソマーズの顔が凍りつく。ひどくショックを受けたのだろうが、すぐに真っ赤に染まる。肉厚の手でライリーの手首をつかみ、もう一方の手を腰に伸ばそうとした。

「無駄なことはやめろ！」ジェイコブは姿を見せないまま、声だけがあたりに響く。「自分の体を見るんだな」

ソマーズが視線を下げた。レーザーによる小さな光が四個、彼の心臓を狙っていた。四つの光は正確に円を描いて心臓を取り囲み、ぴたりと動かない。

「スナイパーライフルで狙いをつけているのは、元ＳＥＡＬよ」ライリーが告げる。「これ以上少しでも動いたら、あなたの命はないわ。念のために言っておくけど、みんな引き金にかけた指に、少し力を入れたくてうずうずしているの」

「彼女の話を信じたほうが、身のためだぞ」またジェイコブの太くて威厳に満ちた声が、はっきりと聞こえる。「ぴくりとでも動いたら、おまえはそのまま地獄行きだ。おまえのように祖国を裏切り、戦争までさせようとしたやつには、特別の地獄が用意してあるんだろうな。銃弾でその特別な地獄に突き落としてやってもいいんだぞ。きっと楽しいと思う。そうだよな、みんな？」

おう、という男性の声が聞こえると、ソマーズは怒りに体を震わせた。

「おまえ！」ライリーに向かって怒鳴る。「このくそあま。おまえは問題ばかり起こすやつだ。今に後悔させてやるからな、見てろ――」

ソマーズの言葉など、彼女は聞いていなかった。すぐに深い茂みに飛び込み、くるぶしまで深さのある小川の流れもものとはせずに駆け寄ってきたピアースに抱きついた。彼がきつく抱きしめるので、息が苦しいほどだった。いや、唇が重なっているせいで、息ができないだけだった。

ピアースがキスをやめ、小首をかしげながら顔を離す。その瞳に涙が浮かんでいるのを見て、ライリーはびっくりした。こんなに立派な戦士が、泣くの？

「あなた、泣いてるの？」

「泣いてない」そう言いながら鼻水をすすって、目を拭う。「いや、そうだ、泣いてるよ、ちくしょう。愛する女性が殺されるところを見なきゃならないかと、不安で……泣いたっていいだろ?」

「そうね、私も同じ気持ちよ」

「今、何と言った?」彼は体ごと少し離れて、希望に満ちた顔で彼女を見つめた。

「きちんと言葉にしてくれ」

「ええ、もちろん」彼女はぽろぽろとこぼれる涙を拭おうともしなかった。もう感情を抑えられなくなっている。「私もあなたを愛してる。もう二度と愛する人の姿を見られないかと、不安だった。だから、同じ気持ちよ」

「あんな危ないこと、二度とけっしてしないでくれ」彼の言葉に力がこもる。「絶対、絶対に、だ」

「わかった」彼女の声にも熱がこもる。「今後私がする最大の危険なことは、ジムでのクライミングになるわ。約束する。私は――」そこまで言ったところで、はっと気づいた。すっかり忘れていたのだ。「ラネーシュ! どうして考えが及ばなかったのかしら。あの人、大丈夫?」彼はタフなタイプではないのに、こんな危険な場面に引きずり出してしまった。大変、もし彼がトラウマでも抱えるようなことになったら、自分の責任だ。

ピアースが、朗らかに笑う。「もちろん。自分で確かめればいい。ラネーシュ、こっちに来いよ!」

茂みが動き、葉っぱが落ち、中からラネーシュが現われた。その後ろにジェイコブ・ブラックがいる。ラネーシュは乱れた髪をまったく気にすることなく、満面の笑みを浮かべている。

「ライリー！」

「ラネーシュ、どこか怪我でもしていない？　気分はどう？」

彼女は彼に近づくと、細い二の腕をつかんで、その全身をチェックした。まぶしいぐらいの笑顔で、急に少し背も高くなった気がする。じっとしていられない気分らしく、興奮ぎみに話し始める。

「君、すごかったね。最高だったよ！　僕のアンツも見事な働きをしたよね。そうだろ、ジェイコブ？」

彼は後ろにいるジェイコブを見ようとして顔を上げたが、予想よりはるか高いところに視線を向けねばならなかった。だが、見るからに英雄崇拝している感じだし、それに何より『ジェイコブ』って、ファーストネームで呼び合う仲になったの？

ジェイコブ・ブラックがラネーシュの肩に手を置く。彼の大きな手は、ラネーシュの首から肩先までを覆ってしまった。

「ああ、見事だった。すごいものを開発したな。君は天才だよ。商品化に向けて、一緒に実戦で使うためのテストを進めよう。莫大な売り上げを期待できるぞ。今後の戦闘というものを、根底から変えてしまうものになるかもしれないからな」

「じゃあ、一緒に冒険を始められるんだね？」ラネーシュは、欲しかったおもちゃを手にした五歳児みたいに、うれしそうだ。

「ああ、必ず」ジェイコブがほほえむ。いつも厳しい顔しかしない人なので、笑顔というのが不思議に思える。顔の表面のどこかに、ひびが入るのではないかしら、と思ったほどだ。「一緒に、たくさんの冒険をしような」

またピクニック・テーブルのあるところに戻ると、ブラック社のエージェント二人が、プラスチックの拘束具をソマーズの手首にかけているところだった。抵抗したって無意味なのに、ソマーズは暴れ回り、意味のない言葉を吐いている。だが、誰もソマーズのことなど気にしていない。

「ソマーズ・グループの戦闘員は？」

ライリーの質問にピアースが笑顔で応じる。「処理済みだ。心配しなくていいから。さて」彼の表情が突然、真剣になった。足を少し広げ、嵐にでも備えようとしているみたいだ。「君に話がある」

ライリーは彼の胸に手を当てた。彼が本当に無事であることを、確認したかったのだ。そして、彼の胸筋を感じるのがわくわくするから。「なあに？」

「ジェイコブが、君を雇いたいといっている。ブラック社は全米じゅうにオフィスがあるから、君は引っ越す必要もないし、好きな町を選んでもいい。何より、給料はとびきりいい。だが俺は、君にはポートランドに来てもらいたい。俺と一緒に、ＡＳＩ社で働いてほしいんだ。うちだって、君には給料をはずむはずだが、ブラック社ほどではないだろう。だが、職場にはフェリシティ、ホープ、エマもいる。そして俺も」彼はさらに身構えた。「ノーとは言わせない」そして覚悟を決めた、という顔で彼女の答を待った。

そうねえ、と彼女は自問した。選択肢その一は、世界有数の大きな会社での職。でも同僚は知らない人ばかり。そしてＤＣにはいたくないし、別の都市に行くにしても、そこでもまた新しい人たちに囲まれる。国家偵察局で仕事を始めたときもそうだった。そしてまだ、友だちと呼べる人はいない。

選択肢その二は……オレゴン州ポートランドに移り、親友たちとまた一緒に仕事をする。ポートランドはすてきな都市だと聞いているし、親友たちもとても幸せに暮らしている。そしてピアースがいる。自分のありったけの愛情を注げる人が。彼の申し出に、イエスと答えるか、ノーと言うか。迷うはずがない。

「イエスよ。もちろん、イエスに決まってるでしょ」

エピローグ

三ヶ月後
オレゴン州ポートランド郊外、フッド山麓
ASI社所有施設、グランジ内

「おい、ピアース、気をつけろ！」メタルの声が、響き渡る。心配で仕方ないようだ。

「その子を落とすなよ！」

ピアースは射撃の名手であり、コンバット・ドライビングのインストラクターができる腕だ。つまり、手元の確かさは、多くの第三者が保証してくれているわけだ。おまけに牡牛並みの力持ちだ。そんな人間が、子どもを落とすはずがない。生後まだ三ヶ月の男の子は本当に軽くて、誰に言われなくても大切に扱わねばならないことぐらいわかる。だからしきりに心配ばかりしているメタルは、そのままほうっておいた。

メタルは他の者に対しても同じだ。ものすごくかわいい双子の男の子が、いろんな人の膝から膝へと移動していくあいだ、気が気じゃない様子のメタルは、不安の声を発し続けていた。

男の子たちが載って遊ぶ膝は、たくさんあった。今日は多くの社員がフッド山のふもとにある通称グランジという山荘に集まった。ここはASI社所有で、ビジネス用にもさまざまな設備があるのだが、贅沢な空間に大勢が集まれるホールなどもあり、ラウールとエマの婚約を祝うためのパーティがここで開かれていたのだった。社員だけではなく、ラウールの親戚じゅうが、エマに会うためにあちこちからやって来た。彼女はスペイン語が堪能で、メキシコ出身のラウールの親族たちも、すっかり彼女の魅力のとりこになっていた。またビデオゲームの攻略法を教えるなど、スコアを上げる手助けをすることで、子どもたちからは絶大なる尊敬を集めている。

愛する男女を祝うために多くの人が集まる――なんてすばらしいことだろう。核戦争に突入する一歩手前まで事態が悪化していたことを思えば、こんなパーティを開けること自体が奇跡のようなものだった。あのまま緊張が高まり続けていたら、全米、いや全世界のいたるところが焼け野原になっていたかもしれない。

ライリーの衛星動画、それにアンツが撮影した音も画像も鮮明な映像が配信された当初、一般世論の反応は鈍かった。しかし、軍関係の人たちの衝撃は大きかった。国防総省が、新しく巨額の契約をソマーズ・グループと結ぶことになっていたせいもある。

多くの関係者が、面目を潰されて激怒した。出世をもくろんでいた人たちの昇進は見送られた。代わりに、理論的に考えましょうと、懸命に努力していた人たちが昇進した。良識の勝利だ。中国との一触即発の緊張状態は、すぐに解除された。現在は、新たな通商条約や協定を結ぼうという話し合いが進んでいる。開戦が目の前に迫っていた状態から、推進派も含め、誰もが慎重な足取りで戦争から離れていった。

エイドリアン・ソマーズの初公判は、一ヶ月後に予定されている。

ライリーがＡＳＩ社で働き始めてから二ヶ月が経った。ここで働くことを決めてよかったと、毎日、いや毎分毎秒、思っている。会社も仕事もすばらしいが、世界じゅうで親友と呼べる三人と一緒に働けることが最高だ。彼女は職場にすんなりと溶け込み、ＩＴ女王様たちから感謝された。と言うのも、フェリシティは出産したばかりで、まだ産休中――実際は自宅からリモートワークを続けているのだが、会社自体がさらに大きく成長する局面にあり、フェリシティがフルタイムでオフィスに来られるようになる頃には、また人手が足りなくなっているからだ。

こんないい会社はない、とライリーは思っていた。仕事の面白さは言うまでもなく、仕事仲間に恵まれているのだ。オーナーであるボス二人は、とにかく思いやりがあり、また社員の仕事ぶりへの感謝を忘れない。そして同僚となったエージェントたちは、フレンドリーで話していて楽しい。

また物質的な意味での職場環境も最高だ。きれいなオフィスで働くことは、やりがいを感じるための必要条件ではないものの、居心地がいいに越したことはない。こんなにすてきなオフィスで働けるのは、ボスのうちの創業者の奥さん、スザンヌ・ハンティントンのおかげだ。インテリアデザイナーの彼女は、本当にセンスがよくて、彼女が少し手を加えるだけで、同じ場所が見違えるほど美しくなるそうだ。このグランジも、彼女が内装すべてを手がけた。婚約パーティということで、おいしい料理がたくさん並べられているが、これはすべて世界的に有名な美食ブロガーであり、シェフでもあるイザベル・デルヴォーが作ってくれたものだ。なんと彼女はASI社エージェントのひとり、ジョー・ハリスの妻だったのだ。

それでも、ASI社で働くようになって、いちばんよかったのは、やはりピアースとのことだ。彼と毎日会えるのだから。会社のエージェントは全員、短期出張に出かけることがあり、彼もボストン、メキシコシティでの任務がいちどずつあった。しかし、会社には暗黙のルールというようなものがあり、エージェントが出張でいないとき、その妻や恋人をひとりにしないよう、周囲で気を配ることになっているそうだ。そのため、ピアースの出張中、ライリーはあちこちからの夕食の誘いを断るのに苦労した。

しかし、スザンヌ、イザベル、それにローレン・ジャックマンからのショッピングの誘いは断らなかった。こちらに来てからの大発見だったが、何とライリーはショッピング好きだったのだ。

「この子は本当にかわいいな」ピアースは赤ちゃん言葉で双子のひとりをあやしながら、椅子に座ったまま、高い、高い、をして赤ちゃんを持ち上げた。双子の名前はマイケルとリチャードで、それぞれミックとリックという愛称で呼ばれている。だが、両親以外は、どっちがどっちなのか見分けられない。基本的には二人ともメタルに似ているのだが、どことなくフェリシティの繊細さも感じ取れる。

大きくなったら、この子たちに失恋して泣く女の子がいっぱい出てくるだろう。間違いない。

フェリシティは妊娠期間を通して、ずっと体調不良に悩まされた。初期だけでなく、出産間際まで吐き気が収まらなかった。しかしその逆に、出産そのものは、非常に楽だったとのことだ。そのため、病院から戻ったらすぐ、会社に来たくてうずうずしていたらしい。結局、もう少し休養すべきだというみんなの反対に勝てず、リモートワークすることにした。

会社の関係者全員が、双子の面倒をみている。そのため、現在もフェリシティは部屋の隅で、ホープとスザンヌの三人で会話を楽しみ、子どもたちの心配は、もっぱらメタルにまかせている。

ピアースが、ミックかリックかどちらかは知らないが、双子のひとりをウェイトリフティングみたいに頭の上に持ち上げる。赤ちゃんはきゃっきゃっと笑い、まだ歯のない歯茎を見せている。ピアースも笑みを返す。

「この子はどっちだ？」ピアースが、横ではらはらしながら上下に動く息子を見ていたメタルにたずねる。メタルは、万一赤ちゃんが落ちたときに、すぐに腕を差し出そうと、変な姿勢で身構えている。

「ミック」その答を聞いても、ライリーには、メタルがどうやって見分けているのか、見当もつかない。

「よーし、行くぞ、ミック」ピアースが赤ちゃんの体を少しだけ放り上げる。ミックはきゃーっと喜んで、はしゃいでいる。小さな手足をばたばたさせ、楽しくて仕方ないようだ。

ところが次の瞬間、ミックは強烈な音でおならをした。同時にうんちが出たらしいが、あまりにも大量でおむつと半ズボンのロンパースではその量を押さえきれず、ふっくらした脚を伝って漏れてきた。

ピアースは、まずびっくりして、そのあと恐怖に顔を引きつらせた。その表情があまりにおかしくて、ライリーは大笑いした。その後、一瞬の沈黙のあと、近くにいた人たちがお腹を抱えて笑い出した。笑いは、赤ちゃんとピアースの周辺から、波のように周囲に広がる。みんな、それまでしていたことをやめてピアースのほうを向き、事態を悟って笑い出したのだ。

　全員が大笑いする中、メタルは我が子を引き取ると、にやにやしながら、離れたところでおむつを替え始めた。フェリシティの話では、メタルはおむつ替えの達人だそうだ。赤ちゃんが二人いるので、常にどちらかのおむつを替えなければならず、必然的にうまくなるのだろう。

　マルティネス家の女性、おそらくラウールの姉かいとこか、義理の姉妹か――とにかく数が多いので、誰が誰だか覚えるのが大変だ――が、タオルとお湯を持ってきて、ピアースの腕をその場で洗ってくれた。

　ライリーは必死に笑いをこらえながら、ピアースのところまでやって来た。もうその頃にはピアースも恐怖を克服し、彼自身も笑い始めた。

「うちのお袋が、いつも言ってたよ。子どもには勝てないって」

　彼の親友であるラウールが、どんと背中を叩く。「俺たちみんな、遅かれ早かれ、自分の子を持つようになるからな」そして意味ありげな視線をエマに向ける。エマは何も言わずに、ただ笑顔を見せた。

　そのとき突然、流れていた音楽の曲調が変わり、大きな音になった。誰か叫ぶ。

「ダンスパーティだー」

ライリーはエマと顔を見合わせて、大きなホールの中央へと移動した。全員が、二人のダンスを見ようと、場所を譲る。

実は、エマとライリーは、パートナーを組んで、社交ダンスを習っていたのだ。正式にダンスを習いたいエマに対し、ラウールはどうしてもレッスンに付き合ってくれなかった。まあ、当然とも言える。彼はまったく踊れないからだ。彼は、三千メートルの高さからパラシュート降下ができ、百メートルの海底にもダイビングでき、当然障害物のあるコースを楽々と走れる。それなのに、ダンスができない。ただ、音に合わせて体を動かす、ということができないのだ。そこでエマはライリーを誘って、社交ダンスのレッスンを受けることにした。余談だが、ピアースも踊らない。絶対に。レッスンは楽しく、エマとライリーの二人でパートナーを組めば、すごくうまく踊れることがわかった。エマのほうがダンスのセンスはあるのだが、ライリーのほうが全般的な運動能力が高く、お互いから学び合えることも多かった。ライリーは特に、シャッフルが得意だった。

音楽はジルバだ。二人はしっかり手を組み、軽く膝を折ってお辞儀をする。さあ、ダンスの始まりだ。足を高く上げ、膝をゆすり、体を左右に動かす。面と向き合い、ときには横に並んで。音楽の世界に没頭し、リズムを刻む。ロッククライミングでは、絶対的な集中を自分に向けなければならないが、ダンスは聞こえてくる音楽に浸らなければならない。

何もかも忘れて、音楽に身をゆだね、パートナーの動きを感じる。空を飛んでいるような気分だ。こうなると、何も考えなくても足が勝手に動く感じになる。ドレスの裾が膝にまとわりつく。

そう、ドレスだ。彼女はドレスというものを着るようになり、スカートの感触が大好きになった。ドレスは常に色鮮やかなものを選ぶ。大学のときは、ベージュしか着ない女、とまで言われたのに、今の彼女の服は、さまざまなフレーバーのアイスクリームみたいにカラフルだ。クローゼットは、カラフルなドレスだらけになっている。今着ているドレスも、いかにも女の子、という感じのデザインにふわふわのレースが付いていて、とても気に入っている。

こういう服装を、ピアースも気に入っている。ただ、女の子らしいきれいな服を脱がせるのが、いちばんの楽しみのようだが。

ピアースと言えば……ああ、あそこにいる。遠巻きに彼女とエマを見ながら、笑ったり拍手したりして、二人のダンスに喝采《かっさい》を送る。でれでれの笑みを浮かべながら。

するとエマが、どうしたの、と問いたげな顔でライリーのほうを見た。ライリーがさっと親指でピアースを示すと、エマが、なるほど、とうなずく。その間に、曲のテンポがどんどん上がり、フィナーレへと向かう。ライリーはエマの手を握ると、自分の股のあいだを通すように、エマの体をすっと滑らせた。そのあと高く飛び上がり、ぴたりと着地するのと、曲が終わるのが同時だった。

全員が拍手喝采で、ピューッと口笛を鳴らしてはやし立てる者もいる。近づいてきたピアースは、ライリーを抱き寄せ、くるりと回してから派手にキスした。

息が上がっていて、心臓がどきどきして、そしてこのキス。高揚感で、めまいがしそうだ。こんなに楽しいことがあるなんて。

熱いキスのあと、ピアースはライリーを見つめた。紺色の瞳がきらきら輝いている。

「いつか、俺たちもここで婚約パーティを開こう。どうだ？」

彼女の心臓は、いっそう高鳴る。「ええ」

「ええ、とはイエス、ってことか？」

ふふっと笑ってから、彼女は言い直した。「ええ、イエスってこと」

「できるだけ早く、いいか？」

「できるだけ早く、いいわ」

ピアースはライリーを抱き寄せたまま、体の向きを変えさせ、友人たちのほうを二人で見た。彼の友だち、そして今や、ライリーの友だちでもある。二人を大好きでいてくれる、たくさんの人たち。

「俺らからも発表だ。俺たち、結婚する！」

大騒ぎが収まるまで、三十分以上かかった。

訳者あとがき

前作『真夜中の抱擁』は、ＨＥＲルームメンバー最後のひとり、ライリーが、事件に巻き込まれて警戒信号を送るところでエンディングとなりました。彼女の写真を見て憧れにも近い気持ちを抱いていたピアースは、彼女の住むワシントンＤＣへのつまらない出張を引き受け、仕事のあとデートに誘う決意を秘めていたものの、デートではなくライリー救出に駆けつけることになります。

本作は戦争の危機という、結果として現在の世界情勢を強く反映する内容となってしまいました。おそらく、作家本人のご家族が外交関係の方であるため、危険な状況などの情報によく接しておられるためでしょう。またイタリアという地理的な位置からも、中東などの情勢への肌で感じる不安などもあるのかもしれません。

『真夜中の抱擁』のあとがきで、次作はピアースとライリーのロマンスになるはずですが、その刊行がいつになるのか情報がありません——と書いた二日後、つまり前作が日本で刊行される前に、いきなりこの『真夜中の愛撫』が本国で出版され、もうちょっと早く教えてほしかった……と恨めしい気もありつつ、あまり時間を空けずにご紹介できたのはよかったと思いました。個人での出版となっているため、代理人もあまり情報を持っていないようですが、読者の皆さまには、タイムリーに正確な情報が伝えられず、申しわけありませんでした。

今作はホープとエマがヒロインとなった前二作品とあわせて三部作の「真夜中の女たち」というサブシリーズ名が付けられてもいますが、エピローグが大団円となり、どうやらこれで真夜中シリーズとしては一段落、といった感じがあります。ただ、ブラック氏のロマンスが言及されていることから、今後はブラック社の男性たちを描いたシリーズに発展、そこにサイドキャラクターとして、真夜中シリーズのヒーローやヒロインたちが顔を出すかもしれません。ただしこちらも、今のところは情報として出てきていません。

作家本人はフィレンツェのブックフェアでサイン会を開いたり、ＳＮＳなどでの情報提供も盛んだったりと、積極的な活動を続けていますので、まだまだ新しい作品を書いてくれるものと、期待をこめて待ちたいと思います。

●訳者紹介　上中 京（かみなか　みやこ）
関西学院大学文学部英文科卒業。英米文学翻訳家。訳書にライス『真夜中の男』他シリーズ十三作、ジェフリーズ『誘惑のルール』他〈淑女たちの修養学校〉シリーズ全八作、『ストーンヴィル侯爵の真実』『切り札は愛の言葉』他〈ヘリオン〉シリーズ全五作（以上、扶桑社ロマンス）、パトニー『盗まれた魔法』、ブロックマン『この想いはただ苦しくて』（以上、武田ランダムハウスジャパン）など。

真夜中の愛撫

発行日　2023年12月10日　初版第1刷発行

著　者　リサ・マリー・ライス
訳　者　上中 京

発行者　小池英彦
発行所　株式会社 扶桑社
〒105-8070
東京都港区芝浦1-1-1　浜松町ビルディング
電話　03-6368-8870（編集）
03-6368-8891（郵便室）
www.fusosha.co.jp

印刷・製本　株式会社 広済堂ネクスト

ISBN978-4-594-09612-0　C0197